Arena-Taschenbuch
Band 2892

Celia Rees
wurde 1949 in Solihull, England geboren und lebt heute in Warwickshire. Sie studierte Geschichte und Politik und war viele Jahre lang als Lehrerin tätig. Ihr erster Roman erschien im Jahr 1993. Seither hat sie mehrere Bücher für Kinder und Jugendliche veröffentlicht. Die Idee zu »Hexenkind« hatte sie in einem Museum zur Geschichte Amerikas.

Von Celia Rees ist als Arena-Taschenbuch erschienen:
Hexenkind (Band 2854)

So verbindet die Autorin ihre spannende Erzählung aus der amerikanischen Zeit der Pilgerväter mit einem Aufruf zur Toleranz.
SÜDDEUTSCHE ZEITUNG über »Hexenkind«

Fazit: spannend, außergewöhnlich, anspruchsvoll.
BULLETIN JUGEND & LITERATUR über »Hexenkind«

Celia Rees

Hexenschwestern

Aus dem Englischen von
Angelika Eisold-Viebig

Arena

In neuer Rechtschreibung

1. Auflage als Arena-Taschenbuch 2004

Die Originalausgabe erschien 2002 unter dem Titel *Sorceress*
bei Bloomsbury Publishing Plc, London.

Aus dem Englischen von Angelika Eisold-Viebig
Umschlagillustration: Robert Ingpen
Umschlagtypografie: knaus. büro für konzeptionelle
und visuelle identitäten
Gesamtherstellung: Westermann Druck Zwickau GmbH
ISSN 0518-4002
ISBN 3-401-02892-8

Für Terry und Catrin,
die mich begleitet haben

Einleitung

Dieses Buch setzt die bemerkenswerte Sammlung von Tagebuchaufzeichnungen fort, die unter dem Titel »Marys Papiere« herausgegeben wurde. Die veröffentlichten Aufzeichnungen wurden eingenäht in einem Quilt aus der Zeit der Pilgerväter gefunden und konnten als das Tagebuch der Mary Newbury identifiziert werden. Mary, ein 14-jähriges Mädchen, wurde 1659 gezwungen aus England zu fliehen, nachdem sie miterleben musste, wie ihre Großmutter als Hexe hingerichtet wurde. Ihr Tagebuch beschreibt ihre Reise nach Amerika und ihr dortiges Leben in einer neu gegründeten puritanischen Gemeinschaft. Marys Lebensbericht bricht mitten in einem Satz ab – zu einem Zeitpunkt, als ihr nur noch die Wahl bleibt, ihre Siedlung zu verlassen oder demselben Schicksal entgegenzusehen wie ihre Großmutter. Abgesehen von ein oder zwei Seiten, die von fremder Hand hinzugefügt wurden, endet das Tagebuch hier – und mit ihm

alles, was wir über Mary wissen. Noch bevor ich die aus dem Quilt entnommenen Aufzeichnungen komplett übertragen hatte, wusste ich bereits, dass ich mehr über Marys weiteres Schicksal erfahren wollte. Viele Leute haben auf meinen E-Mail-Aufruf geantwortet – und ihnen allen möchte ich an dieser Stelle danken, denn sie haben mir dabei geholfen, Stück für Stück die Lebensgeschichten der Menschen rund um Mary zusammenzutragen. Ich habe versucht möglichst viel von diesen Informationen in meinen Text einfließen zu lassen; und wo dies zu ausführlich wurde, habe ich Anmerkungen eingefügt.
Doch dieses Buch ist in allererster Linie Mary gewidmet. Mary, der am schwersten zu fassenden Person. Und deshalb habe ich hier vor allem Agnes Herne und ihrer Tante Miriam Lazare zu danken, die Mary für mich gefunden haben. Ohne ihre Hilfe wäre dieses Buch nie geschrieben worden.

Alison Ellman
Boston, MA.

1 Mary – Massachusetts, November 1660

Wenn ich eine Hexe bin, werden sie es bald wissen. Ich habe niemals irgendjemand etwas Böses gewünscht, doch als ich aus Beulah fliehen musste, prallten Wut und Hass mit solcher Heftigkeit in mir zusammen, dass Flüche wie Funken stoben, als schlüge Stahl auf einen Feuerstein. Ich hatte nichts Böses getan, warum also war ich gezwungen zu fliehen? Diejenigen, die mich beschuldigt hatten, Deborah Vane und die anderen Mädchen, sie waren die Schuldigen. Als sie mich der Hexerei anklagten, glitzerten ihre Augen vor hinterlistiger Bosheit. Der Irrsinn, der ihre Gesichter verzerrte, war gespielt. Wer hätte es nicht sehen können? »Jene, die verblendet sind und nicht sehen wollen.« Die Worte meiner Großmutter fielen mir ein. Sie war eine weise Frau, doch ihre Weisheit brachte ihr nichts als Kummer und Leid. Ihr Leben wurde am Galgen beendet und jetzt erwartete mich das gleiche Schicksal.

Sie suchten, und das taten sie gründlich. Ich versteckte mich in Rebekahs Geburtsraum, dachte, dass ich wenigstens für eine Weile in Sicherheit sei. Doch selbst dort verlangten sie Zutritt, mit Stimmen, die laut schallten im Bewusstsein von Recht und Ordnung. Lediglich Martha leistete Widerstand, sie bot Reverend Johnson die Stirn, tapfer wie ein Rotkehlchen vor einem angreifenden Falken. Nur widerstrebend gingen sie fort. Ich hörte, wie sie den Rest des Hauses durchsuchten, von einem Zimmer zum nächsten gingen, ihr schwerer Tritt voller Hass.

Ich war davongekommen, doch sie suchten weiter nach mir. Ich hörte sie in den Wäldern rufen, sah ihre Fackeln gleich winzigen Scheiterhaufen in der Dunkelheit der Nacht. Ich hörte die Hunde, die kläfften und bellten. Hunde laufen schneller als Männer.

Schnee begann zu fallen, bald nachdem ich aus der Siedlung geflohen war, eisige Kügelchen, die die Wucht des Windes noch verstärkten. Immer dichter fiel der Schnee, machte den Boden weiß und erleichterte es den Hunden, mich aufzuspüren.

Der Erste, der mich fand, war der alte Tom, Josiah Cromptons Jagdhund. Er gehört zu der Sorte Jagdhund, die eher mit den Augen aufspürt als mit der Nase. Der alte Tom sprang aus dem Gebüsch auf mich zu und warf seinen langen, knochigen Kopf zurück, während ein Laut tief aus seiner Kehle drang – etwas zwischen einem Jaulen und einem angedeuteten Bellen des Triumphes. Das lockte die anderen Hunde an. Sie umringten mich mit heraushängenden Zungen und funkelnden Augen.

Sie hatten mich gestellt. Ich wich zurück, bis ich mit dem Rücken an einem Baum stand, und starrte sie an, wartete darauf, dass sie mich ansprangen. Tom kroch näher, die anderen folgten, der Kreis wurde enger. Dann hielt er an. Er stand mit erhobenem Kopf da, seine kurzen Ohren aufgestellt, als ob er auf etwas lausche. Die Rufe der Männer kamen jetzt näher. Ich dachte, darauf hätte er gelauscht und jetzt würde er jeden Augenblick anschlagen, doch das tat er nicht. Er

warf mir einen letzten Blick zu, drehte sich um und rannte davon. All die anderen Hunde rannten ihm im Zickzack nach wie ein einziger langer Schwanz.
Das Gebell und die Schreie wurden schwächer, bis schließlich gar nichts mehr zu hören war. Tom hatte die Jagd von mir weggeführt. Ich war wieder allein in der eisigen Stille des Waldes. Ich wollte weiterlaufen, doch die Erschöpfung überwältigte mich. Ich rutschte zu Boden, lehnte meinen Rücken gegen die raue Rinde des Baumes und versuchte all meine verbleibende Kraft zu sammeln.
Ich bin nun schon eine ganze Weile hier. Der Schnee fällt immer noch, schwebt durch die Luft und macht keinen Laut. Federweich berührt er meine Wangen wie die Finger eines Engels, drückt meine Lider nach unten, setzt sich auf mir fest, hüllt mich ein wie eine Bettdecke, gefüllt mit den feinsten Daunen.
Ich spüre keine Kälte, aber ich kann mich nicht bewegen. In meinen Gliedern ist kein Gefühl mehr. Einzuschlafen bedeutet zu sterben, das weiß ich, aber ich kann einfach nicht wach bleiben. Manchmal hoffe ich fast, dass sie wieder hierher zurückkommen, dass sie mich finden, aber ich verwerfe den Gedanken, sobald er in mir aufsteigt. Lieber würde ich sterben als von ihnen gefangen genommen zu werden. Lieber würde ich an diesem Baum festfrieren als gehängt zu werden.

2 Boston, MA. April, 20.06; gegenwärtige Zeit

Agnes fiel nach vorne und stieß sich den Kopf heftig am Glas. Der Bildschirmschoner erzitterte und ruckte, nur für eine Sekunde, dann wurde der Bildschirm dunkel und sie blickte auf ihr eigenes Gesicht, das zurückstarrte, die Augen weit aufgerissen von mehr als dem Schmerz an ihrer Stirn. Was war das gewesen? Eine Vision oder ein Traum? Ihr war eiskalt, sie fror ganz furchtbar. Ihre Finger waren blutleer und wie ausgetrocknet, die Nägel blau. Sie sah zum Fenster und erwartete Schnee fallen zu sehen, aber da war nichts. Der Himmel war von einem klaren abendlichen Blau.

Was immer gerade geschehen war, es war so wirklich gewesen, als hätte sie es selbst erlebt. Sie konnte nicht aufhören zu zittern. Sie stand auf und zog den Quilt von ihrem Bett. Der Quilt war nicht nur wunderschön, sondern auch sehr praktisch. Er war Tante Ms Abschiedsgeschenk für sie gewesen. Agnes wickelte ihn eng um sich, aber ihr wurde immer noch nicht warm. Mit klappernden Zähnen ging sie zum Fenster und öffnete es. Auf dem Platz unter ihr gingen gerade die Straßenlaternen an und tauchten die Blätter an den Bäumen in einen Bronzeton. Gegenüber erhellten Schreibtischlampen die Fenster der aneinander gereihten kleinen Zimmer, genau wie in ihrem eigenen. Sie schloss das Fenster und in der zunehmenden Dunkelheit wurde das Glas zu einem Spiegel. Agnes starrte auf ihr Gesicht, das zurückstarrte.

Sie hob die Hand und strich ihr rabenschwarzes, langes Haar zurück. Sie war erst achtzehn, doch es zeigten sich bereits einige silberne Haare am Scheitel. Sie würde eine weiße Strähne dort bekommen, genau wie ihre Tante und ihre Großmutter vor ihr. Sie runzelte die Stirn und ihre dichten dunklen Brauen zogen sich zusammen. Die Augen darunter waren grau, gerahmt von Schwarz. Ungewöhnlich, besonders in ihrer Familie. Die Farbe ihrer Augen und ihr verträumter Blick hatten ihre Großmutter veranlasst, sie *Karonhisake* zu nennen, das bedeutete *Suchender Himmel.*

Niemand hier nannte sie so. Für ihre Mitstudenten und die Angehörigen der Fakultät war sie Agnes Herne. Ihr Stammesname wurde nur benutzt, wenn sie zurück in der Reservation war. Sie bemühte sich nicht, ihre Abstammung von den Ureinwohnern Amerikas zu verheimlichen. Sie verbarg sie genauso wenig, wie sie damit angab. Sie war eben einfach, wer sie war. Sie fuhr so oft nach Hause, wie Zeit und Ferien es erlaubten, aber sie war bewusst weggezogen, um aufs College zu gehen, und sie fand es gut, jetzt einen neuen Lebensabschnitt begonnen zu haben.

Als Studienfach hatte sie Anthropologie gewählt.

»Wir werden alle wie aufgespießte Schmetterlinge vor dir ausgebreitet werden«, hatte Tante M dazu gesagt. Sie hatte gelacht und bei dem Protest ihrer Nichte Rauchringe geblasen. Dann hatte sie hinzugefügt: »Sei vorsichtig, Liebes, oder sie machen dich zu einem Spion in deinem eigenen Haus.«

Die Kälte ließ jetzt nach, der Raum nahm wieder seine normale Temperatur an. Agnes ging zu ihrem Stuhl und versuchte dahinter zu kommen, was dieses Erlebnis überhaupt hervorgerufen hatte. Sie starrte auf den Bildschirm. Sie hatte hier gesessen und gedacht, dass sie vielleicht frische Luft bräuchte. Ihr Kopf hatte geschmerzt und ihre Schultern hatten sich angefühlt, als wären sie bleischwer. Sie musste ihre Augen geschlossen haben, nur für eine Sekunde, und da war es geschehen. Sie schüttelte den Kopf, als ob das die Benommenheit vertreiben könnte. Es war definitiv etwas passiert. Sie konnte es selbst jetzt noch spüren. Nicht direkt eine Vision, aber ganz sicher mehr als ein Traum.

Nichts dergleichen hatte sich jemals vorher ereignet, nichts von diesem Ausmaß. Doch insgeheim wusste sie, dass sie ihr ganzes Leben lang darauf gewartet hatte, dass genau dieser Moment eintraf. Inzwischen bemühte sich ihr Verstand weiter um eine rationale Erklärung.

Es musste eine Projektion sein, die aus der Lektüre des Buches entstanden war, das sie gerade gelesen hatte. Sie hatte fast den ganzen Tag darin gelesen und sogar Vorlesungen geschwänzt, um es zu Ende lesen zu können. Als sie an den Computer ging, um die im Nachwort angegebene Website aufzurufen, hatte sie sich irgendwie müde und außerhalb von Zeit und Raum gefühlt. Sie hatte ein paar Tasten berührt und ein Gesicht war erschienen. Das Gesicht eines Mädchens, wie auf einem altertümlichen Foto. Es sollte Mary darstellen, das Mädchen, um das es in dem Buch ging. Agnes ertappte sich dabei, dass sie überlegte, wer sie wirklich war. Ein Model vielleicht? Irgendein Mädchen, das man auf der Straße entdeckt hatte? War es ein Bild aus einem Archiv? Ein Mäd-

chen aus der Gemeinschaft der Amische? Oder eine Immigrantin, kurz bevor sie ihre lange Reise nach Westen begann? Wer auch immer. Es war eine gute Wahl. Das Mädchen war jung, aber es war etwas Bezwingendes in ihrem Gesichtsausdruck.
Agnes druckte die Seite aus und heftete sie an ihre Pinnwand über ihrem Schreibtisch. Unter dem Gesicht war eine Art Aufruf, der gleiche, der als Nachwort im Buch stand.

Seit der Entdeckung dieser Papiere wurde versucht mehr über das Schicksal von Mary Newbury und der anderen Menschen in dem Tagebuch herauszufinden.
Falls Sie irgendwelche Informationen haben hinsichtlich einer der Personen und Familien, die hier vorkommen, kontaktieren Sie bitte unsere Website oder melden Sie sich bei Alison Ellman unter:
alison_ellman@witchchild.com

Agnes las die Sätze noch einmal, obwohl sie sie bereits auswendig kannte. Sie bewegte den Cursor, bis er auf die E-Mail-Adresse deutete, aber sie klickte sie nicht an. Sie wusste etwas über Mary Newbury, darüber, was mit ihr geschehen war, aber die Adresse anzuklicken wäre ein weit reichender Schritt und sie war sich nicht sicher, ob sie ihn machen wollte. Besonders nicht jetzt, nicht nach dem, was gerade geschehen war. Es war ein Zeichen. Sie wusste genug, um das zu erkennen. Spirituelle Kräfte vererbten sich in ihrer Familie wie die weiße Haarsträhne, und zwar immer in der weiblichen Linie. Ihre Tante, ihre Großmutter und deren Großmutter davor – jede hatte den Weg einer Medizinfrau eingeschlagen.

»Wenn die Kräfte zu dir kommen sollen, dann werden sie auch kommen«, hatte ihre Tante ihr erklärt. »So natürlich wie deine Periode. Unmöglich, es zu vermeiden.«

Das hatte Agnes auch gar nicht gewollt. Und nun war es passiert und sie war sich ganz und gar nicht sicher, was sie tun sollte. Sie verharrte eine lange Zeit, verloren in ihrer Unentschiedenheit, den Finger erhoben, die Hand über der Maus gekrümmt.

»Halte deinen Geist offen und wer weiß, wer zu Besuch kommen wird.«

Die Stimme ihrer Tante erklang wieder in ihrem Kopf und Agnes sah sich um, fast als ob jemand die Worte laut ausgesprochen hätte. Es war niemand da.

Der Raum war nett und ordentlich. Agnes war ein ordentlicher Mensch und übertrug dies auch auf ihre Umgebung. Die Wände waren mit Postern und Drucken geschmückt und der Raum selbst war mit interessanten Dingen dekoriert, die sie gesammelt hatte. Mit Dingen, die sie von zu Hause mitgebracht hatte. Sie hatte gehofft, dass das einen einladenden Effekt haben würde, aber es hatte eine Weile gedauert, bis andere das Zimmer betraten.

Sie war einsam hier gewesen. Sehr einsam. Die Freunde, die sie zu Hause gehabt hatte, hatten sich entweder dafür entschieden, in der Nähe der Reservation zu studieren oder gar nicht aufs College zu gehen. Aber sie hatte einen richtigen Abschluss machen wollen und deshalb beschlossen hierher zu kommen. Diese Entscheidung war fast zufällig gefallen – es gab so viele Colleges, so viele Kurse. Sie hatte fortgehen wollen und dieser Ort schien ihr so gut wie jeder andere. Doch als sie hierher gekommen war, war es nicht das gewesen, was sie erwartet hatte. Inzwischen hatte sie ein paar Freunde gefunden, im Studentenhaus, in ihrer Fakultät, aber anfänglich war es schwer gewesen. Damals hatten Zweifel an ihr genagt und ihr Selbstvertrauen aufgezehrt. Sie war oft in ihrem Zimmer geblieben, hatte auf die Stimmen gelauscht, die sich draußen erhoben, um sich zu begrüßen oder Treffen zu vereinbaren, Stimmen, die im Flur und aus den Fenstern auf den Platz hinausschallten. Innerhalb von Tagen hatte es den Anschein gehabt, als ob alle einander schon ewig kannten, während keiner von ihnen überhaupt bemerkt hatte, dass sie hier war. Sie hatte sich auf ihr Zimmer zurückgezogen und sich gefragt, ob sie wohl die richtige Entscheidung getroffen hatte – selbst wenn sie es durch das Jahr schaffen würde.

Sie war auch früher schon oft allein gewesen, aber es war doch immer jemand für sie da gewesen, selbst wenn es nur ihre Mutter war. Hier gehörte jedes Gesicht, das sie sah, einem Fremden. Die großen Straßen der Stadt ließen sie ganz klein werden und innerlich schrumpfen, als ob ihr wahres Selbst in die Haut einer anderen geschlüpft sei.

Eine Weile hatte sie sogar schon daran gedacht, wieder fortzugehen, doch das hatte nicht lange angehalten. Sie schuldete es den Menschen zu Hause. Sie konnte nicht ohne Grund vom College abgehen. Man hatte Opfer für sie gebracht. Außerdem war sie kein Feigling und sie war seither weniger empfindlich ge-

worden. Jetzt störte es sie nicht mehr, dass es der Beginn eines warmen Frühlingswochenendes war, an dem viele unterwegs waren. Sie hatte sowieso keine Gesellschaft erwartet.
Aber es hatte sie dennoch jemand besucht. Das Mädchen beobachtete sie von der Wand aus, als Agnes begann ihre Nachricht zu tippen.

```
An: Alison Ellman
Von: Agnes Herne
Betr.: Mary Newbury
```

```
Sehr geehrte Ms Ellman,
eine Freundin hat mir Ihr Buch geliehen.
Es hatte ihr gut gefallen und sie dachte,
mir könne es ebenfalls gefallen. Damit
hatte sie auch Recht, ich las es vom An-
fang bis zum Ende, ohne aufzuhören. Aber
da war noch etwas, was meine Freundin
nicht wissen konnte. Einer der Gründe,
weshalb ich es nicht weglegen konnte,
hat mit Mary zu tun, dem Mädchen, um das
es in der Geschichte geht.
```

Agnes hielt in der schnellen Bewegung ihrer Finger inne. Die nächsten Worte zu tippen würde sie verpflichten und niemand konnte sagen, wohin das führen mochte. Agnes zögerte. Als sie angefangen hatte das Buch zu lesen und ihr dann klar geworden war, dass es tatsächlich eine Verbindung geben könnte, hatte sie innerlich einen Freudensprung gemacht. Aber dann war ihre Vernunft erwacht. Sie kannte

schließlich nur ein paar überlieferte Geschichten und die konnten auch von jemand anderem handeln, nicht von Mary. Wie konnte sie sicher sein? Wie konnte irgendjemand sicher sein, dass es dieser eine Mensch aus all den namenlosen Toten war? Je mehr sie darüber nachdachte, desto unwahrscheinlicher kam es ihr vor. Ihre Tante wusste sicher mehr darüber, aber das konnte auch das größte Problem von allen sein.
Selbst wenn es sich um Mary handelte – Beweisstücke von Tante M zu bekommen, sie hierher in die Stadt zu bringen und begutachten zu lassen, das wäre schwierig. Nicht nur schwierig – unmöglich. Denn diese Dinge waren etwas Besonderes. Heilig. Tante M war ihre Wächterin und würde es niemals gestatten. Sie führte sowieso schon Kampagnen und entwarf Petitionen, die die Rückgabe von heiligen indianischen Objekten forderten. Ihrer Meinung nach wurden die meisten Kunstwerke der amerikanischen Ureinwohner, die in Museen ausgestellt waren, als ethnischer Schnickschnack gesammelt. Sammler sahen in ihnen kulturelle Kuriositäten, hatten aber keine Ahnung von ihrem wirklichen Wert für die Menschen, denen man sie genommen hatte. Für Tante M war das schlichtweg Diebstahl.
»Welches Recht haben sie auf irgendetwas davon? Eine Horde Grabräuber, das ist es, was sie sind!« Tante Ms Stimme meldete sich wieder in Agnes' Kopf. »Wie gefiele es ihnen wohl, wenn wir anfingen ihre Kirchen zu plündern? Wenn wir die Kreuze vom Altar nähmen und die Abendmahlskelche stehlen würden? Was, wenn wir anfingen ihre Gräber zu öffnen und ihre Toten auszugraben?«

Nach einer Pause hob die Stimme wieder an, diesmal sogar noch heftiger.
»Du bekommst sie nicht, Schluss aus. Lieber würde ich sie in den Abfall werfen.«
Agnes dachte daran, die Mail auf der Stelle zu beenden. Stattdessen tippte sie jedoch:

Ich bin Kahniakehaka, Mohawk, Teil der Haudenosaunee, das heißt Menschen des langen Hauses, so nennen sich die Irokesen. Ich lebe in der Reservation in Upper New York State, aber derzeit bin ich am College hier in Boston.

Der Himmel draußen war jetzt schwarz, die Nacht hatte sich um sie geschlossen und machte alles möglich. Machte alles, was sie tippte, unwirklich. Der Quilt rutschte von ihren Schultern, als sie weiterschrieb.

Meine Tante wohnt auch in der Reservation. Sie hat gewisse Dinge, die von Mary stammen könnten. Es könnten die Dinge sein, die Mary mitgenommen hat, als sie die Siedlung verließ. Viel von unserer Volksgeschichte wird durch Erzählungen überliefert und darunter gibt es auch die Erzählung von einer weißen Frau, die sich unserem Volk anschloss. Ich kann mich leider nicht an allzu viel darin erinnern; ich habe sie gehört, als ich noch ein kleines Mädchen war, und wohl nicht besonders gut aufgepasst. Ich bin auch nicht sicher, dass diese Vorfahrin Mary ist, aber als ich das Nachwort in Ihrem Buch las, hatte ich das Gefühl, mit Ihnen Kontakt aufnehmen zu müssen.

Agnes las sich noch einmal durch, was sie gerade geschrieben hatte, und zögerte wieder, bevor sie auf »Senden« klickte. Stattdessen schloss sie das Fenster.
»Möchten Sie die Nachricht als Entwurf speichern?«
Sie wollte bereits Nein anklicken, als ihr das Bild an der Wand ins Auge fiel. Das Mädchen schien sie direkt anzusehen. Als sie den Blick erwiderte, begann das Zimmer von neuem kalt zu werden.
Sie griff nach dem Quilt und zog ihn eng um sich. Unmöglich, dieses Gefühl als eine Projektion abzutun, die durch die Lektüre des Buches ausgelöst worden war. Das war etwas völlig anderes, etwas Mächtiges. Obwohl sie nicht bewusst danach gesucht hatte, war es dennoch zu ihr gekommen und sie konnte es nicht abweisen. Eine so mächtige spirituelle Erfahrung zu verdrängen konnte sogar gefährlich sein. Sie war kundig genug, um zu wissen, dass so etwas nicht einfach wieder verschwand, wenn es einmal begonnen hatte. Agnes musste herausfinden, worum es ging, und sich leiten lassen. Wohin auch immer es sie bringen würde. Was immer auch die Konsequenzen waren. Sie hatte keine Wahl.
Der erste Schritt war offensichtlich. Sie zwang ihre gefühllosen Finger sich wieder zu bewegen und drückte auf »Senden«.

3 alison_ellman@witchchild.com

Alison Ellman arbeitete noch spät im Institut. Ein Symbol tauchte in der Ecke ihres Bildschirms auf und informierte sie, dass sie Post hatte. Sie ignorierte es und richtete all ihre Aufmerksamkeit auf die vor ihr liegende Aufgabe. Sie hatte inzwischen Informationen und Unterlagen über fast jeden der Menschen, die in Marys Tagebuch erwähnt waren: über Martha – ihre mütterliche Freundin; über Jonah Morse und seinen Sohn Tobias; die Familie Rivers und deren Tochter Rebekah – Mary's Freundin; über Elias Cornwell und Reverend Johnson; die Einwohner von Beulah; die Mädchen, die sie beschuldigt hatten; selbst über Jack Gill, den Jungen, den sie auf dem Schiff kennen gelernt hatte. Über all diese Schicksale wusste sie Bescheid. Nur nicht über Mary. Das war Alisons Problem.

Sie verdrängte es aus ihren Gedanken, um sich wieder auf das zu konzentrieren, was sie eben tat, nämlich an einer Abschrift von Elias Cornwells Tagebüchern zu arbeiten. Sie waren nicht vollständig, einige Teile fehlten, aber sie hatten sich als gute Quelle für das herausgestellt, was nach Marys Flucht in Beulah geschehen war. In der Hoffnung, irgendwelche Hinweise auf seine Zeit in Beulah und auf Mary zu finden, hatte Alison die Tagebücher und alles Weitere, was er je geschrieben hatte, durchgelesen.

Cornwell schien etwas für Mary übrig gehabt zu haben und er war auch nicht unter den Ersten gewesen, die sie der Hexerei beschuldigt hatten. Als der Druck der öffentlichen Meinung stärker wurde, hatte er sich allerdings bereitwillig beteiligt. Er verlor Zeit seines Lebens nie das Interesse an dem Thema und die Entwicklung Neu-Englands hatte ihm auch genug Spielraum für seine Thesen geboten. Seine Theorien waren ziemlich abwegig, aber ein- oder zweimal nahm Cornwell Bezug auf Dinge, die vielleicht auf eigenen Erlebnissen gründen konnten. Sie fanden sich in Predigten, die er bei Besuchen in einsam liegenden Siedlungen gehalten hatte – in Siedlungen, die Beulah ähnelten. Er schien zu denken, dass die Einwohner hier am stärksten in Gefahr waren. Alison klebte einen Post-it-Zettel neben die anderen, die ihren Computer rahmten, um nicht zu vergessen diesen Hinweisen nachzugehen. Sie las durch, was sie bisher hatte. Es blieb nur noch ein kurzes Stück zu übertragen und sie wollte ihren Schreibtisch nicht verlassen, bis der Sicherheitsdienst seine letzte Runde drehte und die Alarmanlage in Betrieb gesetzt wurde.

Nach einer Weile lehnte sich Alison in ihrem Stuhl zurück. Ihre Übertragung von Cornwells Tagebuch war beendet.[1] Sie war froh, dass sie nicht noch mehr Zeit mit ihm verbringen musste. Er hatte sich mit den Jahren nicht zum Besseren verändert. Er war lediglich noch aufgeblasener geworden, seine Beobachtungen zunehmend umständlicher und ermüdender. Er hatte Sarah Garner geheiratet, eines der Mädchen, die gegen Mary ausgesagt hatten, und er hatte seine junge Frau nicht zur Ruhe kommen lassen, was Geburten betraf. Eine Schwangerschaft war der anderen gefolgt

---

[1] siehe Geschichtliche Anmerkungen ab Seite 298

und seine Frau hatte dabei im wahrsten Sinne des Wortes ihr Leben hingegeben. Der Tod im Kindbett ereilte sie, noch bevor sie dreißig war. Kaum zehn Jahre, nachdem sie Beulah verlassen hatte, war ihr junges Leben beendet, ihre Kraft dahin, ihr Körper ausgemergelt.

Die anderen Mädchen hatten auch kein viel besseres Leben gehabt. Marys Hauptanklägerinnen waren Deborah Vane und ihre Schwester Hannah gewesen. Laut Cornwell hatte sich Hannah nie von ihrer »Besessenheit« erholt. In ihrem Fall hielt der vorübergehende Irrsinn an. Innerhalb eines Jahres wurde sie von einer unerklärlichen Krankheit dahingerafft. Was Deborah betraf, die Anführerin der Clique, so hatte sie bekommen, was sie wollte, und Reverend Johnson geheiratet. Aber: »Sei vorsichtig mit dem, was du dir wünschst . . .« War es nicht das, was die Hexen sagten? Die Heirat hatte Deborah nicht glücklich gemacht. Nach Johnsons Tod hatte sie Ned Cardwell geheiratet, doch auch diese Ehe war nicht gut gewesen. Gerichtsakten offenbarten eine Serie von häuslicher Gewalt und Tumulten. Schließlich hatte sie Cardwell verlassen und war in einer Hafenstadt in Virginia gelandet. Alle Hinweise, die Alison bisher gesammelt hatte, deuteten darauf hin, dass Deborahs Lebensentscheidungen sie geradewegs in die Gosse geführt hatten.[2]

Vielleicht war es Schicksal gewesen, genau wie ihre Schwester Hannah irrsinnig geworden war. Doch Alison hatte das unheimliche Gefühl, dass hier etwas anderes im Spiel war. Vielleicht hatte Mary sie tatsächlich mit einem Fluch belegt.

Genau so, wie es den Verantwortlichen in diesem anderen, berühmteren Ort ergangen war. Die Legende von Salem endete nicht mit den Hexentribunalen. Die Richter und der Sheriff gingen nicht unbehelligt aus dem Gerichtssaal und vom Hinrichtungsplatz; sie waren mit Flüchen belegt. Viele von denen, die in die Hexenprozesse verwickelt waren, fanden ein frühzeitiges Ende und die Flüche endeten nicht mit ihnen, sondern wanderten noch weiter von Generation zu Generation.
Ein ähnlich dunkler Fleck zog sich durch Beulahs Geschichte. Mit Ausnahme von Cornwell hatten all die Ankläger und Verfolger Marys auf die eine oder andere Weise ein schlimmes Ende gefunden. Ihre beiden Hauptpeiniger waren vor Ablauf des nächsten Jahres tot. Obadiah Wilson, der Hexenfinder, hustete sich an seinem eigenen Blut zu Tode. Johnson ertrank in einem seichten Gewässer. Das Unheil hatte sich tatsächlich ausgebreitet, bis nichts mehr von Beulah übrig war. Die Siedlung war ausgelöscht worden. Sie tauchte auf keiner aktuellen Landkarte mehr auf, auch nicht auf irgendeiner der älteren Karten, die Alison gefunden hatte. Beulah hatte völlig aufgehört zu existieren.[3]
Konnte dies Marys Werk gewesen sein? Konnte es wirklich einen Fluch gegeben haben? Alison rieb sich die Arme, weil sie plötzlich Gänsehaut bekam.
»Zeit, abzuschließen, Dr. Ellman.«
Die Worte des Mannes vom Wachdienst brachten sie abrupt in die Wirklichkeit zurück.
»In Ordnung, Lloyd.«
Das war natürlich Unsinn! Alison zog ihr Jackett von der Stuhllehne. Es war kühl hier drin geworden, das

war alles. Wahrscheinlich hatte sich die Heizung bereits für die Nacht abgeschaltet. Sie hatte diese Puritaner schon so lange studiert, dass sie langsam anfing selbst wie eine zu denken.
Es gab logische Erklärungen für jedes einzelne Ereignis. Die Erklärungen waren offensichtlich. Jedes dieser Individuen war verantwortlich für sein eigenes Schicksal und schließlich musste jeder irgendwann an irgendetwas sterben.
Es war auch nicht alles bedrückend und unheimlich verlaufen. Anderen in der Geschichte war es wohl ergangen, manchmal sogar unter Umständen, die fast an ein Wunder grenzten. Zum Beispiel Jonah und Martha. Sie waren mit Mary befreundet gewesen, hatten sich um sie gekümmert und nichts Schlimmes war ihnen geschehen, soweit Alison das beurteilen konnte. Jonah hatte eine Apotheke hier in Boston eröffnet, dort, wo jetzt das North End war. Dort waren sie geblieben und hatten ein ruhiges Leben in Frieden und Wohlstand geführt, bis sie beide auf Copp's Hill begraben wurden.[4]
Da hatte die Familie Rivers, einschließlich Tobias und Rebekah, in ihrem Leben weit mehr zu bewältigen gehabt. John Rivers hatte sie sicher quer durchs Land zum Tal des Connecticut River geführt, bis ans Ende des bis dahin erkundeten Gebietes. Hier hatten sie alle Arten von Gefahren und Schwierigkeiten erlebt. Rebekah und Tobias waren sogar in einen Indianerangriff geraten – im »König-Philips-Krieg«, der so hieß, weil die Siedler den Wampanoag-Häuptling Metacom »König Philip« nannten. Rebekah und Tobias mussten ihre Siedlung für eine ganze Weile verlassen,

aber sie kehrten zurück. Und nicht nur das, sie kamen zu Wohlstand und gründeten eine regelrechte Dynastie. Alison hatte ihre Geschichte mithilfe eines Briefwechsels zwischen Rebekah und ihrer Mutter und anderen Familienpapieren rekonstruieren können. Was sich wie ein roter Faden durch die ganze Geschichte zog, war der Quilt. Er war von Martha an Rebekah vererbt und dann entsprechend der Familientradition in der weiblichen Linie weitergereicht worden, von Tochter zu Tochter oder zu Schwiegertochter. Insgesamt zehn Mädchen hatten dieses Erbe angetreten. Zehn Mädchen, die vom Kind zur Frau wurden und ein hohes Alter erreichten.[5]

Der Quilt hatte seine eigene Geschichte inmitten all der Hauptdarsteller. Alison hatte inzwischen Informationen über jeden von ihnen. Alles war katalogisiert und ausgewertet, um in die Fortsetzung des Buchs über Mary eingefügt zu werden.

Wenn es jemals eine Fortsetzung geben sollte.

Die Arbeit an Cornwells Tagebüchern hatte ihr ursprünglich Auftrieb gegeben und ihr das Gefühl vermittelt, dass sie Fortschritte machte. Jetzt wich die Begeisterung. Sie gab im Allgemeinen nicht so leicht auf, aber manchmal hätte sie am liebsten alles hingeworfen. Welchen Sinn hatte es denn, damit weiterzumachen? Das Material, das sie über die Rivers, über Martha und Jonah, über Jack Gill entdeckt hatte, es war interessant, sogar faszinierend, doch allein war es nicht ausreichend. Ohne Mary konnte es niemals ausreichend sein. Ohne sie würde es keine Fortsetzung geben. Ohne sie ging ein tiefer Riss durch das ganze Projekt.

»Ich muss jetzt schließen, Dr. Ellman.«
»Bin gleich so weit, Lloyd.«
Alison bewegte den Curser, um ihren Computer herunterzufahren. Die Mitteilung, dass sie eine Nachricht hatte, leuchtete immer noch in der Ecke auf. Sie hätte jetzt gerne sofort ihren Arbeitstag beendet, aber sie mochte es nicht, Dinge aufzuschieben, und öffnete die Mail mit einem raschen Doppelklick.

An: Alison Ellman
Von: Agnes Herne
Betr.: Mary Newbury
Sehr geehrte Ms Ellman,
eine Freundin hat mir Ihr Buch geliehen. Es hatte ihr gut gefallen und sie dachte, mir könne es ebenfalls gefallen. Damit hatte sie auch Recht, ich las es vom Anfang bis zum Ende, ohne aufzuhören. Aber da war noch etwas, was meine Freundin nicht wissen konnte. Einer der Gründe, weshalb ich es nicht weglegen konnte, hat mit Mary zu tun, dem Mädchen, um das es in der Geschichte geht . . .

Alison saß einen Augenblick da und war unfähig zu glauben, was sie las. Sie wandte sogar den Blick ab, um noch einmal darauf zu schauen – als ob die Worte irgendwie verschwunden sein könnten.
Sie las die ganze E-Mail mehrere Male, dann stand sie von ihrem Schreibtisch auf und ging auf und ab. Sie trat zu der großen Karte von Nordost-Amerika, die an der Wand hing, und ließ sich die Information dabei

noch einmal durch den Kopf gehen. Die Reservation der Mohawk in Upper New York State. Ihr Finger fuhr hinauf in die Nähe der kanadischen Grenze. Kanada! Mohawk, Irokesen! Das warf ein völlig neues Licht auf alles. Sie hatte vorher schon an die Indianer gedacht und vermutet, dass Mary sich vielleicht Jaybird und seinem Stamm angeschlossen hatte, aber sie hatte nichts darüber finden können – gar nichts. Aber was, wenn sie nach Kanada gegangen waren? Auch das hatte sie bereits in Betracht gezogen, doch ohne irgendeinen Hinweis wäre es gewesen wie die berühmte Suche nach der Nadel im Heuhaufen. Aber eine Verbindung zu den Irokesen, den Mohawk? Das bedeutete, sie könnte durch Kanada gereist sein, durch Montreal. Das eröffnete plötzlich eine Vielzahl von völlig neuen Möglichkeiten. Kanada lag nicht in ihrem Zuständigkeitsbereich, aber darauf kam es kaum an. Der Punkt war, zu wissen, wo man suchen musste, wen man kontaktieren musste. Sie hatte Freunde und Kollegen dort oben, einen ganz besonders. Sie fragte sich, ob er jetzt wohl online wäre.
Sie ging zurück an ihren Schreibtisch und die Anfänge eines Planes formten sich in ihrem Kopf. Aber zuerst musste sie rasch mit diesem Mädchen Kontakt aufnehmen.

An: Agnes Herne
Betr.: Mary Newbury
Hallo Agnes,
Vielen Dank, dass Sie sich mit mir in Verbindung gesetzt haben! Sie sind die Erste, die mich kontaktiert und etwas

viel Versprechendes über Mary zu haben scheint. Wir haben Informationen über andere Leute, die in ihre Geschichte verwickelt sind, aber nichts über Mary, sodass alles, was Sie wissen, schon einen Fortschritt bedeuteten würde. Wäre es Ihnen möglich, hier ins Institut zu kommen und mich zu treffen? Wäre morgen schon zu bald? Sagen wir, gegen elf Uhr? Wenn Ihnen das nicht passt, schlagen Sie doch bitte einen anderen Termin vor.
Ich kann es kaum erwarten, mit Ihnen zu reden – ich kann Ihnen gar nicht sagen, wie aufgeregt ich über Ihre Nachricht bin.
Ich freue mich darauf, Sie kennen zu lernen.
Herzliche Grüße,
Alison Ellman

»Ich muss jetzt die Alarmanlage anstellen, Dr. Ellman. Ich muss Sie leider bitten sich zu beeilen.«
Alison blickte nicht von ihrem Bildschirm auf. Sie war bereits dabei, Websites auszuwählen, Fäden aufzunehmen, weitere Nachrichten zu schreiben.
»Ich könnte noch die ganze Nacht hier bleiben. Also können Sie mich genauso gut einsperren. Haben Sie Kaffee?«
»Klar«, antwortete der Wachmann mit einem Grinsen. »Schwarz ohne alles, stimmt's?«
»Genau.«

4 Das Museum des Instituts

Agnes nahm einen Stadtbus zum Institut, in dem Alison arbeitete. Es war ein großes Gebäude mit Kolonnaden, das etwas zurückgesetzt an einer breiten, mit Bäumen gesäumten Straße stand. Agnes ging den Kiesweg entlang und stieg die breite Treppe hinauf, nicht sicher, ob sie schon hineingehen sollte. Sie hatte die richtige Haltestelle verpasst und zurücklaufen müssen, dennoch war sie fast eine Stunde zu früh dran. Sie hatte es schon immer gehasst, zu irgendetwas zu spät zu kommen, aber diesmal war sie selbst für ihre Verhältnisse überpünktlich. Die Fahrt war kürzer gewesen, als sie angenommen hatte. Das Wetter war gut. Sie konnte hier draußen warten, in der Frühlingssonne auf der Treppe sitzen oder einen Spaziergang hinunter zum Fluss machen. Sie konnte aber auch hineingehen und sich die Ausstellung ansehen. Das Institut war berühmt für seine Sammlung kunsthistorischer Gegenstände der amerikanischen Ureinwohner. Sie wählte Letzteres.

Agnes hielt dem Mädchen, das die Eintrittskarten verkaufte, das Geld entgegen und überlegte, ob sie ihre Verabredung mit Alison Ellman erwähnen sollte. Doch das Mädchen sah aus wie eine Studentin oder Aushilfe und blickte kaum von dem Buch auf, das sie las. Also bezahlte Agnes einfach ihre fünf Dollar und betrat dann die Räume, die als Nordamerikanische Indianersammlung ausgeschildert waren.

Eine Galerie führte entlang der oberen Hälfte des großen, mit Holz verkleideten Raumes. Es gab Stücke von überall her, von Mexiko bis zum Polarkreis, aber die Exponate waren nicht achtlos zusammengewürfelt, wie es in vielen Museen der Fall war, sondern sie waren gekonnt und mit Sinn arrangiert. Der Besucher wurde eingeladen einem Weg zu folgen, der die Geschichte der amerikanischen Ureinwohner von den frühesten Zeiten bis zur Gegenwart abschritt. Texttafeln an der Wand erklärten jeden Zeitabschnitt.

Agnes blieb stehen, um die Erläuterungen zu den verschiedenen Besiedlungsphasen zu lesen. Sie konnte dabei förmlich die Worte ihrer Tante hören: »Vergiss nicht, dass sie uns beinahe ausgelöscht hätten. Vergiss das bloß nicht! Und jetzt glauben sie, wenn sie uns einfach nur erzählen, wie das kam, brächte das alles in Ordnung.«

Tante M hätte stets irgendeinen bösen Kommentar bereitgehabt, was auch immer die Aussteller hätten sagen wollen.

Agnes ging weiter in die vorgeschlagene Richtung. Der Weg führte sie an den Stämmen des Nordostens vorbei und an Dingen, die einst in Besitz und Verwendung ihres eigenen Volkes gewesen waren: Keulen und Tomahawks, Gürtel aus Muschelschnüren, Wampum genannt, Körbe aus Eschenholz, Schachteln aus Birkenrinde, Wiegen und Kanu-Paddel. Sie ging weiter, betrachtete Dinge, die zu anderen Nationen gehörten, und kam an den Körben der Cherokesen vorbei, an den Schilden und bemalten Tipis der Plains-Indianer, an den Textilien der Navajo, den Keramiken der Zuni, bis sie sich unter riesigen Totempfählen aus den Nordwest-Staaten wiederfand.

Jetzt konnte sich Agnes die Worte ihrer Tante sogar noch besser vorstellen.

»Die meisten dieser Dinge haben sie durch Betrug oder Diebstahl bekommen, manche haben sie sogar ausgegraben. Sie haben selbst sterbliche Überreste geholt, stell dir das mal vor! Tausende unserer Ahnen, und sie haben sie in Kisten verstaut, um sie zu studieren, als seien es ein paar Dinosaurierknochen.«

Es gab gute Argumente auf beiden Seiten. Die Museen sahen sich als Bewahrer eines kulturellen Erbes, wollten das öffentliche Bewusstsein wecken und erweitern und wissenschaftliche Forschungen betreiben. Nichts davon konnte Tante M überzeugen. Sie betätigte sich in den verschiedensten Kampagnen, um auf Museen Druck auszuüben, damit sie die Gegenstände indianischer Herkunft zurückgaben – und das sogar manchmal mit Erfolg. Menschliche Überreste wurden vielerorts nicht länger ausgestellt. Mehr und mehr Museen befreiten sie aus der Würdelosigkeit, in verstaubten Pappkartons herumzuliegen oder in Regalen gestapelt zu werden. Die Knochen vieler Vorfahren waren in ihre Heimat zurückgebracht worden, um dort mit der angemessenen Zeremonie bestattet zu werden.

Kunsthistorische Gegenstände, besonders die mit spiritueller Bedeutung, wurden ebenfalls an ihre rechtmäßigen Eigentümer zurückgegeben. Vielleicht nicht so schnell, wie Tante M es gerne gehabt hätte, aber der Prozess war in Gang gesetzt. Agnes bemerkte, dass auch hier manche heiligen Objekte aus der Ausstellung entfernt worden waren. Es gab einen kleinen Hinweis darauf, der das Fehlen von Masken und

Schildkrötenrasseln erklärte, die in den heiligen Ritualen benutzt wurden. Viele andere Dinge waren jedoch immer noch ausgestellt.
Zum Beispiel gab es eine ganze Kiste voller »Kachina-Puppen«. Sie kamen aus dem Südwesten und viele Leute sagten, dass es eben nur Puppen waren, geschnitzt und bekleidet, um Zuni- und Hopi-Kinder in spielerischer Weise in die religiöse Welt der Erwachsenen einzuführen. Aber diese hier waren alt und mächtig. In ihnen steckten geistige Kräfte. Sie auch nur anzusehen schien respektlos. Sie waren Fetische und konnten Teil eines Medizinbündels sein oder sie konnten bei der Jagd und für Zeremonien benutzt werden. Sie stellten nicht nur einen Gott dar, sie waren sozusagen einer. Agnes wich zurück, als ob die Kiste von einem Magnetschild umgeben sei. Sie blickte sich um und betrachtete die anderen Leute, die durch die Ausstellung gingen. Fühlten sie das denn nicht auch?
Sie ging weiter, an Kleidungsstücken und Töpferwaren vorbei, bis sie wieder am Anfang der Ausstellung angelangt war. Gedankenverloren stand sie vor einem Glaskasten mit Wiegen und Modellkanus. In einem anderen Raum schlug es Viertel vor elf und Agnes blickte auf ihre Armbanduhr. Es war fast Zeit für ihre Verabredung.
Als sie sich auf den Weg zum Ausgang machte, löste ein unsichtbarer Magnetstrahl den leisen, süßen Klang einer Wassertrommel aus. Das Lied, das eingespielt wurde, hatte ihren Ursprung bei den Haudenosaunee. Die sechs Nationen der Irokesen. Sie hörte die Stimme ihres eigenen Volkes, des Volkes des Lang-

hauses. Was riet ihr das Lied? Weiterzugehen? Oder umzukehren?
Sie blickte hinüber zur Empfangstheke. Das Mädchen dort war in ein Gespräch vertieft. Sie konnte ganz einfach wieder hinausgehen. Was wusste sie denn schließlich schon über Mary? Ein paar Geschichten, die von jeder anderen handeln konnten. Es waren die dazugehörigen Dinge, die eine Verbindung herstellen könnten. Ohne diese Dinge war es unmöglich, etwas zu beweisen, und der Besuch der Ausstellung bestätigte Agnes nur, was sie bereits wusste: Ihre Tante würde es ihr niemals erlauben, heilige Objekte mitzunehmen, geschweige denn, hierher zu bringen.
Genau das würde sie Alison Ellman erklären müssen und würde das nicht demütigend sein? Agnes schlug ihren Jackenkragen hoch und senkte ihr Kinn an die Brust. Sie war bereits zur Hälfte über den polierten Holzfußboden in Richtung der schweren Glastüren gegangen, als eine Stimme hinter ihr sagte: »Entschuldigen Sie? Sind Sie Agnes Herne?«

5 Das Büro des Instituts

»Ich bin Alison Ellman, sagen Sie doch bitte einfach Alison.« Die Frau, die Agnes gegenüberstand, war vielleicht Ende zwanzig und trug ganz normale Kleidung – eine blaue Bluse und Khakis. Sie war schlank und klein, kleiner als Agnes und recht hübsch mit ihrem kurz geschnittenen weizenblonden Haar.

»Woher wussten Sie, dass ich es war?«, fragte Agnes. Alison betrachtete die junge Frau vor sich. Sie war gekleidet wie jede andere Studentin auch: Turnschuhe, Jeans, weißes T-Shirt, Jeansjacke. In einem Ohr trug sie einen Ohrring: einen geschliffenen Türkis mit einer Feder. Viele junge Leute trugen heutzutage indianischen Schmuck, aber dieser Stein war schon etwas stumpf, was annehmen ließ, dass er alt war. Agnes Herne war schlank, immer noch mehr Mädchen als Frau, doch sie hatte Ausstrahlung. Sie hielt sich gerade, und wenn sie sich bewegte, tat sie das mit anmutiger Leichtigkeit. Sie hatte hohe Wangenknochen und klare Gesichtszüge; dichte Brauen und eine gerade Nase über einem Mund mit vollen Lippen und einem zart gerundeten Kinn. Ihre Haut hatte die Farbe von klarem Wildhonig. Sie war groß, größer als Alison auf den ersten Blick gedacht hatte. Als sie zur Begrüßung mit dem Kopf nickte, fiel ihr langes schwarzes Haar nach vorne, weich und seidig schimmernd. Die Augen jedoch – die waren eine Überraschung. Sie waren so grau wie der Himmel an einem verschneiten Wintertag.

»Ich hatte Sie bereits in der Ausstellung entdeckt. Sie sahen irgendwie anders aus als der Rest der Besucher. Abgesehen davon habe ich einfach nur geraten. Ich freue mich sehr Sie kennen zu lernen, Agnes.«

Alison streckte ihre Hand aus und Agnes ergriff sie. Die Hand des Mädchens war lang, mit schmalen, aber kräftigen Fingern. Um die Handgelenke trug sie aus Leder geflochtene und mit Perlen und Seidenfäden verzierte Bänder. Alison brauchte nie lange, um andere Menschen einzuschätzen, und dieses Mädchen

mochte sie auf der Stelle, egal, ob sie ihr etwas Wesentliches mitzuteilen hatte oder nicht.
»Ich bin so froh, dass Sie kommen konnten. Verlief die Fahrt gut? Kein Problem, uns zu finden? Ich bin ja so aufgeregt, das können Sie sich gar nicht vorstellen. Hier entlang, bitte.« Alison führte Agnes zu einer Tür mit der Aufschrift *Kein Zutritt für Besucher.* »Die meiste Arbeit hier geht hinter der Bühne vor sich. Was Sie ausgestellt sehen, ist nur ein Bruchteil der ganzen Sammlung und unsere Arbeit besteht natürlich aus viel, viel mehr . . .«
Alison führte Agnes die Treppe hinauf und war sich bewusst, dass sie bereits zu viel redete.

Alisons Arbeitsplatz befand sich in der Ecke eines Zimmers, das mit modernen Aktenregalen und mit verglasten Bücherschränken eingerichtet war, in denen sich alt aussehende, ledergebundene Bände befanden. Alisons Bereich war mit einem Computer, einem Mikroskop, einer hellen Deckenleuchte und einer Lampe mit Vergrößerungszubehör ausgestattet.
»Ich habe vor Marys Papiere nachzuverfolgen. Ich werde Ihnen zeigen, was ich bisher habe. Wie Sie sehen, habe ich diese Wand irgendwie beschlagnahmt.«
Agnes folgte ihr durch das Zimmer an Tischen vorbei, auf denen sich Aktenordner und mit Bändern zusammengehaltene Mappen stapelten. Die Wand war von oben bis unten mit Landkarten, Listen, Stammbäumen, Computerausdrucken, Fotografien und Faksimiles von Dokumenten zugepflastert. Gelbe, mit zierlicher Handschrift bedeckte Post-it-Zettel hingen dazwischen wie sich kräuselnde Blätter im Herbst. Ag-

nes betrachtete die Wand von rechts nach links und wieder zurück, überflog sie schnell, aber sorgfältig, damit sie nichts übersah. Sie kannte sich ein wenig mit Forschung aus und dies war zweifellos ausgezeichnete Arbeit. Aber sie sah mehr als das. Die handgezeichneten Stammbäume, die sorgfältigen Listen, die winzigen, peniblen Notizen sagten ihr, dass dies das Ergebnis einer Arbeitsliebe war, die an Besessenheit grenzte.

»Das war wohl sehr viel Arbeit. Wirklich eindrucksvoll!«

Alison stand mit verschränkten Armen da und betrachtete die Wand durch ihre schmale, mit Drahtgestell gerahmte Brille. Sie lächelte, zufrieden über die Wirkung, die sie erzielt hatte.

»Ich habe nicht alles alleine gemacht. Ich hatte Informationen von überall bekommen.« Sie streckte die Hand aus, um einen Post-it-Zettel, der sich löste, neu anzudrücken. »Elias Cornwell ist genau hier drüben, zusammen mit dem, was von Beulah übrig geblieben ist. Die Rivers sind dort, neben den Morses. Da sind Jonah und Martha.« Sie nickte zu einem anderen Teil der Wand. »Selbst Jack Gill, der Schiffsjunge ist dabei, sogar ihn konnte ich aufzuspüren.«

»Wie haben Sie all das denn bekommen?«

»Die Reaktionen auf das Buch und die Website waren hervorragend und natürlich habe ich auch eigene Nachforschungen angestellt.« Alison lachte. »So etwas gehört schließlich zu meinem Job. Es ist nicht so schwierig, etwas über jemanden herauszufinden, auch wenn es so weit zurückliegt. Der Bundesstaat von Massachusetts hat reichhaltige Archive, es gibt über alles

Wesentliche Aufzeichnungen: Geburten, Todesfälle, Eheschließungen, Erwähnungen in Kirchenregistern und Gerichtsakten ... Außerdem gibt es Grabsteine, private Papiere, die auch noch Briefe beinhalten, wenn man Glück hat, Kontobücher – daraus kann man eine Menge erfahren – Nachlässe, Testamente – und ungewöhnliche Familientraditionen. Jede Menge also an Forschungsmöglichkeiten. Der Punkt ist zu wissen, wo man suchen muss. Ich verdanke natürlich auch viel dem Internet und der Liebe der Siedler-Nachfahren zur Stammbaum-Forschung.«

Alison lachte und schwieg. Ihr Lachen hatte einen nervösen Beiklang. Sie wollte nicht zu viel reden, weil sie spürte, dass Agnes sonst nicht mehr zuhören würde.

Agnes war ein Teil der Forschungsmethoden bereits bekannt gewesen, also hatte sie in der Tat nur halb zugehört. Sie wollte mehr über den Stammbaum der Rivers-Morse erfahren. Er erstreckte sich von einer Seite der Wand zur anderen. Bei Rebekah angefangen, erwuchsen daraus vierzehn Generationen.

»Was ist das?«, fragte sie und deutete auf einen einzigen blutroten Faden, der sich durch die verzweigten Namen schlängelte.

»Das ist der Quilt. Er folgt der weiblichen Linie.« Alison nahm einen Zeigestock, um die Linie nachzufahren. »Er ging erst an Rebekah über und von ihr an ihre Tochter Mary Sarah, dann zu deren Tochter und so weiter, bis zur zehnten Generation, zu einer Frau namens Eveline Travers Harris.«

Der rote Faden hörte bei ihr auf, obwohl der Stammbaum sich hier noch einmal verzweigte.

»Was ist passiert?«
Alison deutete auf die Namen, die bei Eveline Travers Harris vemerkt waren: *Ehemann Clarence Edgar, starb in Frankreich, 1918; zwei Kleinkinder Etta May, 3 Jahre, und Earl Leonard, 18 Monate, starben 1919 an Grippe.*
»Eveline selbst lebte weiter. Ihr Tod wurde erst im Jahr 1981 verzeichnet. Aber sie heiratete nie wieder.«
»Und was ist dann mit dem Quilt passiert?«
»Es scheint, dass Eveline sich nie ganz von dem Schicksalsschlag erholte, der ihre Familie getroffen hatte. Sie zog sich zurück und widmete sich ganz der Herstellung und Sammlung von Quilts und anderen Nadelarbeiten. Ihr Tod unterbrach die Familientradition. Ihre ganze Sammlung, die inzwischen schon sehr groß und wertvoll war, wurde an einen privaten Sammler verkauft.«
»Und wie sind Sie dann daran gekommen?«
»Der Sammler, J. W. Holden, starb vor einigen Jahren. Er hatte äußerst viel zusammengetragen, alle möglichen Dinge aus der Kolonialzeit. Bei seinem Tod ging die Sammlung an die Holden-Stiftung. Dieser Mann war so reich, dass er sein eigenes Museum gründete. Jedenfalls wurde der Quilt schließlich mit allem anderen katalogisiert, doch die Kiste, in der er sich befand, wurde fälschlicherweise der kolonialen Handwerkskunst zugeordnet. Es dauerte einige Zeit, bis jemand bemerkte, wie alt der Quilt darin wirklich war. Man hatte daraufhin das Gefühl, dem Stück nicht gerecht werden zu können, und rief bei uns an, damit unsere Spezialisten für Textilien einen Blick darauf werfen könnten.«
»Aha.« Agnes hatte Schwierigkeiten, sich zu konzent-

rieren. Sie hörte Alisons letzte Worte kaum. »Kann ich ihn sehen? Den Quilt, meine ich?«

»Aber sicher. Die Konservatoren sind mit der Arbeit daran fertig. Kommen Sie mit. Er ist nicht hier, sondern in der Textilabteilung. Ich dachte mir schon, dass Sie ihn sehen möchten. Ich habe alles für Ihren Besuch vorbereitet.«

Sie gingen durch Lagerräume, deren Türen mit einer Codekarte geöffnet werden mussten. Maschinen summten und kleine rote Lichter blinkten hoch oben an den Wänden. Alison führte Agnes durch eine weitere Tür zu einem Raum, wo die Textilkonservatoren arbeiteten.

Der Quilt lag bereits auf einem Tisch ausgebreitet. Alison zog sich Baumwollhandschuhe über, bevor sie ihn anfasste. Sie berührte ihn ganz sanft, strich darüber und tätschelte ihn, als sei er ein lebendes Wesen, das schlief. Agnes verstand etwas von der Kunst des Quiltmachens von ihrer Tante und ihrer Großmutter her. Aber was sie hier sah, war nicht vergleichbar mit den farbenfrohen, gemusterten Quilts, die sie schufen. Es war auch keine Patchwork-Arbeit. Der Stoff war grob, rauer, als Agnes erwartet hatte. Die Farbe war nicht direkt verblichen, doch das tiefe Blau war zu einem matten Indigo verblasst. Die eigentliche Kunst lag in der Stickerei und die war schwer zu erkennen, weil der Hintergrund so dunkel war. Agnes sah sich den Quilt genauer an. Sie wusste, dass sie ihn nicht berühren durfte.

»Dies sind die Muster.«

Alison entfaltete ein großes Blatt Papier. Aus der Einfarbigkeit herausgehoben, erwachten die Motive zum

Leben: Farne und Federn breiteten sich aus, Blumen erblühten, Blätter rankten sich. Die Muster waren einfach, aber eindringlich, wie die Perlenstickerei ihres eigenen Volkes. Aber es gab auch andere, komplexere Muster. Herzen und abstrakte Spiralen umgaben die Darstellungen einer Hütte auf einer Lichtung inmitten hoher Tannen und eines Schiffes mit voll gesetzten Segeln.

»Wow! Ich hätte nie erwartet . . .« Agnes schüttelte den Kopf. Der Eindruck, den der Quilt auf sie machte, war zu schwer in Worte zu fassen.

»Ziemlich beeindruckend, nicht wahr?« Alison lächelte. »Es ist schwer, zu sagen, wie wertvoll er ist, selbst ohne das Tagebuch darin. Selbst die Konservatorin hier hat niemals vorher einen so alten Quilt gesehen. Man könnte keinen Preis dafür festsetzen . . .«

Alison beschrieb die Entstehung des Quilts, während Agnes einfach nur auf die Motive starrte. Es war nicht nur eine zufällige Auswahl von Mustern. Sie erzählten eine vollständige Geschichte, einschließlich bestimmter Personen: Rebekah und Tobias, Martha und Jonah, selbst Jaybird. Sie alle waren hier zusammen mit Mary.

». . . wie Pfeffer aus einem Streuer.«

»Wie bitte?«

Alison lächelte. »Es tut mir Leid, dass ich Sie so langweile.«

»Aber das tun Sie ganz und gar nicht!« Agnes schüttelte verlegen den Kopf. »Ich habe nur Schwierigkeiten, mich zu konzentrieren, das ist alles. Ich habe heute Nacht nicht besonders gut geschlafen. Was hatten Sie gesagt?«

»Irgendwann wurde die Rückseite des Quilts beschädigt. Das Material, das die Konservatorin vorfand, war relativ neu und nur geheftet, an manchen Stellen sogar nur mit Sicherheitsnadeln festgemacht, und die Nadeln rosteten und beschädigten den ursprünglichen Stoff. Es war kein wesentlicher Bestandteil, also beschloss sie es zu entfernen. Als sie es wegnahm, fand sie das Tagebuch. Die ursprüngliche Rückseite war angesengt worden, sodass der Stoff brüchig wurde und dünne Stellen und Löcher entstanden waren. Das Tagebuch war in der Wattierung zwischen Vorder- und Rückseite versteckt und es hatte angefangen, herauszufallen wie . . .« Alison zuckte mit den Schultern und hob suchend die Hände.

»Pfeffer aus einem Streuer?«, ergänzte Agnes.

»Genau. Für mich ist es wie ein Wunder.« Alison strich über den Stoff. »Normalerweise bedeutet Konservierung so wenig Eingriffe wie nur möglich zu machen. Es widerspräche dem Berufsethos, etwas an dem Objekt zu verändern. Also, selbst wenn wir gewusst hätten, dass das Tagebuch darin verborgen war, hätten wir es nicht entfernen dürfen.« Sie machte wieder eine Pause und lächelte dann, als ob sie sich schon im Vorhinein dafür entschuldige, etwas Dummes zu sagen. »Es ist fast, als ob es sich selbst herausgeschüttelt hätte. Als ob es Zeit gewesen wäre, Zeit, die Geheimnisse aufzugeben, die es während all dieser Zeit bewahrt hatte. Klingt das für Sie sehr verrückt?«

Agnes schüttelte den Kopf. »Ganz und gar nicht.« Sie sah diese Frau vom Museum an und nun war es an ihr, sich zu fragen, wie offen sie mit ihr reden konnte.

»Einmal hatte ich meine Uhr verloren. Ich hatte sie abgelegt und mich umgedreht und dann war sie einfach verschwunden. Ich konnte sie nirgendwo mehr finden. Da hat meine Tante gesagt: ›Sie wird zurückkommen, wenn sie dafür bereit ist.‹ Das ist es, was sie glaubt. Verloren zu bleiben oder gefunden zu werden, diese Entscheidung liegt bei den Dingen selbst.«

»Das habe ich vorher noch nie gehört, aber ich glaube es auch. Deshalb ist der Quilt für mich so wichtig. Alles daran hat Bedeutung. Seine Geschichte, seine Entdeckung, einfach alles. Deshalb wollte ich ihn auch zum Mittelpunkt der Ausstellung machen.« Sie hielt inne und sah zur Seite. Die Begeisterung schwand aus ihrer Stimme, als sie hinzufügte: »Allerdings befürchte ich inzwischen, dass es gar keine Ausstellung geben wird.«

»Warum denn nicht? Sie haben doch unglaublich viele Dinge gesammelt.«

»Oh, sicher. Und wir haben sogar noch mehr, als Sie hier gesehen haben, und zwar fast über jeden. Außer über Tom Carter, den alten Mann, der am Rande der Siedlung lebte. Wir haben nichts über ihn . . . und nichts über Mary.« Sie lächelte ironisch. »Natürlich ist Tom Carter nicht derjenige, der uns Sorge macht.«

Alison setzte ein tapferes Gesicht auf, aber die Enttäuschung war deutlich in ihren blauen Augen zu erkennen. Mary war der Mittelpunkt von allem. Ohne sie bedeuteten all diese Arbeiten und Nachforschungen gar nichts.

Agnes blickte zu Boden. Sie war sich bewusst, dass Alison die meiste Zeit geredet hatte. Sie selbst hatte fast gar nichts gesagt. Alison war sehr rücksichtsvoll

und setzte sie in keiner Weise unter Druck, aber sie spürte dennoch das Gewicht ihrer Erwartung. Jetzt musste sie sprechen.
»Darf ich das Tagebuch sehen?«
»Oh, natürlich. Es ist drüben im Dokumentenraum. Folgen Sie mir.«

Alison legte die Blätter auf den Tisch, breitete sie fächerartig vor Agnes aus und rückte die Lampe zurecht, damit sie sie besser sehen konnte.
»Jedes einzelne Papier wurde konserviert und dann fotografiert. Die Kopien sind einfacher zu handhaben. Das Papier war zusammengefaltet, damit es in die Taschen passte, die durch die Stickerei geschaffen wurden.« Alison deutete auf die Faltlinien in den fotografierten Seiten. »Manche waren wirklich nur noch Bruchstücke und mussten zusammengesetzt werden.« Sie ging nicht weiter darauf ein, was für eine anstrengende, stundenlange Arbeit das gewesen war. »Danach wurden die Seiten fotografiert und übertragen. An der Handschrift zu arbeiten war geradezu ein Vergnügen, das stellte sich wirklich als der leichtere Teil heraus. Als wir damit fertig waren, mussten wir eine Art von Reihenfolge herstellen, denn die Papiere kamen nicht direkt nach Seiten geordnet heraus.« Alison machte eine Pause und fürchtete Agnes' Aufmerksamkeit zu verlieren. Sie redete schon wieder zu viel – aus Nervosität, als ob sie damit eine Enttäuschung herauszögern könnte. »Würden Sie gern das echte Tagebuch sehen?«
»Ja, das würde ich gern. Sehr gern.«
Die Seiten wurden in verschiedenen Ordnern aufbe-

wahrt, jede einzelne in einer Klarsichthülle, um das Papier zu schützen, das mit dem Alter nachgedunkelt war und sich an den Knickstellen bereits aufzulösen begann, so brüchig und empfindlich wie unbearbeiteter Papyrus.

Alison holte die Hülle heraus, die mit Seite 1 gekennzeichnet war.

Die Worte waren eng geschrieben, aber nicht zu eng. Sie sahen sehr ordentlich aus; die Handschrift war bemerkenswert elegant und überraschend leicht zu lesen. Sie hätte fast aus der Neuzeit stammen können. Nur die verblassende Tinte verriet, dass dieses Schriftstück aus einer anderen Zeit stammte. Die Buchstaben waren schmal, aber gleichmäßig geformt. Der Tintenstrich war energisch und deutlich. Mary hatte eine schöne Handschrift – kein Wunder, dass Elias Cornwell gewollt hatte, dass sie für ihn schrieb. Abgesehen von einer gelegentlichen Unterbrechung im Wortfluss, war da nur wenig von den ausgeprägten Schnörkeln, die Agnes zu sehen erwartet hatte.

Agnes las die letzten Zeilen und ihr Blick wanderte zurück zum Anfang der Seite. Sie beugte sich darüber, um besser sehen zu können. Die Seite in der Hülle war an der Ecke abgerissen, sodass sie begann mit:

». . . eine Hexe. Manche würden mich jedenfalls so nennen . . .«

Agnes fühlte, dass für sie die Zeit gekommen war, zu sprechen.

»Unsere Art, Geschichte zu vermitteln, ist sehr verschieden von Ihrer.« Sie blickte zu Alison. »Oder vielleicht sollte ich sagen: Unsere Art der Überlieferung ist anders. Wir haben nicht so viel davon.« Agnes deutete auf die Seiten vor sich und die anderen Materialien, die sich um sie herum stapelten. »Noch bis vor kurzem wurde in unserem Volk sehr wenig aufgeschrieben. Aber es gibt Erzählungen. Jeder erzählt die Geschichte, wie sie in seinem Gedächtnis lebendig ist. Meine Tante erzählte grundsätzlich so, dass es klang, als sei ihr alles selbst widerfahren, als sie ein junges Mädchen war. Aber sie hatte ihre Erzählungen von ihrer Großmutter bekommen und die wiederum von ihrer Großmutter und so weiter. So wird Familiengeschichte weitergegeben.«

»Und eine dieser Erzählungen könnte von Mary handeln?« Alison hielt die Luft an.

»Ich denke schon. Es ist schwierig, eine Zeit zu bestimmen, denn für uns ist Zeit nichts, das sich in einer langen Linie erstreckt.« Agnes deutete mit den Händen, die sie auseinander führte, eine lange Linie an. »Für uns ist es mehr so, als ob alles aus einem Stück ist. Vergangenheit, Gegenwart, Zukunft, alles geht im Kreis.« Sie machte jetzt mit den Händen einen Kreis, indem sie Daumen an Daumen und Zeigefinger an Zeigefinger legte. »Als ob die Vergangenheit irgendwo dort draußen ist und die Ereignisse immer noch passieren, aber an einem Ort, zu dem wir keinen Zugang haben.«

»Aber worum geht es in dieser Erzählung? In der, von der Sie meinen, sie könnte von Mary handeln?«

»Es geht um eine Frau, die von anderswo kam und vom Stamm angenommen wurde. Sie hatte zwei Söhne, einen dunklen und einen hellen mit gelbem Haar. Ein Sohn wurde ein bekannter Krieger, ein Häuptling. Der andere?« Agnes runzelte die Stirn. »Anscheinend ist nicht überliefert, was aus ihm wurde. Jedenfalls sagten manche, dass die Frau von *Rahwehras*, dem Donner, zu unserem Volk gesandt wurde, weil sie aus einem Sturm kam. Und sie kam zu einer Zeit, als der Stamm krank war. Sie half unser Volk zu heilen und blieb bei ihm als eine mächtige Medizinfrau.« Agnes runzelte wieder die Stirn. »Es wurde noch mehr erzählt, glaube ich, aber ich kann mich nicht daran erinnern.«

»Was lässt Sie annehmen, sie sei Mary?«

»Es liegt ein Geheimnis in ihrer Herkunft und manche der Legenden sagen, sie hätte Augen gehabt, die grau waren wie meine, von der Farbe des Rauches. Die Beschreibung der Augen war das Erste, was mich beim Lesen des Buches darauf brachte, dass es eine Verbindung geben könnte. Aber es gibt auch andere Hinweise. Eine ganze Menge sogar. Meine Tante hat eine Schachtel, die ist ungefähr so groß.« Agnes zeigte mit ihren Händen einen Kreis. »Sie ist aus Rinde gemacht und bestickt. Ich habe sie oft bestaunt, als ich noch ein Kind war. Um ihre Kanten laufen weiße Blumen und rote Erdbeeren und im Deckel befindet sich Süßgras, das riecht richtig gut, wenn man sie öffnet – nicht dass ich sie hätte öffnen dürfen!«

»Wie alt ist sie?«, fragte Alison.

»Schwer zu sagen, aber sie war gemacht worden, um die Dinge einer Medizinfrau aufzubewahren. Selbst Sim – er ist mein Cousin und älter als ich, eine Art größerer Bruder – hat davor Respekt gehabt. Er war immer allen voraus, wenn es um Mutproben ging. Aber selbst er sagte, man dürfe die Schachtel nicht berühren. Aber Sie wissen ja, wie Kinder sind, oder?« Prak-

tisch zum ersten Mal lächelte Agnes. Es war, als ob die Sonne hinter Wolken hervorkäme. Alison war wie verzaubert. »Je mehr man ihnen etwas verbietet, desto mehr möchten sie es tun.«
»Also haben Sie die Schachtel geöffnet?« Alison erwiderte das Lächeln.
Agnes nickte. »Darauf können Sie wetten. Ich erinnere mich, dass sie ein kleines Querholz hatte, das sehr schwer aufzubekommen war. Meine Hände zitterten so sehr, dass ich fast alles ausgeschüttet hätte.«
»Und was war dann darin?«
»Nicht sehr viel nach meinem damaligen Verständnis. Ich war richtig enttäuscht. Ich weiß nicht, worauf ich gehofft hatte, Goldmünzen vielleicht oder wertvolle Ringe. Was ich fand, war nur Medizinkram: ein Band mit einer Bärenklaue, Wampum-Schnüre und eine alte Halskette. Aber da war auch ein Ring, der aussah, als sei er aus Gold, und ein Anhänger, der vom Alter schon dunkel angelaufen war. In einer Ecke der Schachtel lag ein kleines, zusammengerolltes Stück Papier, so weich und pelzartig, dass es aussah wie Hirschhaut. Ich beachtete es nicht weiter, weil ich keine Geheimbotschaft darauf fand, aber jetzt habe ich darüber nachgedacht. Es könnte eine Ecke gewesen sein. Diese Ecke.« Sie deutete auf die Plastikhülle auf dem Tisch. »Die Ecke, die hier fehlt.«
»Stand denn irgendetwas darauf?«
»Wie ich schon sagte . . .« Agnes schüttelte den Kopf. »Keine Geheimbotschaft, sodass ich mir das andere nicht gemerkt habe.«
»Ich könnte nachsehen, ob etwas darauf steht.« Alison stellte die Vergrößerungslampe an. »Ich könnte es le-

sen. Ich könnte alles Mögliche tun. Die Abrissstelle vergleichen. Das Papier vergleichen. Wenn ich es hier hätte, könnten wir beweisen, ob es sich um ein- und dieselbe Person handelt!«

»Ich glaube nicht, dass ich mich täusche.« Agnes zog ihre dunklen Brauen zusammen. »Aber ich habe diese Dinge nur ein einziges Mal gesehen. Ich müsste sie noch einmal sehen, um sicher zu sein.

»Vielleicht könnten Sie sie hierher bringen.«

Agnes schüttelte den Kopf. »Die Schachtel und ihr Inhalt sind bei uns heilig. Ich bezweifle, dass meine Tante sie aus der Hand geben würde.«

»Ich könnte sie besuchen. Sie fragen, ob sie . . .«

Agnes hob die Hände, um Alisons wachsende Aufregung zu bremsen. »Ich denke, zuerst einmal sollte ich sie besuchen. Sie kann ziemlich stur sein und sie hat nicht sehr viel übrig für Museen, fürchte ich.«

»Glauben Sie, Sie könnten sie überzeugen?« Alison sah besorgt aus.

»Ich werde es versuchen.«

»Das wäre wunderbar. Sie können sich ja nicht vorstellen, was das für mich bedeutet, Agnes. Wie wichtig es ist. Wie schnell können Sie denn diese Reise unternehmen?«

»Oh, ich weiß nicht . . .«

»Sie möchten nichts im College versäumen?«

»Das ist es gar nicht so sehr. Es ist eine lange Fahrt mit dem Bus.« Sie zuckte verlegen mit den Schultern. »Und dann ist da auch noch die Fahrkarte. Ich hab im Moment nicht so viel Geld.«

»Das ist kein Problem. Ich werde Sie hinbringen.«

»Oh nein!« Agnes wurde immer verlegener. »Das ha-

be ich nicht gemeint. Ich möchte Ihnen keinesfalls irgendwelche Schwierigkeiten machen.«
»Das wären doch keine Schwierigkeiten! Ich habe sowieso eine Menge Überstunden gut und ich bin so ziemlich meine eigene Herrin. Ich dachte daran, nach Montreal und vielleicht nach Quebec zu fahren. Ich habe Freunde dort oben und ein Kollege am McGill stellt für mich Nachforschungen an. Ich könnte Sie absetzen.«
»Es wäre ein ziemlicher Umweg für Sie . . .«
»Aber gar nicht. Ich möchte sehen, was dort oben herauszufinden ist. Die Franzosen haben noch viel detailliertere Aufzeichnungen als die Engländer, besonders was die Indianer betrifft. Mary könnte nach Kanada gegangen sein.« Alison klang wieder ganz aufgeregt. »Wenn ja, dann könnte es dort irgendwelche Spuren von ihr geben. Ich weiß, dass es fast wie die Suche nach der Nadel im Heuhaufen ist, aber da ich nichts Besseres habe, ist es einen Versuch wert. Ich *muss* es einfach versuchen.«
»Wenn Sie sicher sind . . .«
»Eine andere Route, das ist alles.«
Agnes nahm sich einen Moment Zeit, um zu einem Entschluss zu kommen. Sie hatte Alison noch nicht klarmachen können, wie schwierig es mit Tante M wirklich werden würde. Auf gewisse Weise konnten Alisons Nachforschungen sogar einfacher sein. Schließlich hatten Bücher keine messerscharfen Zungen und Bibliotheken weigerten sich nicht geradeheraus Auskunft zu geben.
»Okay«, sagte Agnes schließlich. »Wenn Sie sowieso in diese Richtung fahren, kann ich ebenso gut mitfahren.«

Eine Mitfahrgelegenheit ist schließlich immer noch eine Mitfahrgelegenheit, dachte Agnes im Bus zurück zum Campus. Sie würde sowieso irgendwann hinfahren müssen und je früher, desto besser. Das wahre Ausmaß von Tante Ms Sturheit war nicht das Einzige, was sie Alison nicht mitgeteilt hatte. Sie hatte ihr auch nichts von der Vision erzählt. Die letzte Nacht hatte Agnes kaum ein Auge zugetan. Mary war ihr in ihren Träumen erschienen und hatte sie einfach nicht in Ruhe gelassen. Sie war jetzt ständig da, egal, ob Agnes schlief oder wach war. Was immer Agnes tat, wo immer sie war, ihre Gedanken wanderten stets zurück zu Mary.

Sie war der Grund, warum Agnes so frühzeitig losgegangen war, als sie zu ihrem Treffen mit Alison ging. Dann im Bus hatte Mary Agnes' Gedanken so vollständig in Besitz genommen, dass sie die Haltestelle verpasst hatte und zurücklaufen musste. In der Halle, was hatte Alison da gesagt? »Sie sahen irgendwie anders aus«? Agnes wusste, dass das stimmte. Es war, als ob ihr Blick, ihre ganze Wahrnehmung von jemand anders gesteuert würde.

Agnes hatte gemerkt, wie ihre Gedanken sich manchmal verselbstständigt hatten, während sie bei Alison war. Manchmal war ihre Aufmerksamkeit stark gewesen, fast bis zur völligen Ausschaltung alles anderen, und dann wieder hatte sie kaum zugehört. Sie musste gewirkt haben, als hätte sie keine Manieren, und das sah ihr überhaupt nicht ähnlich. Sie wollte Alison gegenüber nicht unhöflich sein. Sie teilte ihre Faszination. Sie wusste, wie Alison sich fühlte, denn sie begann bereits selbst so zu empfinden. In der kur-

zen Zeit, die sie zusammen verbracht hatten, hatte sie Alisons unablässiges Suchen gespürt, ihre Sorge und ihre Begeisterung. Es war fast, als hätten sie sich ineinander verliebt.
Mit Alison zu reden und sich all die Sachen anzusehen hatte eine gewisse Sehnsucht gelindert, aber der Schmerz hörte nicht auf. Auch Agnes musste herausfinden, wie Marys Geschichte weiterging. Selbst das mochte nicht genügen. Für Alison war es immer noch eine Art von wissenschaftlicher Forschung, doch für Agnes war es etwas anderes. Schnell hastete sie zur Tür – fast hätte sie wieder ihre Haltestelle verpasst. Sie war auf eine Art und Weise betroffen, die sie selbst nicht ganz verstand. Mary aus ihrem Kopf zu bekommen mochte sie zu Orten bringen, zu denen sie gar nicht wollte.

Schon bevor sie zur Tür hereinkam, wusste sie, dass Tante M angerufen hatte, und so war es keine besondere Überraschung, dass das Licht am Anrufbeantworter blinkte. Ähnliches war früher schon geschehen, aber sie hatte es nie ernst genommen.
»Hallo Agnes. Ich bin's. Wenn du da bist, nimm doch ab . . . Okay. Also bist du nicht zu Hause. Ich habe angerufen, um dir zu sagen, dass du diese Frau treffen sollst. Dann komm zu mir. Und damit meine ich: sofort!«
Agnes lächelte. Tante M wusste bereits Bescheid. Ihre übersinnlichen Fähigkeiten waren viel ausgeprägter. Agnes hätte sich gar keine Sorgen zu machen brauchen, was sie zu ihr sagen sollte. Sie dachte, die Nachricht sei damit beendet, doch sie ging noch weiter.

»Oh, und bis du bei mir bist, achte darauf, dass du immer den Ohrring trägst.«
Agnes griff an ihr Ohr, um festzustellen, dass sie den Ohrring tatsächlich trug. Sie musste ihn heute Morgen angelegt haben, ohne weiter nachzudenken. Sie wusste, was er bedeutete. Der Stein hatte Macht; ihre Tante hatte ihn aus der Wüste mitgebracht und dann den Ohrring für sie gemacht. Die braune, leicht gestreifte Feder stammte von *Teiakoiatahkwas*, dem Falken. Es war eine Feder mit geistiger Kraft, die sie beschützen sollte. Aber wovor? Mary konnte ihr doch nichts Böses wollen, oder?

6 Die Fahrt (1)

Alles gepackt?«
»Sicher.«
Agnes warf ihre Tasche in den Kofferraum und setzte sich auf den Beifahrersitz von Alisons kleinem Auto.
»Eine problemlose Strecke«, sagte Alison, während sie sich in den Verkehr einfädelte. »Wir nehmen die Autobahn und biegen dann rechts ab.«
Sie waren einander fremd, hatten aber viele Meilen gemeinsamer Fahrt vor sich. Agnes fühlte sich in der plötzlichen Intimität des Wagens unwohl.
»Ich habe ein paar Sachen mitgebracht, die Sie sich vielleicht ansehen möchten.« Alison wandte den Blick nicht von der Straße. »Im Fach in der Tür, bei den Landkarten.«

Agnes zog ein paar Hefter heraus und begann sie sofort zu lesen. Etwas lesen zu können bedeutete zumindest nicht reden zu müssen.
Sie ging durch Alisons Übertragung von Elias Cornwells Tagebüchern und dann weiter durch den Hefter, der mit Jonah und Martha Morse beschriftet war. Als sie fertig war, drehte sie sich zu Alison. »Glauben Sie, dass sie sich jemals getroffen haben?«
»In Boston, meinen Sie? Ich würde sagen, es ist möglich. Es wird nirgends erwähnt, aber das bedeutet nicht, dass es nicht passiert ist. Es gibt so vieles, das wir niemals erfahren werden.«
»Ich wüsste gern, was er wohl zu ihnen gesagt hätte. Elias Cornwell, meine ich. Bestimmt wäre er irgendwie verlegen gewesen, meinen Sie nicht auch?«
»Ich weiß es wirklich nicht. Beulah war für ihn keine gute Zeit. Ich denke, er hätte es wohl vorgezogen, überhaupt nicht mehr über die ganze Sache zu reden und einen Schleier des Vergessens darüber zu ziehen.«
Agnes nickte. Sie glaubte das auch. Langsam öffnete sie den Hefter der Familie Rivers. Alison blickte hoch zu den Straßenschildern, die vor ihnen auftauchten.
»Wir folgen so ziemlich der gleichen Route, die die Rivers vor all diesen Jahren eingeschlagen haben dürften. Sie würden den Long Bay Path genommen haben, einen alten Indianerpfad, der quer durch zum Connecticut Valley führt. Der Quilt muss den gleichen Weg gegangen sein, verstaut auf einem Pferdekarren.« Alison deutete mit einer Hand auf die sechsspurige Autobahn und den schnell fließenden Verkehr.

Sie lachte auf, als ein riesiger Laster sie überholte.
»Ziemlicher Unterschied, was?«
»Ja, allerdings.«
Die Straße war jetzt auf jeden Fall mehr als ein Pfad und Monstertrucks hatten die Pferdekarren abgelöst, aber noch immer säumten Bäume die Straße zu beiden Seiten, meilenweit. Manchmal wichen die Bäume zurück, um den Blick auf verschiedene Landschaften freizugeben – Täler und Hügel –, aber ziemlich schnell schlossen sich die Baumreihen wieder. Anzeichen von Besiedlung waren relativ selten; ab und zu schimmerten Dächer von einer Anhöhe und weiße Kirchturmspitzen erhoben sich über dem Blätterwald. Durch den grünen Korridor zu reisen gab Alison das Gefühl, losgelöst von der Zeit zu sein.

»Wie bitte?«
»Ich sagte, Mautstelle vor uns.«
Alison blickte auf. Sie waren fast im Staat New York. Sie hatten beinahe einhundert Meilen zurückgelegt, ohne es richtig zu merken.
»Vielleicht sollten wir besser mal anhalten. Ich muss mir die Strecke noch einmal ansehen.«
»Da vorne kommt ein Parkplatz.«
Alison wechselte auf die rechte Spur und nahm die nächste Ausfahrt.

»Tee? Kaffee? Haben Sie Hunger? Möchten Sie etwas zu essen?«
»Tee, bitte. Nein, ich habe keinen Hunger. Aber vielen Dank.«
»Ich habe Ihnen trotzdem ein Muffin mitgebracht.«

Alison kam herüber zu dem Platz, wo Agnes sich hingesetzt hatte. Das Dröhnen des Verkehrs war selbst durch die dicken Glasscheiben noch zu hören.
Agnes brach ihr Muffin in Stücke und aß es langsam, ein kleines Stückchen nach dem anderen. Dann lehnte sie sich zurück und blickte aus dem Fenster. Gedankenverloren zupfte sie an dem Ohrring, den sie im rechten Ohr trug.
»Der Ohrring gefällt mir«, sagte Alison. »Das wollte ich Ihnen gestern schon sagen.«
»Oh, vielen Dank.« Agnes lächelte unsicher und legte ihre Hand wieder in den Schoß. Sie konnte Alison ja wohl kaum sagen, dass sie gestern nicht einmal gemerkt hatte, dass sie ihn trug. Sie bezweifelte, dass sie das verstehen würde.
»Woher haben Sie ihn denn?« Alison nahm einen Schluck von ihrem Kaffee.
»Oh, ähm, Tante M hat ihn gemacht, aus einem Stein, den sie mitbrachte, als sie wieder einmal in der Wüste war.«
»Tante M? Ist das die Tante, die Sie besuchen werden?«
»Ja.«
»Was hat sie denn in der Wüste gemacht?«
»Sie geht zu bestimmten Treffen. Powwows. Stammestreffen. Sie reist überallhin.«
»Und was genau macht sie?«
»Sie ist eine Medizinfrau.« Agnes versuchte es so klingen zu lassen, als wäre es ein Allerweltsjob wie an einer Tankstelle zu arbeiten oder so was. Es gelang ihr nicht.
»Das haben Sie mir ja gar nicht gesagt!« Alison stellte

ihre Tasse ab und starrte Agnes an. »Das ist faszinierend! Was genau bedeutet das? Ich wollte schon immer mehr darüber erfahren. Was tut sie?«
»Sie ist, ähm, eine Heilerin, eine Expertin in einheimischen Kräutern und überlieferten Heilmethoden. Sie hat ihr eigenes Geschäft. Sie verkauft inzwischen sogar über das Internet. Sie hat ihre eigene Website, Sim hat sie letztes Jahr für sie eingerichtet. Sie hat auch andere Kräfte, abgesehen vom Heilen. Spirituelle Kräfte. Sie hat Jahre damit verbracht, bei verschiedenen Leuten zu studieren, Wissen zu sammeln, die traditionellen Methoden zu erlernen. Außerdem unterrichtet sie. Inzwischen gibt es viel Interesse daran – es kommen Leute zu ihr, um ihren Geist zu erweitern, um Visionen nachzugehen oder wenn sie geistige Führung brauchen.«
»Ich verstehe. Eine ziemlich mächtige Frau.«
Agnes nickte. »Es ist ihr Lebenswerk. Es führt sie überallhin, hinauf nach Kanada und hinunter nach Mexiko.«
»Von dort hat sie auch den Türkis?«
»Nein. Wahrscheinlich aus Arizona, sie hat Freunde unter den Navajo. Oder vielleicht aus Nevada. Dorthin geht sie auch manchmal.«
»Hat sie dort auch Freunde?«
»Ja, und . . .«
»Und?«
»Meine Mutter.« Es war draußen, bevor Agnes sich noch davon abhalten konnte, es auszusprechen. »Sie sind Schwestern, aber sehr unterschiedlich.«
»Ihre Mutter? Sie wohnt nicht in der Reservation?«
»Nein.« Agnes schüttelte den Kopf. »Sie ist in Vegas.«

»Las Vegas! Hey! Was macht sie denn dort?«
»Sie ist Croupier.« Agnes runzelte die Stirn, um die Aufregung zu dämpfen, die ihre Worte auslösten. »Klingt ziemlich glamourös, ist es aber nicht.«
»Ich wusste nicht . . .«
»Wie sollten Sie auch?« Agnes blickte auf ihre Uhr und erhob sich. »Sollten wir nicht lieber weiterfahren?«
»Ja, Sie haben Recht.«
Alison folgte ihr hinaus. Ohne es zu wollen, hatte sie irgendeine Art von Grenze zwischen ihnen überschritten. Jetzt waren sie wieder Fremde, die lediglich im selben Wagen reisten.
Agnes nahm einen weiteren Hefter und begann zu lesen, als Alison die Abzweigung nach Albany nahm.
»Wie haben Sie denn das über Jack Gill herausgefunden?«
»Wie bitte?« Alison hatte sich ganz aufs Fahren konzentriert.
»Jack Gill, wie haben Sie die Sachen über ihn herausgefunden?« Agnes wedelte mit einem Hefter, der mit Jack Gill beschriftet war.[6]
»Durch Zufall. Ich war drüben in Nantucket. Mit einem Freund, nur übers Wochenende. Ich hatte nicht einmal daran gedacht, irgendwelche Spuren der Leute zu verfolgen, die in Marys Tagebuch erwähnt waren. Allein die Seiten zu übertragen war genug. Ich wusste, dass ich es zu einem Buch machen wollte, aber es sollte von Mary handeln. Was danach passierte, mit Mary selbst oder den anderen, damit hatte ich mich noch gar nicht weiter beschäftigt. Ich war unten

am Hafen, als der Name mich richtiggehend ansprang: *Richard A. Gill. Schiffszubehör.*«
»Und was haben Sie gemacht?«
»Ich bin natürlich hineingegangen. Wissen Sie, es ist komisch, aber ich hatte das Gefühl, als ob ich dort hingeführt worden sei.«
»Durch Vorsehung?«
Alison grinste. »Genau. Ich hatte gerade den Teil von Marys Papieren beendet, der von Marys Zeit mit Jack auf dem Schiff handelte.«
»Glauben Sie, sie haben sich jemals wieder getroffen? Es wäre doch schön, wenn es so gewesen wäre, meinen Sie nicht auch?«
»Ja, aber das wäre wie in einem Roman. Im wirklichen Leben passiert so etwas einfach nicht.« Alison trat aufs Gaspedal und überholte eine Reihe von langsameren Fahrzeugen. »Das können Sie mir glauben. Die beiden haben sich nie mehr wieder getroffen. Das weiß ich mit Sicherheit.«
»Wie? Woher?«
»Steht alles in der Akte.«
Agnes nahm dies als einen Hinweis, eine Weile zu lesen.

»Also ist er nicht gestorben, wie Mary es in ihrer Vision gesehen hatte, getötet von einem Riesenwal?«
»Nein.« Alison schüttelte den Kopf. »Er starb in seinem Bett.«
Agnes drehte sich zu ihr und die Enttäuschung stand deutlich in ihrem Gesicht geschrieben. »Und was ist dann mit ihrer Vorahnung?«
»Das habe ich mich auch gefragt. Sozusagen die erste

Hürde und Mary schafft es schon nicht, sie zu nehmen.« Alison lächelte voller Mitgefühl. »Ich wollte es dem alten Herrn nicht zeigen, aber ich war ziemlich enttäuscht.«

»Also hat sie nicht Recht gehabt?«

»Lesen Sie weiter und Sie werden es erfahren. Ich nehme an, Vorahnungen sind eine ziemlich ungenaue Sache.«

»Dieser Glücksbringer, den Gill hatte, den er immer mit aufs Meer nahm. Es war . . .«

»Eine halbe Silbermünze.«

»Wie die, die er Mary gegeben hatte?«

»Die andere Hälfte, würde ich sagen. Sah jedenfalls so aus.«

»Sie haben sie selbst gesehen?«

»Hm, ja. Er hatte eine Art kleines Museum. Und sie lag dort in einer Glasvitrine auf einem kleinen Samtkissen.«

»Wie sah sie denn aus?«

»Kleiner, als ich erwartet hatte, und dünn und abgegriffen vom vielen Herumtragen in all diesen Westentaschen. Sie hatte in einer Ecke ein Loch, als ob sie einmal an einer Schnur oder Kette gehangen hätte.«

»Dieser Richard Gill, holte er die Münze für Sie heraus, damit Sie sie genauer ansehen konnten?«

»Ja, das hat er getan. Er öffnete die Vitrine mit einem winzigen Schlüssel.«

Es war schwer, zu beschreiben, was sie empfunden hatte, als er hineingegriffen und sie herausgeholt hatte. Das Ausmaß der Gefühle, als die halbe Silbermünze auf ihrer Handfläche lag, hatte sie selbst überrascht. Sie war so leicht und dünn; es war kein Anzeichen mehr von einer Zahl oder einem Kopf übrig geblieben, jegliche Prägung war völlig abgewetzt. Alison hatte die Münze lediglich einen Moment lang gehalten und dann sofort wieder zurückgegeben. Sie hatte Angst gehabt, sie könnte von der Wärme ihrer Haut schmelzen. Sie schien zu zerbrechlich, um Metall zu sein, und lag in der Hand wie ein welkes Blatt.

»Ich war niemals dort«, sagte Agnes nachdenklich, »in Nantucket.«

»Ach nein? Dann müssen Sie das nächste Mal mit mir kommen und Richard kennen lernen. Sie werden ihn mögen. Er ist ein richtiger Schatz.«

Alison zügelte sich weiterzureden. Sie nahm an, Agnes würde die Einladung zurückweisen, doch das tat sie gar nicht.

»Ja, das würde mir gefallen.« Agnes lächelte sie an. »Das wäre schön.«

7 Die Fahrt (2)

Sie waren an einer Stelle angelangt, an der sie eine Entscheidung treffen mussten, welche Route sie nun am besten nehmen sollten. Die landschaftlich schönere würde sie hinauf durch die Adirondacks führen. Die andere war die Interstate-Route.

Sie machten wieder eine Pause, um zu essen und sich die Karte anzusehen.

»Diese Straße von Albany nach Buffalo nimmt den alten Mohawkpfad auf.« Agnes fuhr die Strecke auf der Landkarte mit den Fingern nach. »Haben Sie das gewusst?« Alison schüttelte den Kopf. »Es ist irgendwie verrückt, darüber nachzudenken. Wie das, was Sie über den Weg sagten, den die Rivers nahmen«, meinte Agnes, während sie die Karte studierte. »Diese Autobahnen folgen den Wegen, die bereits tief in das Land gekerbt wurden, bevor die Europäer überhaupt hierher kamen.«

»Ich dachte sowieso daran, diese Straße zu nehmen.« Alison lächelte. »Das hat den letzten Ausschlag gegeben. Kommen Sie. Wir haben immer noch einen langen Weg vor uns.«

»Haben Sie immer in der Reservation gelebt?«, fragte Alison, mehr um die Zeit zu füllen, da die Autobahn sich immer noch Meile um Meile vor ihnen erstreckte.

»Nein«, antwortete Agnes. Nachdem sie dann den Eindruck hatte, vielleicht zu kurz angebunden gewesen zu sein, fügte sie hinzu: »Ich verbrachte früher nur meine Ferien dort, aber irgendwann, als ich etwa acht oder neun war, wurde aus den Ferien ein Dauerzustand.«

»Was ist passiert?«

Agnes schwieg eine Weile, als könne sie sich nicht entscheiden, ob sie antworten sollte oder nicht.

»Sie brauchen es mir natürlich nicht zu erklären . . .«, sagte Alison. Sie wollte das Mädchen nicht bedrängen.

»Ist schon in Ordnung. Meine Eltern haben sich getrennt. Mein Vater war in der Armee und wir sind viel umgezogen. Als er die Armee verließ, bekam er erst mal keinen Job. Er und meine Mutter stritten deswegen die ganze Zeit. Eines Tages ging er weg und sagte, er sähe sich nach Arbeit um, doch er kam nicht mehr zurück. Meine Mutter schickte mich daraufhin zu meiner Großmutter und zu Tante M, während sie herausfinden wollte, was sie machen sollte und ...« Agnes zuckte mit den Schultern. »Ich bin nie zurückgegangen. Ich passte irgendwie nicht in die Pläne, die meine Mutter hatte. Sie ging nach Vegas, bekam einen Job in einem Casino und ich blieb bei Gram, Tante M und Sim in der Reservation.«

»Sehen Sie sie noch? Ihre Mutter, meine ich?«

»Oh, klar«, log Agnes. »Meinen Vater auch.«

»Aber Sie wollten auch bei ihm nicht wohnen?«

»Nein, lieber nicht. Mein Vater hat eine neue Frau. Sie ist in Ordnung, aber ...« Agnes zuckte wieder mit den Schultern. »Und meine Mutter? Na ja, ich bin zu alt für sie, denke ich.«

»Wie das denn? Zu alt wofür?«

»Ich lasse sie älter aussehen, um genau zu sein. Sie bekam mich, als sie sehr jung war. Und eine achtzehn Jahre alte Tochter verrät eine Frau, die versucht für dreißig durchzugehen.«

Agnes rutschte in ihrem Sitz nach unten und schlang die Arme um sich. Die Unterhaltung war beendet. Es gab keine Akten mehr, die zu lesen waren, also starrte sie aus dem Seitenfenster auf die vorbeiziehende Landschaft. Alison dachte wahrscheinlich, sie schlafe. Agnes ließ sie in dem Glauben. Sie hatte nicht vor zu schlafen, aber sie wollte im Moment auch nicht mehr reden.

All diese Akten. All diese Menschen. Was, wenn sie

auf eine solche Akte reduziert würde? Woraus würde die dann bestehen? Was hatte sie bis jetzt als Leben vorzuweisen? Eine Geburtsurkunde, Schulzeugnisse, ein Highschool-Diplom, ein paar College-Noten, das wäre alles.

Was war mit den Dingen, die nicht so einfach registriert werden konnten? Der Duft ihrer Mutter, wenn sie ausging: Parfüm gemischt mit Zigaretten. Der Geruch ihres Vaters am Morgen, nach Aftershave und frisch gebügeltem Popelinstoff. Ihre Zeit des Glücks, als sie zusammen gewesen waren. Ihr Elend, als er ging. Wie sie gewartet und gewartet hatte und die ganze Zeit bereits wusste, dass er nicht zurückkommen würde. Er hatte gelächelt an jenem Tag und sie »Knirps« genannt, genau wie immer, aber sie hatte die Tränen in seinen Augen gesehen und er hatte sie nicht richtig anschauen können, als er ihr zum Abschied zugewunken hatte.

Was war mit den Orten, an denen sie gelebt hatte? Ihre Akte würde eine ganze Reihe von Adressen beinhalten. Armeestützpunkte, wo die Häuser alle ordentlich in Reih und Glied gestanden hatten wie bei einer Parade. Reihenhäuser, die nach Moder rochen. Lausige Wohnungen mit engen Fluren und dünnen Wänden und einer Vordertreppe, auf die man sich setzen konnte, wenn die Streiterei zu heftig wurde. Wenn man es nicht mehr aushalten konnte.

All die Schulen, die sie besucht hatte, waren in ihrer Erinnerung zu einem einzigen langen Flur verschmolzen. Sie war kaum jemals lange genug geblieben, um Freundschaften zu schließen. Jetzt drängten sich all die Gesichter zusammen, so anonym wie auf einer

Hauptstraße in der Rushhour. Die gemeinen und die netten Kinder. Diejenigen, die dachten, sie sei spanischer Abstammung; diejenigen, die wussten, dass sie es nicht wahr; diejenigen, denen es so oder so egal war. Die Kinder, die sie behandelten, als sei sie ein lebendes Museumsstück, und von ihr erwarteten, dass sie Tänze vorführte und Krieger-Kopfschmuck mitbrachte, während sie doch nur ein ganz normales Kind sein wollte wie alle anderen. An einem Ort waren sogar die Lehrer Rassisten gewesen. Ihre Mutter hatte sie sofort von dieser Schule genommen. An jenem Tag war Agnes stolz auf sie gewesen.

Nachdem ihr Vater gegangen war, hatte Agnes eigentlich gedacht, dass sie gut miteinander auskämen, nur sie und ihre Mutter. Deshalb hatte es so weh getan, in der Reservation zurückgelassen zu werden. Sie hatte es damals sehr schwer genommen. Sie erinnerte sich genau an den Tag, an dem sie herausfand, dass ihre Mutter sie nicht wieder zurückholen würde. Es war der Tag, an dem sie abgeholt werden sollte, und sie war draußen auf der Veranda und lauschte auf die näher kommenden Autos. Es wurde spät, fast schon Nacht. Sie hatte den ganzen Tag Ausschau gehalten. Die Autos fuhren vorbei und keines davon wurde langsamer, um in die Einfahrt abzubiegen. Die Sterne standen bereits am Himmel, als Tante M sie ins Haus rief. Agnes konnte immer noch die Wut schmecken, bitter auf ihrer Zunge wie ein Mund voll Kupfer. Sie hatte es gewusst, noch bevor Tante M etwas sagte. Vielleicht hatte sie doch eine besondere Gabe.

Ihre Wut wuchs, machte sie allem anderen gegenüber blind. Sie hasste die Reservation. Sie redete nicht mit

Tante M und ihrer Großmutter, aber beide waren weise und geduldige Frauen und wussten, dass sie irgendwann zu Vernunft kommen würde. Also warteten sie einfach. Inzwischen prügelte sich Agnes mit jedem Kind in ihrer Klasse, das sie auch nur von der Seite ansah. Sim bereitete dem ein Ende. Eines Tages wurde sie von großen Kindern umringt; die Brüder und Schwestern ihrer Klassenkameraden hatten sie zur Rede gestellt. Sim war hinter sie getreten und sie hatte gedacht, er würde an ihrer Seite kämpfen. Stattdessen legte er seine Arme um sie und hielt ihre Fäuste fest.

»Du kannst nicht mit der ganzen Welt kämpfen, Agnes«, hatte er zu ihr gesagt. »Du musst wissen, wann du kämpfen musst und wann nicht, und diesmal rate ich dir aufzugeben. Hat dir irgendeines dieser Kinder etwas getan?«

Agnes schüttelte den Kopf.

»Hast du ihnen was getan?«

Agnes schüttelte noch heftiger den Kopf.

»Ihren Brüdern und Schwestern?«

Es dauerte eine Weile, doch dann nickte Agnes.

»In diesem Fall werde ich mit ihnen reden. Du gehst jetzt nach Hause.«

Sim hatte sie damals gerettet und noch oft danach. Er hatte sie sogar zum Abschlussball begleitet, als ihr eigentlicher Partner nicht aufgetaucht war.

Das war Leben – keine Daten und Aufzeichnungen, Urkunden und Papiere. In Agnes' Kopf hatten die Gründe für diese Reise begonnen sich zu verändern. Die Gegenstände, die Alison so gerne haben wollte, standen plötzlich nicht mehr im Mittelpunkt. In Agnes' Gedanken waren sie einfach nur zu Krimskrams geworden. Selbst wenn sie Mary gehört hatten – und wenn schon? Sie musste mehr wissen, als diese Dinge ihr sagen konnten. Worauf es ankam, wirklich ankam, war die Geschichte. Und wie sollte sie die erfahren? Es gab nur einen Weg, den sie kannte, und auf den musste sie sich geistig vorbereiten.

8 Die Reservation

Alison fuhr an dem Schild vorbei, das besagte, dass sie sich jetzt auf dem Gelände der Reservation befanden. Sie waren nun in einem eigenen Staat, und das bedeutete, dass gewisse Staats- und Steuergesetze nicht mehr galten. Verkaufssteuern, zum Beispiel. Alison nahm die Gelegenheit wahr und füllte ihren Tank bei der ersten in einer Reihe von Tankstellen, die sich entlang der Straße befanden. Sie setzte Agnes hier ab und wendete. Sie hatte immer noch eine lange Fahrt nach Montreal vor sich und wollte so weit wie möglich kommen, aber sie schrieb eine Reihe von Telefonnummern auf, damit Agnes sie erreichen konnte, sobald sie mit ihrer Tante gesprochen hatte.

Agnes nahm das Papier und steckte es in ihre Tasche. Sie sah den roten Rücklichtern nach, bis sie schließlich verschwunden waren. Es war irgendwie merkwürdig, wieder allein zu sein, und es war kalt draußen nach der Wärme des Autos. Sie schlug ihren Kragen hoch und begann auf einige Gebäude zuzugehen, die um einen Truckstop angeordnet waren: ein Tabakwarenladen, der verbilligte Zigaretten verkaufte, und einige kleine Läden, die Souvenirs aus der Reservation verkauften. Steuerfreie Waren stellten einen großer Anreiz dar. Leute, die deswegen anhielten, konnten in Versuchung geraten, auch Geschenke zu kaufen. Einer der speziellen Geschenkläden gehörte Tante M: *Natürlicher Weg Kräuter und Naturheilmittel – Mirium Lazare*. Aber er war dunkel.

Agnes drehte sich von Tante Ms Laden weg und wollte in einen der Souvenirläden gehen, denn sie kannte die Leute dort, aber an der Tür drehte sie sich um. Das Haus ihrer Tante war nicht weit und ihr war im Augenblick nicht danach, mit irgendjemand anderem zu reden. Es herrschte eine merkwürdige Art von Distanz zwischen ihr und ihrer Umgebung. Ihr Kopf war angefüllt mit einem ständigen Summen, das einfach nicht wegging. Selbst ihre Sicht schien irgendwie verschwommen, als ob sie durch eine mit Vaseline verschmierte Brille sähe.

Als Agnes zum Haus ihrer Tante kam, brannte auch dort kein Licht. Sie seufzte und lehnte ihren Kopf gegen das Verandageländer. Das hatte sie nicht erwartet. Sie schloss die Tür mit ihrem eigenen Schlüssel auf und sah sich um. Es war niemand zu Hause, aber eine Nachricht am Kühlschrank sagte ihr, sie solle ins Casino gehen.

Warum? Agnes hatte es schon lange aufgegeben, aus Tante M schlau zu werden. Am besten war es, nicht einmal zu raten. Sie schulterte einfach wieder ihren Rucksack und ging die Straße entlang auf den Schrift-

zug des Casinos zu, der neonrosafarbenes Licht in die Dunkelheit warf.
Ihr besonderer Status stellte die Reservation außerhalb der staatlichen Spielgesetze und das Casino lief gut. Agnes ging an den draußen parkenden Autos vorbei und weiter zum Eingang.
Sie kannte den Typ an der Tür. Während ihres letzten Jahres an der Highschool hatte sie sich ein paar Mal mit ihm getroffen. Als sie nach ihrer Tante fragte, erntete sie nur einen verblüfften Gesichtsausdruck, aber er sagte ihr, dass Sim da sei. Und der würde sicher wissen, wo sie war.
Der Junge hielt die schwere Glastür für sie auf und Agnes ging hinein. Lange Reihen von Spielautomaten erstreckten sich vor ihr, jeder Bankschalter war mit Dollar-Zeichen gekrönt. Amerikanische auf einer Seite, kanadische auf der anderen. Niemand nahm auch nur im Geringsten von ihr Notiz, als sie vorbeiging. Alle Blicke waren geradewegs auf die aufblinkenden Muster und die sich drehenden Räder gerichtet. Die Leute ließen ihre Finger über die Knöpfe gleiten und griffen immer wieder in die Münzschälchen, um neue Münzen einzuwerfen. Es war eine ruhige Nacht, jedenfalls bis jetzt, und die Atmosphäre war so gedämpft wie das Licht. Das vorherrschende Geräusch kam von den Maschinen, die das übliche Summen und Tuten von sich gaben, und von dem gelegentlichen Rasseln der Münzen, wenn jemand gewonnen hatte. An den Blackjack-Tischen ging es noch schweigsamer zu. Jeder wurde von seinem eigenen Lichtkegel beleuchtet, manche Tische waren noch leer, viele schon besetzt. Span-

nung lag in der Luft, sie konnte es spüren. Geld zu gewinnen und zu verlieren war eine ernste Angelegenheit.

Agnes lief über den pistaziengrünen Teppich und folgte den beleuchteten Gängen. Sie ging an den Würfel- und Roulettetischen vorbei zu dem Bereich weiter hinten, wo Poker gespielt wurde.

Hier würde sie Sim finden. Poker war sein Spiel und er wurde dabei sehr bewundert. Die Leute blieben oft stehen, nur um ihm beim Spielen zuzusehen, um zu sehen, wie er die Karten in seiner lässigen Art mit der linken Hand ausgab. Agnes erinnerte sich an die Tricks, die er ihr immer gezeigt hatte, wenn sie als Kinder zusammen auf der Veranda saßen. Wie er die Karten hin- und herfließen lassen konnte, als seien sie miteinander verbunden. »Pass gut auf«, hatte er dann immer gesagt, aber sie hatte nie gut genug aufpassen können, um zu sehen, wie er es schaffte, eine Karte in ihrer Tasche verschwinden zu lassen oder hinter ihrem Ohr hervorzuholen.

Jetzt hatte er einen Beruf daraus gemacht. Poker war ein Spiel, das Geschicklichkeit erforderte; es war nicht mit dem Spiel an Automaten zu vergleichen. Tricks waren zwar keine erlaubt, aber Sim hatte dennoch die Fertigkeit eines Taschenspielers behalten. Er konnte den anderen nicht nur hervorragend ablenken, sondern ihn auch immer durchschauen und seine Gedanken erahnen.

Er spielte auch selbst. Nicht hier, das wäre gegen die Regeln gewesen. Aber wenn er andere Orte besuchte, Vegas, Jersey City oder andere Reservationen mit Konzession zum Spielbetrieb, Foxwoods etwa oder

Turning Stone. Gelegentlich fuhr Sim mit seinem Onkel Jeb, der das Casino hier führte, dorthin und spielte dann immer ein oder zwei Spiele. Er wusste, wie man gewann. »Du musst aufhören, wenn du vorne liegst, und das kann schwer sein. Aber es ist genau das, was du tun musst.« Er stand fast immer mit mehr Geld vom Tisch auf, als er mitgebracht hatte, und war dann sehr großzügig mit seinen Gewinnen. Einiges davon hatte er Agnes gegeben, damit sie aufs College gehen konnte.

Jetzt konnte Agnes ihn sehen. Er trug die Uniform, die aus einer grüner Smokingjacke und einem grauen Hemd mit weißer Spitzenrüsche bestand, und eine schmale schwarze Schleife im Westernstil. Sein langes schwarzes Haar war im Nacken zusammengebunden und betonte so seine vorstehenden Wangenknochen und sein schmales Gesicht. Er hatte sich einen Schnurrbart wachsen lassen, seit Agnes ihn das letzte Mal gesehen hatte, ein schmaler Streif über der Oberlippe, nicht viel breiter als das Westernband um seinen Hemdkragen. Mit dem Bart sah er älter aus, deshalb hatte er ihn sich wohl stehen lassen. Aber Agnes gefiel er trotzdem nicht. Der Schnurrbart sah aus, als sei er mit Kajalstift hingemalt worden, und passte nicht zu seinem Gesicht. Seine schräg gestellten dunklen Augen blickten kein einziges Mal in ihre Richtung, als sie sich dem Tisch näherte. Das Spiel erforderte seine ganze Aufmerksamkeit.

Sim hatte sie gesehen, sobald sie hereingekommen war, obwohl er es sich nicht anmerken ließ. Er dealte. Er prüfte die Gebote – keine Gebote. Er prüfte die Karten, die aufgenommen und abgelegt wurden, und

jetzt warf er auch Agnes einen knappen, prüfenden Blick zu. Sie war dünn. Zu dünn! Und sie sah müde und beunruhigt aus. Irgendwie zappelig, als ob sie unter Drogen stünde, aber er wusste, dass das nicht der Fall sein konnte, nicht bei Agnes.
Sie wusste, das sie ihn nicht stören durfte, wenn er arbeitete. Er würde bestimmt bald seine reguläre Pause haben und dann konnte sie mit ihm reden. Sie wollte eigentlich nur wissen, wo seine Mutter war.
Sim konnte ihre Aufregung selbst über die Entfernung hinweg spüren.
»Deine Cousine ist da.« Die Kellnerin flüsterte ihm das zu, als sie den Gästen Drinks brachte.
»Ich weiß. Sag ihr, dass ich zu ihr komme, sobald ich hier fertig bin.«
Als ein Kollege ihn ablöste, erhob sich Sim von seinem Platz am Tisch und kam zu ihr.
»Du bist zu jung, um hier zu sein. Nur über 21. Wie bist du denn hereingekommen?«
»Bin mal mit einem der Türsteher aus gewesen.« Agnes malte Muster in das kondensierte Wasser, dass sich an der Seite ihres Glases gebildet hatte.
»Mit welchem?«
»Rickey.«
»Lacrosse Rickey?«
»Genau.«
Sim nickte, als ob er diese Information verarbeiten wollte. Agnes verzog die Stirn. Er war fast acht Jahre älter und meinte immer sie beschützen zu müssen, als sei er ihr Bruder. Manchmal gefiel ihr das, doch das gab ihm nicht das Recht, über die Jungs zu urteilen, mit denen sie sich traf.

»Eigentlich wollte ich ja zu Tante M.« Sie drehte ihr Glas auf dem Untersetzer, sodass das Eis klimperte wie kleine silberne Glocken.

»Tja, sie ist nicht hier. Du weißt ja, was sie von dem Casino hält.«

»Ich dachte, sie hätte ihre Meinung geändert.«

»Sie sagt, sie zieht die alten Bingo-Tage vor; das hätte mehr Spaß gemacht.«

»Was ist mit dem Geld, das es bringt? Immerhin hat es mir schon einen Teil der Gebühren fürs College bezahlt.«

»Ja, ich weiß, ich weiß, und die medizinische Versorgung verbessert, für Wohnungen und ein Gemeindehaus gesorgt. Aber es gibt Pläne, das Ganze zu erweitern, und sie befürchtet, dass uns das nicht gut tun wird. Sie meint, dass es nicht lange dauern wird, bis wir alle in Streit geraten wie ein Rudel Hunde über einem Fleischstück oder bis ein richtig großer Jagdhund daherkommt und uns alle vertreibt.«

»Denkst du das auch?«

»Man darf nicht stillstehen.« Sim zuckte mit den Schultern. »Wenn wir es nicht tun, wird es jemand anders tun.«

»Hat sie etwas dagegen unternommen?«

»Sagen wir, ihre Meinung ist bekannt.«

»Ist sie deswegen nicht hier? Weil sie bei einem Treffen oder so was ist?«

Sim schüttelte den Kopf. »Sie ist oben am See.«

»Am Looking Glass Lake? Was macht sie denn dort?«

»Auf dich warten. Ich soll dich hinbringen. Bist du bereit? Trink aus. Wir müssen los. Aber zuerst muss ich noch was besorgen.«

Er stand auf und führte sie an den Spieltischen und den Automaten vorbei zum Tabakstand.
»Eine Schachtel Marlborough, bitte, Denise.«
Das Mädchen hinter der Theke holte eine Schachtel für ihn herunter. Er reichte sie Agnes.
»Ich rauche nicht.« Agnes sah ihn verblüfft an.
Sim lachte. »Die sind nicht für dich, sondern für sie. Du musst Tabak mitbringen, weißt du nicht mehr? Wenn du zur Medizinfrau gehst, ist Tabak das traditionelle Geschenk. Ich nehme an, dass du nicht nur zu einem Familienbesuch hier bist?«
Agnes schüttelte den Kopf.
»Dann steck sie ein und lass uns gehen.«

»Wie bist du denn überhaupt hergekommen?«, fragte Sim, während er die Türen seines verbeulten, mit Schlamm bespritzten Pick-ups aufschloss.
»Eine Frau namens Alison Ellman hat mich mitgenommen.«
»Den ganzen Weg von Boston? Nicht schlecht.«
»Sie sagte, es mache ihr nichts aus.«
»Wo ist sie jetzt?«
»Sie ist weiter nach Montreal gefahren.«
»Um diese Zeit? Sie muss gerne Auto fahren. Was macht sie sonst so?«
»Sie arbeitet in einem Museum.« Agnes grinste, als sie Sims Gesichtsausdruck sah. »Du würdest es nicht glauben, wenn du sie siehst. Sie ist anders als normale Museumsleute.«
»Ist sie cool?«
»Ja. Ich denke schon.«
Sim nickte nachdenklich. »Entschuldige das Chaos«,

fügte er hinzu, als Agnes sich auf den Beifahrersitz setzte. »Ich habe mit ein paar Freunden einen Ausflug hoch nach Kahnawake gemacht.«
Agnes schob die leeren Verpackungshüllen und Chipstüten beiseite und konnte schließlich ihre Füße zwischen die zerdrückten leeren Dosen stellen, die den Boden übersäten. Sim fuhr mit quietschenden Reifen vom Parkplatz des Casinos und es dauerte nicht lange, bis die Schilder der Reservation auftauchten und wieder verschwanden. Die verstreut stehenden Häuser und die Lichtkegel der Verandalampen wurden seltener. Ein- oder zweimal bellte ein Hund, als sie vorbeifuhren, doch ansonsten umgab sie mehr und mehr Dunkelheit und Stille. Sie waren die Einzigen auf der Straße. Die Nacht war kühl und Sim hatte die Heizung angestellt. Agnes kämpfte sich aus ihrer Jacke. Er hatte auch das Radio angestellt. Irgendeine lokale Gruppe spielte einheimischen Hiphop: eine Stimme, die weich und eindringlich war, immer wieder leiser und lauter wurde und im Hintergrund etwas, was eine Wassertrommel sein konnte. Der Effekt war fast hypnotisierend. Agnes knüllte ihre Jacke zu einem Kissen zusammen und starrte aus ihrem Fenster. Der Mond ging auf. Eine Mondsichel, bleich wie ein Knochen, schien durch die kahlen Birkenzweige. Sie kam immer wieder in Sicht und verschwand erneut, war da und wieder weg, da und weg ...
»Hey, Agnes, gefällt dir das? ... Agnes?«
Als Sim zum zweiten Mal keine Antwort bekam, blickte er zu ihr. Sie schien zu schlafen. Also stellte er das Radio etwas leiser. Seine schmalen Finger trom-

melten zum Rhythmus der Musik, während er kaum hörbar das Lied mitsang.

9 Mary

Eine Bewegung war hinter dem wirbelnden Vorhang aus Schnee zu erkennen, ein Umriss, grau auf Grau. Es sah aus wie ein Hund, der hin und her sprang. Ich dachte, Tom sei wieder zurückgekommen, doch dieses Tier war breiter um die Brust und hatte einen größeren Kopf. Die Schnauze war länger, die Augen schmaler, der Abstand dazwischen breiter. Das war kein Hund. Das war ein Wolf. Große Pfoten erhoben sich und fielen, ließen den pulvrigen Schnee hochstieben. Es war ein Weibchen, ich sah ihre Zitzen, als sie wieder und wieder sprang, ein kleines Tier suchte, einen Hasen oder vielleicht eine Maus, die unter der Oberfläche gefangen war. Die Wölfin spielte anscheinend, wartete noch, bis sie das Tier packen und seinen Hals zwischen ihren langen weißen Zähnen zermalmen würde.
Ich blinzelte den Schnee von meinen Augenlidern, um besser sehen zu können, und sie, die kleinste Bewegungen wahrnehmen konnte, hörte auf zu springen und kam auf mich zu. Die rote Zunge hing aus ihrem geöffneten Maul. Ihr Atem formte Wölkchen in der gefrierenden Luft. Plötzlich wusste ich es. Es gab gar keine Maus und auch keinen Hasen. Ich selbst war die Jagdbeute! Sie hatte meine Witterung aufgenommen.

Sie sah mich aus ihren gelben Augen an, den Kopf auf die Seite gelegt, als überlege sie, ob sie mich jetzt töten sollte oder später. Ich wünschte, sie entschiede sich für jetzt. Ich würde lieber schnell sterben als langsam.

Sie näherte sich Schritt um Schritt, fast kriechend, wie ein Hund, der eine Schafherde zusammentreibt. Schließlich stand sie vor mir. Ich dachte, jetzt ist es so weit. Jetzt. Ich konnte ihren Atem spüren, der mir heiß ins Gesicht schlug. Ich schloss die Augen und wartete darauf, dass sie zubiss. Das tat sie nicht. Statt meine Kehle aufzureißen leckte sie mein Gesicht, wieder und wieder. Ihre raue Zunge ließ den eisigen Überzug auf meinen Wangen schmelzen, rieb das Gefühl zurück in die Haut, die bereits taub war.

Sie zerrte an mir, zog an meiner Jacke und meinem Ärmel. Die Nacht brach herein und der Schnee fiel noch dichter, sie versuchte mir klarzumachen, dass es Zeit war, zu gehen. Dass ich ihr folgen musste. Ich versuchte aufzustehen, aber ich konnte nicht gehen. Meine Füße hatten jegliches Gefühl verloren. Sie würden mich nicht tragen. Sobald ich versuchte, einen Schritt zu machen, fiel ich kopfüber in den Schnee. Das geschah immer wieder, bis ich das Gefühl hatte, dass selbst die wenige Kraft, die ich noch hatte, aus mir wich. Sie sah mich an, den Kopf zur Seite gelegt, als ob sie die Situation überdenke, sich überlege, was zu tun sei, und die ganze Zeit fiel der Schnee schneller und schneller, bis ich sie kaum mehr sehen konnte. Es war, als ob die Luft sich wie eine Soße verdickt hätte zu einem brodelnden Weiß.

Eine Weile stand die Wölfin nur da. Ich dachte, sie

würde mich jetzt verlassen, denn die Nacht brach über uns herein, aber sie verließ mich nicht. Sie begann sich zu drehen und zu drehen, immer im Kreis, wie ein Welpe, der seinen Schwanz zu fassen versucht. Dies schien nicht die Zeit für Spiele, selbst ein Wolf hatte es schwer, bei diesem Wetter zu überleben, aber dann sah ich, was sie vorhatte. Sie schuf eine Mulde, eine Vertiefung im Schnee. Sie grub tiefer und tiefer, bis sie eine richtige Höhle geschaffen hatte. Als sie zufrieden war, kam sie zu mir und begann mich hinüberzuzerren.

Ich konnte kaum kriechen, aber es gelang mir, dort hinzukommen. Sie machte sich um mich herum zu schaffen, drängte den Schnee zurück und scharrte ihn weg, so sorgfältig wie eine Hausfrau, die sich um ihr Heim kümmert. Schließlich schien sie zufrieden zu sein. Sie gähnte ausgiebig, um das anzuzeigen, und streckte sich dann aus, als ob sie bereit sei sich auszuruhen. Ich zog meine Tasche an mich und versuchte den Verschluss zu lösen, aber meine Finger waren gefroren, so unbeweglich wie Holzstäbe. Ich musste meine Zähne benutzen, aber schließlich bekam ich die Tasche auf. Ich tastete unbeholfen nach dem Speck und dem Brot, das in Fett getränkt war – dem Proviant, den mir Sarah Rivers mitgegeben hatte. Ich hatte vorher kein einziges Mal ans Essen gedacht. Jetzt wickelte ich es aus und warf der Wölfin ein Stück Speck zu. Sie verschlang es nicht sofort, sondern nahm es bedächtig, fast zurückhaltend an, hielt es zwischen ihren Pfoten und kaute richtiggehend elegant daran. Ich hielt das Brot zwischen meinen Handgelenken, riss mit den Zähnen die Kruste ab und ließ sie in meinen

Mund fallen, damit sie dort weich werden konnte. So aß ich Stück um Stück.
Das Essen brachte etwas Wärme und Kraft in meinen Körper zurück. Die Wölfin hatte den Speck verzehrt und rollte sich nun neben mir zusammen, den Rücken zum Schneetreiben gewandt. Ich kauerte mich in den Schutz ihres Körpers, kuschelte mich an ihr langes Winterfell, griff mit den Fingern durch die rauen grauschwarzen Haare hinunter zu dem weichen Fell, das dicht und weiß darunter lag. Ihr Körper strahlte große Wärme ab. Ich hielt mein Gesicht gegen das blasse, weiche Fell an ihrer Brust und ihrem Hals und steckte meine Füße unter ihren Bauch. Seit ich die Siedlung verlassen hatte, hatte ich mich nicht mehr so gut gefühlt. Ihre Wärme brachte mir Leben – und Hoffnung.
Wir lagen zusammengerollt da, als die Nacht hereinbrach und der heulende Wind den Schnee über uns auftürmte, bis wir nur noch ein kleiner Hügel, eine Schneeverwehung zwischen anderen waren.

10 Tekionehkateh – Helle Wasser Looking Glass Lake

Das Nächste, was Agnes bewusst wurde, war, dass ein Bündel glimmender Zweige unter ihrer Nase hin und her gewedelt wurde. Sie fuhr mit einem Aufschrei vor dem durchdringenden Geruch verbrannter Kräuter zurück.

»Ruhig!« Ihre Tante umarmte sie und wiegte sie hin und her. »Ganz ruhig.«

»Ich dachte, sie würde schlafen«, sagte Sim und legte seine Stirn in tiefe Falten. »Ich hatte die Heizung ganz hochgedreht, aber als ich Agnes anfasste, war sie eiskalt.«

»Du konntest es nicht wissen. Hilf mir sie ins Haus zu bringen.«

Sim hob Agnes hoch, trug sie in die Hütte und legte sie auf das Bett in der Ecke. Er erinnerte sich daran, wie er hier geschlafen hatte, als er ein Kind war. Jetzt breitete er die abgegriffene Patchwork-Decke über Agnes, strich ihr das Haar aus dem Gesicht und legte die Hand auf ihre Wange. Ihre Haut fühlte sich inzwischen wieder warm an, stellte er mit Erleichterung fest. Seine Lippen bewegten sich zu einem lautlosen Gebet, um Böses von ihr abzuhalten. Er liebte sie wie eine Schwester und hatte auf sie aufgepasst, seit sie in die Reservation gezogen war – ja, vorher schon, als sie nur in den Ferien da gewesen war.

Sim trat leise in die Mitte des Raumes. Die Hütte hatte sich nicht verändert. Sein Urgroßvater hatte sie aus dicken Stämmen gebaut und mit Moos und Lehm abgedichtet, um die Winterwinde abzuhalten. Sie bestand nur aus einem einzigen Raum mit einer kleinen, im Hinterhof angebauten Küche und einer Veranda vorne an der Seite, die zum Anlegesteg zeigte.

Die Hütte hatte schon immer so ausgesehen. Es war nichts verändert worden, es gab nicht einmal neue Möbel, das meiste davon war ebenfalls bereits vom Urgroßvater gezimmert worden. Sim hatte ihn nie gekannt, denn er war gestorben, lange bevor er geboren wurde. Aber Sim hatte sich dem alten Mann immer besonders nahe gefühlt. Er hatte *Karonhiahkeson* geheißen, das bedeutete: *Entlang der Wolken.* Der Name war an Mitwinter bei der Zeremonie zur Namensgebung weitergegeben worden; es war jetzt Sims Name. Sim war froh, dass nichts sich in dieser Hütte verändert hatte. Es gab auch keine Elektrizität. Die Hütte wurde von dem weichen Licht einer Petroleumlampe erleuchtet und durch einen Holzofen beheizt. Er sah sich um. Es hätte zur Zeit seiner Kindheit sein können. Es hätte vor hundert Jahren sein können. Er mochte den Gedanken, dass der alte Mann, wenn er zurückkäme, sein Heim sofort wiedererkennen und sich zu Hause fühlen würde.

Seine Mutter kam herein, mit Agnes' Tasche und Jacke. Sie legte die Jacke über eine Stuhllehne. Dabei beugte sie sich plötzlich vor und löste vorsichtig etwas vom Kragen.

»Was hast du denn da gefunden?«

»Den Ohrring.« Sie hielt ihn hoch. »Muss sich verfangen haben, als sie ihre Jacke auszog.«

Sie ging hinüber zum Bett, wo ihre Nichte schlief.

»Ist alles in Ordnung mit ihr?« Sims Besorgnis kehrte zurück und er runzelte die Stirn.

»Ihr wird es gut gehen – jetzt, wo sie bei mir ist. Möchtest du irgendetwas? Ich habe Kaffee auf dem Herd.«

»Nein danke, ich möchte nichts. Ich treffe mich noch mit Joan. Deswegen fahre ich jetzt auch gleich wieder. Hier!« Er griff in seine Tasche und holte sein Handy heraus. »Ich möchte, dass du das hier nimmst.« Er hob die Hand, um etwaige Proteste abzuwehren. »Ich weiß, dass du hier oben kein Telefon magst, aber ich wäre beruhigter, okay?«

Zu seiner großen Überraschung nahm sie es.

»Wie benutzt man es?« Seine Mutter betrachtete es misstrauisch. »Ist es eingeschaltet?«

»Es ist aufgeladen, aber lass es abgestellt, dann hält die Batterie länger. Es zu benutzen ist ganz einfach. Du drückst hier, um es einzuschalten, drückst die gewünschte Nummer und dann diesen Knopf, siehst du? Wenn du irgendwelche Probleme hast oder irgendetwas brauchst, dann ruf mich an. Versprichst du es mir?«

Seine Mutter nickte. Das Telefon war nur für den Notfall. Sie hoffte, dass sie es nicht zu benutzen brauchte.

11 Looking Glass Lake
Tag eins

Agnes erwachte in einem fremden Bett; die Matratze war klumpig, der Rahmen schmal. Sie streckte die Hand aus, um ihren Wecker vom Tisch zu nehmen, aber ihre Finger ertasteten nur Luft. Sie öffnete die Augen und sah Holzdielen statt eines Teppichs. Sie hatte keine Ahnung, wo sie war. Panik erfasste sie und sie blickte sich furchtsam um. Bündel von Salbei und geflochtene Stränge von Süßgras hingen vom Regalbrett über ihrem Bett, zusammen mit einigen Rasseln, eine aus einem Kürbis, die andere aus dem Panzer einer Schildkröte gefertigt. Außerdem hing noch ein Tabakbeutel da, der aus einem ganzen Otterfell gemacht war, die Klauen ineinander gesteckt, um als Verschluss zu dienen. Jetzt fiel es ihr wieder ein: Sie war in Tante Ms Hütte.

»Wie geht es dir heute Morgen?« Tante M sah, dass sie wach war, und kam mit einer Tasse eines dampfenden Getränks herüber. »Und wie oft ist es schon passiert?«

Agnes wusste, wovon sie sprach.

»Zweimal. Kurz bevor ich mit Alison Kontakt aufgenommen hatte und dann auf meinem Weg hierher.«

Sie hatte das Gefühl, dass sie nur das bestätigte, was Tante M bereits wusste.

»Trink das.« Tante M reichte ihr die Tasse. »Wie fühlst du dich?«

»Merkwürdig.« Der schwarze Kräutertee roch gut, aber schmeckte bitter. »Irgendwie müde. Und leer. Als ob ein Teil von mir gar nicht richtig hier wäre.«

Es war schwer zu erklären, aber alles um sie herum schien eintönig. Ihr Leben schien blass, ohne jegliche Bedeutung. Es war, als ob sie aus einem Traum erwacht war und weiterträumen wollte. Es war ein Verlangen, nein, sogar noch mehr als das – ein Bedürfnis. Eine Art Hunger. Agnes wollte wieder zurück sein ... bei ihr!

»Hmm.« Tante M trank ihren eigenen Tee und dachte einen Moment nach. »Es war gut, dass du zu mir gekommen bist. Sie mag mit uns verwandt sein und dir nichts Böses wollen, aber ...«

Tante M brauchte es nicht auszusprechen, Furcht und Sorge zeigten sich in ihren Augen. Die Toten sahen nicht mehr den Wert, den wir diesem Leben beimes-

sen. Sie könnte Agnes einfach mitnehmen, wenn sie das Mädchen das nächste Mal verließ. Noch ein solcher Vorfall und Agnes überlebte es vielleicht nicht.
»Du weißt, warum ich gekommen bin?«
»Aber natürlich weiß ich das. Und du weißt auch, was ich sagen werde, oder? Niemand kann sich so nahe stehen wie wir und nicht wissen, was der andere über die wichtigsten Dinge denkt.«
»Also ist die Antwort Nein?«
Tante M zuckte mit den Schultern. »Kommt darauf an, was du willst. Diese Frau, diese Alison, sie will immer noch einfach die Schachtel, aber du bist nicht mehr so sicher, was du wirklich willst. Habe ich Recht?«
Agnes nickte. Egal, wie sehr sie versuchte ihre Gedanken zu verbergen, Tante M wusste immer Bescheid.
»In diesem Fall muss ich dich warnen: Ihr Geist ist mächtig. Du kannst nicht ungeschützt gehen. Deshalb habe ich dir gesagt, du sollst den Quilt umlegen, als es das erste Mal passierte.«
»Und der Ohrring?«
»Der war auch zu deinem Schutz. Er muss sich gelöst haben, als du deine Jacke ausgezogen hast.«
»Woher wusstest du über die Sache mit Mary Bescheid? War das deine Schamanenkunst?«
Ihre Tante lachte auf. »Nein, eigentlich nicht. Ich habe diese Alison Ellman auf dem Geschichtskanal gesehen, als sie über ihr Projekt gesprochen und um Informationen über die Mary aus dem Buch gebeten hat. Ich habe auch das Buch gelesen. Wir haben hier oben schließlich auch Läden, weißt du?«
»Also denkst du, es könnte eine Verbindung geben?«

»Zwischen Mary und *Katsitsaionneh, Bringing Flowers?* Ich würde sagen, ziemlich sicher. Die Dinge sprechen für sich. Ich habe sogar eine Zeremonie abgehalten und den Ring und den Glücksbringer benutzt, weil ich mir dachte, dass sie mit uns verwandt ist. Und wenn wir die Gabe der Medizinkraft haben, dann stammt ein nicht unerheblicher Teil von ihr. Ich dachte, sie käme vielleicht zu mir, aber stattdessen kam sie zu dir.«

»Warum? Warum ist das passiert?«

Ihre Tante dachte eine Weile nach, bevor sie antwortete.

»Worte sind mächtig. Ihre waren all die Zeit verborgen und plötzlich leben sie wieder auf, und das überall in der Welt. Du bist ungefähr in dem Alter, in dem sie war, als sie ihre Geschichte niederschrieb, das könnte der Grund sein. Diese Träume, die du hattest, diese Visionen – woher weißt du, dass sie nicht auch von dir träumt? Was in unserer Welt passiert, kann auch in die Welt der Geister hineinreichen.«

Für Tante M waren die Geister der Gestorbenen fühlbare Gegenwart, lebendig in ihrem Alltag und die Welt, die sie bewohnten, war so wirklich wie unsere.

»Sie benutzt mich, um den Rest ihrer Geschichte zu erzählen?«

»Vielleicht bist du einfach diejenige, der sie ihre Geschichte erzählen *will*.«

Die Tante stand auf und bat Agnes ihr zu folgen. Sie gingen hinaus in den anbrechenden Morgen. Agnes hatte ganz vergessen, wie schön es hier war. Die Sonne war hinter den Hügeln aufgestiegen und warf jetzt ihre Strahlen über den See. Sie machte die Nebelbänke durchsichtig und verwandelte das Wasser in reines Silber.

»Zieh dich aus. Du gehst hinein.«

»Was?« Das hatte Agnes nicht erwartet. Sie sah auf das Wasser hinaus. Der Frühling war außergewöhnlich mild gewesen, selbst hier oben, aber der See hatte immer noch vereiste Stellen. »Das Wasser ist um diese Jahreszeit sicher eiskalt!«

»Das wird dich nicht umbringen. Als wir Kinder waren haben wir immer das Eis durchstoßen, um hineinzugehen. Was du vorhast, wird nicht einfach werden, Agnes. Wenn du es durchstehen willst, müssen wir dich abhärten.«

Agnes tat, was Tante M ihr gesagt hatte. Sie badete nackt – nicht dass ein Badeanzug einen großen Unterschied gemacht hätte. Das Eis hatte sich zwar vom Rand des Sees zurückgezogen, aber das Wasser war so kalt, dass es ihren Körper am Anfang völlig taub machte und sie dachte, sie könnte es nicht aushalten. Doch als sie mit kräftigen Zügen losschwamm, gab sich das taube Gefühl und wurde von aufkeimender Freude und reinem Stolz ersetzt.

Sie schwamm hinaus bis zur alten Plattform, von der sie als Kinder immer gesprungen waren, und drehte dann wieder um, um zum Ufer zurückzuschwimmen. Sie verließ das Wasser, als sie spürte, dass ihre Glieder wieder taub wurden. Ihre Tante wartete schon mit einem Handtuch auf sie. Sie führte sie zurück zur Hütte, wo Kaffee und Pfannkuchen mit Sirup, den Tante M selbst zubereitet hatte, bereitstanden. Ihre Tante setzte sich ihr gegenüber, in ein kariertes Männerhemd, Cordhosen und Arbeitsstiefel gekleidet. Ihr Haar trug sie in zwei Zöpfen und sie hatte eine weiße Strähne, seit sie eine junge Frau war, genau wie Agnes. Jetzt nahm sie einen der Zöpfe von ihrer Schulter und stellte fest, dass der Rest ihres Haars sich allmählich der weißen Strähne anglich. Ihr Gesicht war gebräunt von dem vielen Aufenthalt an der frischen Luft, und obwohl sie oft ziemlich ernst aussehen konnte, lächelte sie Agnes an. Auch wenn ihre Tante es nicht aussprach, wusste Agnes, dass sie eine Art Prüfung bestanden hatte. Tante M konnte zwar mürrisch und unnachgiebig sein, aber jetzt im Augenblick strahlten ihre dunkelbraunen Augen. In diesem Moment liebte Agnes sie mehr als jeden anderen Menschen und sie wusste, dass Tante M sie auch liebte. Es fühlte sich gut an, hier bei ihr zu sein, besser als jemals zuvor.

Agnes war sich nicht ganz sicher, was nun weiter passieren würde, aber sie nahm an, dass sie gleich damit anfangen würden. Bald jedoch wurde deutlich, dass dem nicht so war. Nach dem Frühstück wollte Tante M, dass die Hütte in Ordnung gebracht würde. Sie war den ganzen Winter über verschlossen gewesen. Laub war hereingeweht worden, zusammen mit Zweigen und Staub, und überall lag Mäusedreck. Also mussten die Böden gewischt werden, der alte Webteppich musste ausgeklopft werden, die Fenster waren verschmiert und das Bettzeug konnte es vertragen, gelüftet zu werden, jetzt, wo die Sonne schien.
Es gab dicke Holzstücke, die für den Ofen klein gehackt werden mussten, und andere, die vom Stoß hereingeholt und neben dem Kamin gestapelt werden

mussten. Der Tag versprach warm zu werden, aber Agnes bekam den Auftrag, Feuer zu machen, um die Hütte nach dem langen, kalten Winter durchzuwärmen und jede Feuchtigkeit auszutrocknen, die während des Tauwetters im Frühling eingedrungen sein mochte.

Agnes fegte um die Schaukelstühle herum, die auf beiden Seiten des Kamins standen. Sie wischte über das Öltuch, das auf dem Tisch unter dem Fenster ausgebreitet war, und rückte die einfachen Stühle zurecht. An einer Wand befand sich ein Regal. Agnes staubte es ab und stellte die Bücher wieder gerade hin. Alte Karten, Saatkataloge und mit Moderflecken versehene Kräuterbücher standen neben einer Auswahl abgegriffener Taschenbücher, die von der Feuchtigkeit leicht aufgequollen waren. Einige Steine vom See dienten als Buchstützen, manche waren rund, manche oval, alle jedoch glatt wie Eier.

Während Agnes arbeitete, war Tante M mit dem beschäftigt, was sie »ein bisschen auffrischen« nannte. Sie hängte Bilder aus Zeitschriften und helle Webdecken mit Streifen und Zickzackmustern auf, um die Stellen an den weiß verputzten Wänden zu bedecken, die uneben und voller Risse waren.

»Na also. So ist es besser.« Sie machte einen Schritt zurück, um ihre Arbeit zu begutachten, trat dann wieder vor und fuhr mit den Fingern über die abblätternde Oberfläche der Wand. »Braucht einen neuen Anstrich, aber ich denke, das kann ein andermal erledigt werden.«

Als sie fertig waren, kochte Tante M noch einmal Kaffee. »Hab weder Milch noch Kaffeesahne«, sagte sie, als sie schließlich zwei Tassen eingoss. Agnes gab einige Löffel Zucker aus der Schale auf dem Tisch hinein, um das Gebräu zu süßen.

»Oh, ich habe was vergessen. Die hab ich dir mitgebracht.« Agnes griff in ihren Rucksack und legte die Schachtel Zigaretten auf den Tisch. Tante M nahm das traditionelle Tabakgeschenk entgegen und nickte.

»Danke, aber ich habe aufgehört.« Sie drehte die rotweiße Schachtel in ihren Händen. »Rauchen ist schlecht für die Gesundheit. Bring sie rüber zu Jake drüben am Fischereischuppen. Das ist seine Marke. Er raucht immer noch, sagt, er sei zu alt, um aufzuhören.«

»Das ist ja ganz auf der anderen Seite des Sees! Und der See ist weiter draußen immer noch zugefroren!«

»Das wird kein Problem sein, wenn du vorsichtig bist. Du kannst mir ein paar Köder mitbringen, wenn du dort bist, und ich brauche noch einige andere Dinge. Hier!« Sie reichte Agnes eine Liste. »Wenn du jetzt losfährst, bist du vor Einbruch der Dunkelheit wieder zurück. Wenn nicht, werde ich eine Lampe auf den Anlegeplatz stellen – fahr dann einfach darauf zu.«

Agnes zog das verblasste orangefarbene Plastikkanu unter der Abdeckung aus geteertem Segeltuch hervor und brachte es zum Wasser. Sie stieg mutig ein und stieß sich mit dem Paddel vom Ufer ab. Es war eine ganze Weile her, seit sie in einem Kanu gesessen hatte. Sie hoffte, sie hatte ihr Können nicht verlernt. Es war ein ruhiger, windstiller Tag mit blauem Himmel. Sie glitt problemlos über das Wasser und lenkte das Boot zwischen den restlichen, langsam schmelzenden Eisplatten hindurch. Die Fähigkeit, das Kanu zu steuern und gleichmäßig zu paddeln, stellte sich bei ihr so natürlich wieder ein wie das Fahrradfahren. Sie begann ihr neu entdecktes Können zu genießen, auch wenn ihr Rücken von der verkrampften Sitzhaltung schmerzte und der Griff des Paddels in ihrer Hand scheuerte und die Blase aufbrach, die sie sich beim morgendlichen Holzhacken geholt hatte.

Jake nahm die Zigaretten mit Dank an und gab ihr einige Dosen mit Würmern und verschiedenfarbigen Larven mit.

Agnes ging von seinem Laden für Angelzubehör zu dem kleinen Gemischtwarenladen, der die Fischer und die Leute, die den Sommer über hier waren, versorgte. Sie wartete, bis der junge Mann ihre Bestellung ausgeführt hatte, und trug die Papiertüten dann zurück zum Boot, wo sie alles in Bug und Heck verstaute. Sie musste vorsichtig sein, denn das Extragewicht bedeutete, dass das Kanu tiefer im Wasser liegen würde. Ihre Hände schmerzten jetzt mehr als vorher und sie kam langsamer voran.

Die Sonne ging im Westen unter. Ihre Strahlen färbten den See, bis es schien, als ob ihr Paddel in flüssiges Gold eintauche. Agnes ruderte unermüdlich weiter, während die Dämmerung hereinbrach, der blaue Himmel über ihr dunkler wurde und weißer Nebel vom See aufstieg wie eine Geistererscheinung. Sie steuerte das Boot mit großer Vorsicht an den Eisschollen vorbei und spürte, wie die Eisstücke gegen die Seiten ihres Kanus stießen, bevor sie wieder wegtrieben.

Als sie ein Stück freies Wasser erreicht hatte, zeigten sich die Sterne über ihr und unter ihr und der Mond schimmerte wie eine Silbermünze, die auf der Wasseroberfläche schwamm. Agnes ließ das Kanu treiben und dämpfte seine Bewegung, soweit sie dazu in der Lage war, weil sie das Spiegelbild des Himmels um sich herum nicht aufwühlen wollte. Wenn sie so bewegungslos dasaß, war es fast unmöglich, zu sehen, wo der Himmel endete und der See begann. Über ihr funkelte die Milchstraße – der Geisterpfad, der Weg, den die Toten auf ihrer langen Reise nach Westen nahmen. Er breitete sich vor ihr aus wie eine Straße aus Diamanten.

Es wurde kalt, aber sie spürte es nicht. Sie lag eine lange Zeit zurückgelehnt da, ließ sich vom Boot schaukeln und blickte hinauf zu der stillen Eindringlichkeit der Sterne. Es hieß, dass jeder davon ein Lagerfeuer sei, entzündet von denen, die die Reise über den Himmel zu dem Ort gemacht hatten, wo die Sonne untergeht. Wie viele ihres Volkes waren diesen Weg gegangen? Ihre Zahl war so endlos wie die der Blätter, die im Frühling wachsen und am Ende des Jahres fallen. War es möglich, diese Reise in die umgekehrte Richtung zu machen? War es möglich, dass eine Seele das Land der Toten verließ und zurück zu den Lebenden kam?

Das hätte sie so gerne gewusst. Ein Fisch durchstieß in der Nähe die Wasseroberfläche und brach den Zauber. Agnes drehte sich um, erschreckt durch das plötzliche Geräusch. Einen Augenbick noch zögerte sie die ruhige Oberfläche des Sees zu zerstören, dann tauchte sie ihr Paddel mit vorsichtiger Bewegung ein und ruderte auf das Licht zu, das stetig in der Ferne am Anlegeplatz flackerte.

12 Looking Glass Lake
Tag zwei – morgens

Agnes wusste, dass sie auf eine Meditation vorbereitet wurde, die sie ihren Visionen näher bringen sollte, aber sie fing an all die Arbeiten, die Tante M für sie vorsah, etwas ermüdend zu finden. Die Tante teilte sie ihr aus einem bestimmten Grund zu, aber Agnes hatte keine Lust, herauszufinden, was dieser Grund war. Eine Art von Prüfung, zweifellos. Sie sollte wohl Demut und Disziplin entwickeln.

Diesen Morgen war sie wieder losgeschickt worden, um im See zu schwimmen, und es war nicht wärmer geworden. Danach war sie mit zwei Plastikkanistern ausgestattet worden und sollte Wasser von einer kalten Quelle tief im Wald holen. Es hieß, das Wasser habe heilende Fähigkeiten. Die Quelle fror nie zu, egal, wie kalt der Winter sein mochte, und das Wasser war auch nie schal oder brackig. Die Quelle hieß *Ort des Klaren Wassers*. Weiße Trapper und Jäger nannten sie *Hexenquelle*.

Es war schon Mittag vorbei, als Agnes die Quelle erreichte. Sie füllte die beiden Plastikkanister und beugte sich dann vor, um ihr Gesicht zu waschen. Danach formte sie die Hände zu einer Schale, um zu trinken. Als sie sich vorbeugte und in das tiefe Wasserloch blickte, das sich um die Quelle gebildet hatte, sah sie, dass die Sonne darin einige Münzen zum Funkeln brachte und auch ein paar weiße Kiesel, Quarzkristalle und selbst ein oder zwei Perlen. Geschenke an die Mutter Erde, denn das Wasser entspringt aus ihr und fließt frei und rein, um Leben zu schenken. Agnes selbst hatte nie richtig an die Wirkung solcher Geschenke geglaubt, aber jetzt griff sie in ihre Tasche und warf eine Münze hinein. Sie sprach ein eigenes Dankgebet, während die Münze ein- oder zweimal im Sonnenlicht blitzte, bevor sie tiefer hinabsank.

Agnes machte sich auf den Rückweg und schwankte ein wenig unter dem Gewicht der vollen Kanister. Sie sollte wahrscheinlich jetzt schon nach irgendwelchen Zeichen Ausschau halten, nach Pfeilspitzen, besonderen Steinen oder Zweigen, die auf bestimmte Weise gekreuzt waren. Aber Agnes weigerte sich danach zu suchen. Sie wollte dies nicht in irgendeine Art von kitschiger Suche nach Visionen verwandeln wie jene, die ihre Tante für die Städter vorbereitete, die zu ihr kamen, weil sie nach »geistiger Entwicklung« suchten. Nach Agnes' Meinung mussten Zeichen ungebeten kommen oder sie hatten gar keinen Wert.

Hier und da lag noch Schnee, bis zu einem Fuß hoch an den Stellen welche die Sonne nie erreichte, aber er war zusammengesunken und schmutzig. Jetzt, wo die Sonne hoch am Himmel stand, merkte Agnes, wie sie anfing zu schwitzen. Die Wasserbehälter waren schwer, und um ihr Unbehagen noch zu verstärken, machten sich die kleinen schwarzen Mücken bemerkbar. Nicht so viele, wie es später im Jahr geben würde, aber genug, um sie wünschen zu lassen, sie hätte Insektenspray eingepackt. Die kleinen schwarzen Stechmücken formten Wolken um ihren Kopf, bissen sie in den Nacken und setzten sich auf ihre schweißnasse Haut. Mit einem Wasserkanister in jeder Hand konnte Agnes sie nicht einmal verjagen.

Ein blauer Eichelhäher rief ganz in der Nähe und sein Schrei wurde von einem anderen beantwortet. Agnes zuckte unwillkürlich zusammen, als er aus seiner Deckung kam und über sie hinwegflog, und sie fluchte, als der Deckel eines Kanisters sich löste und Wasser über ihre Hose schwappte.
Ihre Tante sagte nichts, als sie zurück zur Hütte kam, nahm ihr lediglich die Kanister ab. Agnes wartete ab, welche Arbeiten sie als Nächstes erledigen sollte. Tante M stellte das Wasser ab und kam dann zurück zu Agnes, die an der Tür stehen geblieben war. Sie griff nach oben und pflückte etwas aus Agnes' Haar und vom Kragen ihrer Bluse. Dann öffnete sie ihre Hand, um die beiden blauen Federn zu zeigen. Sie lächelte. »Es ist Zeit. Komm mit mir.«

13 Looking Glass Lake
Tag zwei – nachmittags

Ein Feuer brannte auf der anderen Seite des Hofes. Flammen flackerten durchsichtig im Sonnenlicht und ließen die Luft wabern wie eine Fata Morgana. Flache Steine lagen in der mit Asche bedeckten, weiß glühenden Mitte der Feuerstelle. Die Hitze war sehr stark, als Tante M Agnes am Feuer vorbei zu einer niedrigen Kuppel führte, die zur Hälfte in den Hügel gebaut war.
»Zieh deine Kleidung aus«, ordnete Tante M an, »und geh hinein.«

Agnes tat, wie ihr gesagt worden war, und zog sich aus, dann nahm sie den Stock weg, der die Klappe aus Tierhaut an Ort und Stelle hielt und trat in einen dunklen Raum, der nach Erde und Rauch roch.

Der Boden war bedeckt mit weißen Quarzsteinen – die ausgehend von einem Stein in der Mitte – wie die Speichen eines Rades im Kreis lagen. Niedrige Holzplattformen, auf denen Decken und Tierhäute lagen, befanden sich entlang der Wände. Agnes setzte sich auf eine davon. Sie hatte nie zuvor an einer Zeremonie in der Schwitzhütte teilgenommen. Es war vom Prinzip her ähnlich wie in einer Sauna, aber Agnes wusste, dass das, was immer darin passierte, sehr wahrscheinlich völlig anders war als alles, was im örtlichen Fitnessklub vor sich ging.

Schwitzhüttenzeremonien hatten bei den Haudenosaunee eigentlich keine Tradition, doch Tante M hatte überhaupt nichts dagegen, sich die Sitten anderer Völker anzueignen und sie abzuwandeln. Die Wege zur Weisheit waren vielfältig. Ihrer Meinung nach hatte keine Religion, keine Nation und auch kein Volk ein Monopol auf die Wahrheit. Ihr eigener Weg hatte sie zu unterschiedlichen Lehrern von unterschiedlichen Traditionen geführt. Sie hatte das, was sie gelernt hatte, mit zurückgebracht und es in ihre Praktiken eingefügt. Sie benützte ihre Medizinkraft, um jenen, die zu ihr kamen, zu helfen, ihnen zu dienen und sie zu lehren. Und wenn die Zeremonie der Schwitzhütte von den Lakota abstammte, kam es darauf denn an?

Die Klappe wurde erneut zur Seite geschoben. Tante M kam herein und benutzte einen wie eine Gabel geformten Stecken, um einen glühend heißen Stein in die Mitte des Kreises zu legen. Sie schob ihn in eine Vertiefung unmittelbar neben dem weißen Quarzstein. Dann ging sie und kam mit einem weiteren zurück, den sie auf die andere Seite legte. Dies wiederholte sie, bis es insgesamt sechs Steine waren. Einer für jede Himmelsrichtung, einer für die Erde und einer für den Himmel.

Sie kehrte zum letzten Mal zurück und wandte sich an Agnes.

»Hier drin bin ich *Kanehratitake, Die Blätter trägt,* und du bist *Karonhisake, Suchender Himmel.* Wir haben Miriam und Agnes mit unserer Kleidung an der Tür gelassen. Verstehst du mich?«

Agnes nickte.

»Gut. Also. Sprich, wenn ich es dir sage, tu, was ich dir sage, und unterbrich mich nicht. Ist das klar?«

Agnes nickte wieder.

»Sehr gut. Dann lass uns anfangen.«

Tante M wickelte die heilige Pfeife aus ihrer Umhüllung und füllte sie mit Tabak aus dem Tabakbeutel aus Otterfell. Die Pfeife war kurz und aus poliertem schwarzen Stein. Sie sah ungewöhnlich aus und war sehr alt. Tante M zündete die Pfeife an und blies den Rauch in Ehrerbietung zur Erde, zum Himmel und in die vier Himmelsrichtungen, dann reichte sie die Pfeife an Agnes weiter. Die nahm einen Zug und versuchte den Rauch etwas im Mund zu behalten, aber ihre Augen begannen zu tränen und das Einatmen des scharfen Tabaks hätte sie fast zum Husten gebracht. Ihre Tante legte die Pfeife in die Mitte des Kreises und zwickte Kräuter von den Bündeln ab, die von der Decke hingen. Sie warf die Blätter auf die heißen Steine, wo sie sich zusammenrollten und in winzige Wolken duftenden Rauches auflösten.

In der Hütte wurde es immer heißer. Tante M ließ die Türklappe herab und hängte eine Decke vor den Eingang. Sie waren jetzt von absoluter Dunkelheit umgeben, sodass Agnes nicht einmal ihre Hand vor Augen sehen konnte. Alles, was sie sehen konnte, waren die heißen Steine, die in der Dunkelheit rot glühend leuchteten und den Quarzblock in der Mitte mit einem tiefrosa Schimmer überzogen.

Tante M versprengte Wasser mit einer Adlerfeder und die Temperatur stieg immer noch weiter an, bis Agnes nicht mehr wusste, wie sie es noch aushalten sollte. Ihr brach der Schweiß aus. Er ließ ihr das Haar am Kopf kleben, rann ihren Körper hinab, tropfte von ihren Augenbrauen und lief wie Tränen über ihr Gesicht. Sie setzte sich auf mit dem Gefühl, gleich ohnmächtig zu werden, und wurde von einer neuen Hitzewelle getroffen, als Tante M wieder Wasser versprengte.

Sie war der Prüfung nicht gewachsen, noch bevor sie tatsächlich begonnen hatte. Sie wollte in die erstickende dampfende Schwärze schreien, ihrer Tante sagen, dass sie es nicht mehr aushalten konnte, es einfach nicht mehr ertrug. Sie war nicht bereit. All dies war fremd und erschreckend. Sie wollte darum bitten, hinausgehen zu dürfen, aber die Worte kamen nicht heraus. Ihre Kehle war verschlossen und ihre Zunge lag schwer in ihrem Mund.

Anfänglich war Tante M so barsch und bodenständig gewesen wie immer, aber jetzt war sie anders. Agnes hatte sie bisher noch nicht so gekannt. Sie sprach in der alten Sprache und sie klang wie jemand anders, jemand, der nicht unterbrochen werden wollte. Der Stimme beraubt, starrte Agnes auf den Quarzstein in der Mitte. Der rosa Schein wurde immer intensiver; die Oberfläche flackerte richtiggehend und kleine mottenartige Schatten spielten darüber, als ob etwas tief in seinem Inneren sich bewegte und nach einem Weg hinaus suchte.

Die Tante sprach weiter, gebetsartig und singend, rief die Geister, bis ihre Worte in der Luft zu schweben schienen und dort tanzten wie Staub im Sonnenlicht. Dann wurden ihre Worte von einem Trommelwirbel untermalt, tief und klar, so unablässig und nahe wie das Pulsieren des Blutes im Ohr. Eine Rassel aus Schildkrötenpanzer verteilte ihren Klang in die vier Himmelsrichtungen und bloße Füße tappten auf dem Boden, immer wieder im Kreis in einem rituellen Tanz.

Agnes machte einen letzten Versuch, aufzustehen und zu gehen, aber es war zu spät dafür. Sie konnte nicht länger widerstehen. Jegliche Kraft wich aus ihr. Sie konnte nicht mehr aufrecht sitzen oder ihre Augen offen halten. Sie brach rücklings auf die seidig weichen Tierfelle zusammen und fühlte sich eins mit der Hitze und Dunkelheit, als ob sie ein Teil davon geworden wäre. Es war, als ob sie schwerelos sei. Ihre Glieder fühlten sich losgelöst an – die Knochen, Muskeln und Sehnen schienen sich voneinander zu trennen. Es gab keine Grenzen mehr für sie. Sie löste sich von innen heraus auf, wurde zu einem Nichts und gleichzeitig einem Teil von allem.

Agnes schloss die Augen in der Hitze und dem Dampf der Schwitzhütte. Sie erwachte in einer Luft voller Trockenheit und Kälte. Sie war nicht länger Agnes, auch nicht Karonhisake. Sie war nicht mehr Amerikanerin oder vom Stamm der Haudenosaunee. Sie war Engländerin und ihr Name war Mary und sie erwachte, um festzustellen, dass sie im Sterben lag, dass sie erfror.

14 Marys Geschichte wie sie Agnes Herne – Karonhisake, Searching Sky – übermittelt wurde

Das Schneetreiben hatte aufgehört und der Wind hatte nachgelassen. Ich erwachte in einem Eiskokon und lag immer noch zusammengerollt da, überrascht überhaupt aufzuwachen. Der Himmel über mir verschwamm zu milchiger Bläue durch die dünne Kristallkruste, die von unserem Atem geformt worden war. Es war, als befände ich mich in einem Ei.

Ich erwachte allein und lauschte auf ihre Rückkehr. Wohin war sie gegangen? Warum hatte sie mich verlassen? Ohne sie würde ich sterben, ganz sicher. Ich konnte mich nicht bewegen, diese Eishöhle würde mein Grab werden. Mich zu retten und dann zu verlassen, der Gedanke traf mich mit aller Grausamkeit und trieb mir Tränen in die Augen, die meine Wangen hinabrannen und mein Gesicht mit Eis überzogen. Ich war dabei, aufzugeben und mich in mein Schicksal zu finden, als ich eine Stimme hörte, so klar, als ob sie in mein Ohr spräche:

»Hab Vertrauen! Zweifle nicht daran, dass ich dich liebe. Nur weil ich nicht bei dir sein kann, bedeutet das nicht, dass ich dich nicht liebe.«

Dann hörte ich etwas anderes, und das kam nicht aus dem Reich der Geister. Es näherte sich mir. Ich dachte erst, es sei die Wölfin, die wieder zu mir zurückkam, doch dann rollte ich mich noch enger in meine Höhle und hielt den Atem an, als ob selbst der Atem das Dach aus zarten Kristallen beschädigen und mich verraten könne. Kein leichtfüßiger Wolf würde diese Geräusche machen. Der Schnee knarrte unter dem regelmäßigen Tritt von Männern. Nicht vielen, aber mehr als einem. Es ertönten keine Rufe und Schreie, als die Schritte sich näherten. Abgesehen von dem schwerfälligen Gang bewegten sie sich schweigend. Jeder Schritt wurde begleitet vom Flirren pulverigen Schnees. Keine Stiefel! Schneeschuhe – wie die Indianer sie tragen!

Meine Eisschale bekam einen Riss und zerbrach. Ich blickte auf, erwartete das Gesicht eines bemalten Fremden zu sehen und sah Jaybird auf mich herabblicken. Er stand da, bis zu den Augen eingehüllt in Waschbärfelle. Ich wusste nicht, wie er hierher gekommen war, wie er mich in all dieser weißen Wildnis gefunden hatte, aber ich wusste, dass er es war.

Mein Gesicht war eine gefrorene Maske. Ich konnte nicht einmal lächeln, als seine dunklen Augen sich vor Freude weiteten. Ich starrte zurück und dachte, dass mein Verstand mich zum Narren hielt, dass dies ein Traum sein musste. Ich hatte mir einen letzten

Blick auf das Leben gewünscht, bevor die Kälte mich fordern und ich in die letzte Dunkelheit fallen würde.

Die Arme, die nach mir griffen, waren jedoch Wirklichkeit. Jaybirds weiße Zähne zeigten sich in einem Grinsen, als er die Fellkapuze zurückschob und sich bückte, um mich aus meinem eisigen Grab zu ziehen. Er ließ sich auf die Knie fallen und bürstete den Schnee von meinem Gesicht, dann rief er etwas und eine andere Gestalt tauchte hinter ihm auf. Sein Großvater, White Eagle, eingehüllt in ein Bärenfell. Er trat zu uns und sein faltiges Gesicht verzog sich zu einem Lächeln. Er beugte sich zu mir und berührte mein Gesicht, meine Nase und Wangen. Jaybird zog seine Fellhandschuhe mit den Zähnen ab und zerrte an meinen durchgeweichten Handschuhen aus Schaffell. Er hielt meine Hände zwischen seinen. Sein Großvater zog mir meine Stiefel aus und untersuchte das Fleisch meiner Füße, genau, wie er mein Gesicht betastet hatte. Er sagte etwas und stand auf. Jaybird schob zärtlich meine Hände in seine warmen Handschuhe und rieb meine bloßen Füße, blies seinen warmen Atem darauf und rieb sie erneut zwischen seinen Händen.

»Was hat er gesagt?«

Jaybird lächelte. »Er sagte, sie hat sich gut um dich gekümmert.«

»Wie habt ihr mich gefunden?«

»Letzte Nacht träumte Großvater, er hätte eine Wölfin im Wald getroffen. Er stand noch vor der Dämmerung auf und sagte mir, ich solle mich auf eine Reise vorbereiten, Felle und ein paar zusätzliche Mokassins und Handschuhe mitnehmen. Wir fanden die Wölfin auf der Lichtung unter der Höhle, wo sie auf uns wartete. Sie drehte sich um, als sollten wir ihr folgen, und führte uns zu dir.«

»Wie kann das sein? Sie hat verhindert, dass ich erfriere. Sie war hier bei mir. Das verstehe ich nicht.«

»Es gibt viele Dinge, die schwer zu verstehen sind.«

Er fuhr fort meine Füße zu reiben, bis das Blut zurückkehrte. Der Schmerz war so heftig, dass ich aufschrie.

Jaybird lächelte. »Das ist gut. Das Gefühl kehrt wie Feuer und Eis zusammen zurück, aber es ist gut so. Hier. Die hier habe ich für dich mitgebracht.«

Er griff in seinen Fellmantel und holte ein Paar mit Hasenfell gefütterte Wintermokassins heraus, die wie Stiefel bis zu den Knien reichten. Sie waren warm. Er musste sie ganz eng an seiner Haut getragen haben. Er zog sie mir geschickt über meine eiskalten Füße.

Ich war völlig betäubt gewesen und jetzt überwältigte mich die Rückkehr meiner Gefühle genauso schmerzhaft wie das Brennen, das ich in meinen Fingern und Zehen spürte. Ich klammerte mich an ihn und er schlang seinen Fellmantel um uns, teilte die Wärme seines Körpers mit mir, während ich vor Erleichterung und Freude schluchzte. Er wischte die Tränen von meinem Gesicht, schlang dann einen Fellmantel, den er mitgebracht hatte, um mich und drehte sich um, um ein Feuer zu machen.

»Sie werden den Rauch sehen.« Ich hatte Angst, dass das Feuer die Männer aus der Siedlung herbeilocken würde.

»Bei diesem Wetter werden sie nicht kommen.« Er

nickte zu den Schneeverwehungen um uns herum. »Sie würden bis zu den Hüften einsinken. Sie haben keine Schuhe für den Schnee.« Er brachte mich zum Feuer. »Geh nicht zu nahe ans Feuer. Das Blut muss langsam wieder zurückkehren.«
Er füllte Schnee in einen kleinen eisernen Topf und stellte ihn an den Rand des Feuers. Jetzt griff er in einen Beutel, holte Blätter heraus, zerdrückte sie und gab sie in das heiße Wasser. Als das Getränk fertig war, goss er es in einen Tonbecher.
»Trink das und iss.« Er gab mir einen Streifen getrocknetes Fleisch, würzig und süß von Wacholder und Beeren. »Kau langsam.«
Dann verließ er mich, um seinem Großvater dabei zu helfen, Äste und Schösslinge zu schneiden, und um sie zu dem Trage- und Ziehgestell zusammenzustecken, das die Franzosen ein *travois* nennen. Als sie fertig waren, wickelten sie mich in die Felle, steckten alles achtsam überall um mich herum fest und banden mich an das Gestell. Sie stießen Schnee über das zischende Feuer, löschten es und glätteten den Boden darum. White Eagle fuhr mit einem Zweig über die Lichtung, damit niemand sehen konnte, dass wir jemals hier gewesen waren. Dann band Jaybird den Riemen um seine Stirn und zog mit mir los.

Mir war kalt bis auf die Knochen, selbst die Felle konnten mich kaum wärmen, aber der gleichmäßige Rhythmus der Reise beruhigte mich und ich musste eingeschlafen sein. Als ich erwachte, wurde es schon Abend. Die ersten Sterne erschienen am Himmel und wir befanden uns am Fuß hoher Klippen. Ich erkannte

den Ort als ihre Winterhöhle, aber ich konnte nicht sehen, wie wir sie erreichen sollten.
»Ihr müsst mich hier lassen. Ich bin zu schwach, um zu klettern . . .«
»Das können wir nicht.«
Jaybird hatte mir das Wort abgeschnitten und er und sein Großvater standen mit zur Seite geneigten Köpfen da, lauschten aufmerksam auf ein Geräusch, das der Wind mit sich zu bringen schien, ein Heulen, beantwortet von einem anderen, erst in der Ferne, dann kam es näher.
Ich bekam Angst und dachte, das Heulen käme von den Hunden aus der Siedlung.
»Wir müssen dich dort hinaufbekommen.« Jaybird begann meine Riemen zu lösen. »Siedler sind nicht alles, was wir fürchten müssen. Mohawks sind tief in unser Territorium vorgedrungen. Sie mögen sogar bis hierher kommen. Jeden Mond werden sie dreister, selbst in dieser Zeit der großen Kälte.«
Wieder ertönte ein Heulen, diesmal sehr nahe. Ich erstarrte, als ein grauer Umriss sich aus den Bäumen am Rand der Lichtung löste. Es war ein Wolf, und zwar ein großer. Als er näher kam, erkannte ich, dass es meine Wölfin war. Sie musste uns hierher gefolgt sein. Sie setzte sich in den Schnee und beobachtete uns mit ihren gelben Augen. White Eagle sprach zu ihr, aus seinem Ton klangen Ehrerbietung und Demut. Er holte etwas Tabak aus seinem Beutel und warf ihn hoch in die Luft, damit der Wind ihn zu ihr trug.
»Was tut er denn?«
»Er dankt ihr. Er bietet ihr Tabak an, denn sie ist Geist, Manitu, sehr mächtig und etwas Besonderes für dich.

Von ihr ausgewählt zu werden bedeutet große Ehre. Großvater denkt . . .«

Aber ich brauchte keine weiteren Erklärungen mehr. Ich sah sie an und die gelben Augen blinzelten und schimmerten hell in Wiedererkennung. White Eagle musste mir nicht länger erklären, wer sie war. Sie war meine Mutter. Genau wie meine Großmutter sich in einen Hasen verwandeln konnte, hatte sie die Gestalt eines Wolfes angenommen, um mich erneut vor der Böswilligkeit der Menschen zu retten. Ich senkte den Kopf und sprach ihr meinen Dank aus, bedauerte, dass ich je an ihr gezweifelt hatte. Sie gab ein letztes trauriges Heulen von sich, dann drehte sie sich um und verschwand im Schatten des Waldes.

Die Nacht brach herein und die Kälte wurde noch beißender. Jaybird legte mich über seine Schulter und begann einen schmalen Pfad hinaufzusteigen. Er kletterte im Zickzack die Klippen hinauf. Der Weg war steil und steinig und manchmal verschwand er völlig und Jaybird war gezwungen von Fels zu Fels zu klettern. Ich fürchtete manches Mal, dass mein Gewicht zu schwer für ihn wäre, dass er mich fallen lassen oder ausrutschen würde und wir beide in den Abgrund stürzen würden. Doch er kletterte immer weiter, langsam und gleichmäßig und schließlich erreichten wir den Rand der Höhle, die ihr Winterquartier war. Sein Großvater musste einen anderen Weg genommen haben, denn er war vor uns da und half Jaybird mich auf die Steinplatte hochzuziehen.

Die Höhle war genau so, wie ich sie in Erinnerung hatte. Ein großer Mund öffnete sich in der Seite des Berges und führte in eine Kammer, die so groß war, dass ihr Ende sich im Schatten verlor. White Eagle bückte sich, um mit Fichtenzweigen und Zapfen eine rote Glut zu entfachen, und gab mehr Holz hinzu, als das Reisig Feuer gefangen hatte und die im Kreis darum liegenden Steine erhitzte.

Jaybird trug mich zu einem niedrigen Bett voller Felle. Er zog mir meine Mokassins und Handschuhe aus. Ich versuchte mich aufzusetzen. Es schickte sich nicht, dass er das für mich tat, aber meine Finger waren praktisch nutzlos, so steif waren sie noch immer. Ich konnte meinen Mantel nicht aufknöpfen, geschweige denn die Haken und Knöpfe an meiner anderen Kleidung. Ich sagte ihm, dass er es sein lassen sollte, aber er schüttelte den Kopf.

»Sie sind nass. Es ist nötig.«

Er zog mir meine feuchte Kleidung aus, aber ich sagte ihm, dass ich meine Unterwäsche selbst lösen könnte. Er wandte mir den Rücken zu, während ich mich gänzlich entkleidete. Ich schlüpfte nackt zwischen die dicken Felle und er brachte noch mehr davon. Ich dachte, ich hätte begonnen aufzutauen, aber plötzlich wurde ich von heftigem Schüttelfrost erfasst und zitterte so stark, dass meine Zähne klapperten.

Jaybird wickelte heiße Steine in Hirschhäute und steckte sie zu mir ins Bett. White Eagle kam, um nach mir zu sehen, und ging dann weiter in eine andere Kammer. Er kehrte zurück mit einem weißen Bärenfell und warf es über mich; nun nahm er ein kleines Bündel von Kräutern und Birkenrinde aus seinem Beutel. Er zupfte Blätter von dem getrockneten Bündel und krümelte sie in einen schwarzen Kessel, dann leerte er den Inhalt von verschiedenen Päckchen hi-

nein. Ich konnte den Duft von Sassafras und Sumach riechen, während er rührte.
Er schmeckte den Tee ab und süßte ihn mit Honig. Dann zog er sich zurück und überließ es seinem Enkel, sich um mich zu kümmern. Jaybird brachte das heiße Getränk zu mir. Als ich die Tasse nicht halten konnte und meine Zähne gegen den Rand stießen, hielt er meinen Kopf und flößte mir die heiße Flüssigkeit ein. Trotzdem wurde mir einfach nicht warm. Jaybird ersetzte die abkühlenden Steine mit neu erhitzten. Er steckte das weiße Bärenfell enger um mich. Der Bär, von dem dieses Fell stammte, lebt weit weg im Norden und hat das dickste Fell von allen Tieren. Dies erzählte mir Jaybird, doch es hätte genauso gut eine fadenscheinige Decke aus dem schlechtesten Material sein können, denn mir wurde noch immer nicht warm.
Jaybird legte Holz nach, bis die Flammen hoch aufflackerten. Tiere und Männer tanzten mit ihnen. Die Figuren, die auf die Wände gemalt und in sie hineingemeißelt waren, schienen von den Wänden herunterzutreten, bis die Höhle von Göttern und Geistern in einer endlosen Runde erfüllt war. Während sie tanzten, sangen sie ein Lied ohne Ende und ohne Anfang. Ich wurde von einem Gefühl solcher Ehrfurcht und solchen Erstaunens gepackt, dass ich erneut anfing zu zittern.
Jaybird wusste nicht mehr, wie er mein Frösteln bekämpfen sollte. Schließlich schenkte er mir die Wärme seines eigenen Körpers. Er kam zu mir ins Bett und schmiegte sich eng an mich. Da begann das Trommeln, es schlug langsam, dann wieder schnell,

langsam, dann schnell. Genau wie mein Blut. Genau wie mein Herz.
Das Trommeln wurde schneller und schneller und eine Flöte erklang, anfänglich langsam, durchdringend und wehmütig, doch dann immer höher und höher, bis ich es kaum mehr aushalten konnte. Dann brach das Spiel ab. Der altertümliche Tanz hörte auf. Die Welt hörte auf sich zu drehen und mir war nicht länger kalt.

15 Die Höhle der Vorfahren

Ich musste wieder eingeschlafen sein, denn als ich aufwachte, war Jaybird nicht mehr bei mir. Sein Großvater deutete auf die Höhlenöffnung und dann auf eine Gestalt, die auf die Wand gemalt war: ein Jäger mit Pfeil und Bogen. Vor ihm stand ein Hirsch, die Vorderbeine gespreizt, den Kopf mit dem schweren Geweih gesenkt, ahnungslos grasend. Ich nickte. Ich verstand. Jaybird war auf die Jagd gegangen.
Ich wollte mich aufsetzen, da fiel mir ein, dass ich völlig nackt war. Ich sah mich nach meiner Kleidung um, doch sie war nirgendwo zu sehen. Der alte Mann neigte den Kopf, als ob er meine missliche Lage verstünde.
Er verließ mich und kam bald darauf mit einem Stoß von Kleidung zurück, die er auf dem Bett auslegte. Die Kleidung war vom langen Zusammenfalten zerknittert und er glättete jedes Stück mit einer sanften

Berührung, als ob sie immer noch die Wärme eines geliebten Trägers beinhalte. Die Kleidung war sehr fein; aus dem weichesten weißen Hirschfell, reich bestickt. Seine langen, dünnen Hände fuhren über das Leder, glätteten die verzierten Ränder, streichelten über die Stickerei auf Vorderteil, Ärmel und Saum, bewegten sich wie in Erinnerung und Wiedererkennung, wie die Finger eines Blinden.

White Eagle entfernte sich, damit ich mich ankleiden konnte. Ich zog die Tunika über meinen Kopf und den Rock über meine Taille. Ich zog die Beinkleider an, die am Knie mit einer Art Strumpfband befestigt wurden, und schob meine Füße in ein Paar Mokassins. Sie waren obenauf mit Elchhaar und den Borsten eines Stachelschweins verziert, vier rote Blumen formten einen Kreis um etwas, das aussah wie ein kleiner weißer Vogel. Sie hätten für mich gemacht sein können – sie passten mir genau.

Als White Eagle zurückkam und mich sah, lächelte er. Er lächelte selten, aber in diesem Moment tat er es. Er betrachtete mich – wie es mir schien, eine lange Zeit – und seine Augen verdunkelten sich. Er sagte etwas in seiner eigenen Sprache und einen Moment lang schien er unendlich traurig. Dann ging er plötzlich, verschwand in eine kleine Kammer und ließ mich alleine warten.

Ich flocht mein Haar, denn ich hatte keine Haube, um es zurückzuhalten. Ich brauchte keinen Spiegel, um zu wissen, wie meine eigenen Leute mich beschreiben würden. Sie würden mich mit Entsetzen betrachten, sich von mir mit Verachtung abwenden, obwohl ich der gleiche Mensch war, als wäre ich in weißes Leinen oder grauen Wollstoff gekleidet. Ich saß an der Höhlenöffnung und wartete auf Jaybirds Rückkehr, dachte über die Veränderungen nach, die mir widerfahren waren.

Ich war jetzt ebenso sehr seine Frau wie Rebekah Tobias' Frau war, auch wenn da niemand gewesen war, der unseren Bund formell gesegnet hätte. Ich konnte nicht mehr zurückkehren. Nie mehr. Ich würde nicht den Buchstaben der Scham auf meinem Ärmel tragen. Ich würde nicht das Risiko eingehen, dass wir beide auf der Wange gebrandmarkt und aus dem Ort gejagt würden. Ich würde hier mit ihm leben. Ich würde keine Bestrafung für etwas riskieren, das keine Sünde war.

Ich dachte an die Worte von Ruth von den Moabitern: »Wo du hingehst, da will ich auch hingehen; wo du bleibst, da bleibe ich auch. Dein Volk ist mein Volk und dein Gott ist mein Gott.«

Der Wind heulte und kreischte an der Höhlenöffnung vorbei; der Schnee fiel in einer wirbelnden wilden Masse, machte die kahle Winterlandschaft weit unten undeutlich. Trotz des stürmischen Wetters fühlte ich großen Frieden und Behaglichkeit in mir.

Das Feuer an meinem Rücken wärmte mich; die Kleidung, die White Eagle mir gegeben hatte, passte genau, umhüllte meinen Körper wie eine zweite Haut. Genau wie Ruth im Land Juda spürte ich, dass ich mein Volk gefunden hatte, dass ich zu ihm gehörte.

Jaybird kehrte zurück, über und über mit Schnee bedeckt. Seine Augen wurden groß, als er mich sah, doch er sagte kein Wort. Er lud den erlegten Hirsch,

den er über die Schulter getragen hatte, ab und rief nach seinem Großvater. Sie sprachen leise miteinander. Ich konnte ihre Sprache nicht verstehen und so beobachtete ich ihre Gesichter, um zu begreifen, was zwischen ihnen vorging. Jaybird sah mich voller Erstaunen, fast mit Besorgnis an. Was konnte ich getan haben, was ihn beleidigt haben könnte? All die Freude, die ich bei seiner Rückkehr empfunden hatte, wich aus mir und ich beobachtete noch genauer, um zu sehen, was das Schicksal jetzt für mich bereithielt. Ohne ihn war ich völlig verloren. In mir waren Gefühle erwacht, die ich vorher nicht gekannt hatte und für die ich keinen Namen hatte. Alles, was ich wusste, war, dass er mehr für mich bedeutete als das Leben selbst. Wenn er mich nicht wollte, würde ich niemand anderen nehmen. Wenn er sich jetzt von mir abwendete, würde ich zum Höhleneingang gehen und mich auf die darunter liegenden Felsen stürzen.
Doch meine Sorgen waren grundlos. Während Jaybird zuhörte, hellte sich sein Gesichtsausdruck auf und er schien zu verstehen. Ich konnte wieder atmen.
Jaybird legte seinen Fellmantel ab und bedeutete mir mich zu ihm ans Feuer zu setzen.
»Er erweist dir große Ehre«, sagte er, als er die Flammen schürte. »Mehr, als du ahnst. Diese Kleidung, die du trägst, gehörte seiner Tochter, White Bird – Weißer Vogel. Sie war seine Jüngste und seine Lieblingstochter, das Kind aus seiner zweiten Ehe. Sie wurde zuerst Little Bird genannt, Kleiner Vogel, weil sie bereits in ihrer Wiege lachte und zwitscherte. Als sie älter wurde, schien sie zu rennen, noch bevor sie laufen konnte,

sie schien über den Boden zu fliegen, genau wie ein Vogel.«

»Was wurde aus ihr?«

»Sie starb in ihrem fünfzehnten Sommer. Am Fleckfieber, genau wie seine Frau und seine anderen Kinder, einschließlich meines Vaters und auch meiner Mutter, meinen Brüdern und Schwestern. Fast der ganze Stamm starb. White Eagle gab sich selbst die Schuld. Er war Powwow, der Medizinmann, die Menschen erwarteten von ihm, dass er sie heilte. Doch die Geister verließen ihn und er hatte keine Kraft gegen die Krankheit des Weißen Mannes. Er konnte niemanden retten, nicht einmal seine Tochter, die ihm so über alle Maßen lieb war. Alles, was er tun konnte, war sein Volk mit der angemessenen Zeremonie zu bestatten und sie vorzubereiten auf ihre Reise zum Großen Gott Kiehtan, auf dass sie in seinem Haus im Südwesten leben konnten.

Dies war die Kleidung, die für die Hochzeit von White Bird angefertigt worden war. Sie sollte darin begraben werden oder man hätte sie an die Bäume um ihre Grabstätte hängen sollen, bis sie zu Staub zerfielen.« Er blickte zu seinem Großvater, der weiter drüben saß und uns betrachtete. »Er sagt, White Bird kam zu ihm in einem Traum und sagte ihm, dass ihre Alltagskleidung für ihre Reise in das Land des Großen Geistes genügen würde. Sie sagte, er müsste ihre beste Kleidung, die für ihre Hochzeit angefertigt wurde, aufbewahren. Denn eines Tages würde sie gebraucht werden. Eines Tages würde ein Mädchen nackt zu ihm kommen und er müsste sie kleiden und sie wäre eine Tochter für ihn.«

»Und das bin ich?«
»Deine Ankunft erfüllt die Prophezeiung. Es gibt auch andere Zeichen. Die Ahnen haben dich angenommen. Die Wolfsmutter hat dich beschützt und über dich gewacht; du gehörst jetzt zu ihrem Clan. Großvater wird dir das Clanzeichen verleihen, genau wie ich dieses trage.« Er drehte seine Wange, um ein schwarzes Oval mit einem kurzen Kopf, kleinen Beinen und Schwanz zu zeigen. »Es zeigt, dass ich zum Clan der Schildkröte gehöre.« Er sah von mir weg und seine Stimme wurde zu einem Flüstern. »Es bedeutet, wir gehören unterschiedlichen Clans an und haben die Erlaubnis, zu heiraten.«
»Das ist gut.« Ich streckte die Hand aus und fuhr die Clanmarkierung auf seiner Haut nach. »Denn wir sind bereits verheiratet.« Ich hielt seine Hand und mein Griff wurde fester. »Fühlst du das nicht auch?«
Er lächelte verlegen, den Blick immer noch nach unten gerichtet, die langen, geschwungenen Wimpern berührten fast seine Wangen.
»Die Ahnen haben bei unserer Hochzeit getanzt, hast du sie nicht gesehen? Hast du sie nicht gehört?«
Ich nickte, plötzlich so verlegen wie er.
»White Bird war da, um ihren Segen zu geben. Großvater hörte ihre Flöte.«
So war es und so sollte es sein. Von diesem Tag an lebten wir zusammen als Mann und Frau.

16 Eden

Die Welt veränderte sich mit dem Wandel des Jahres. Der Winter lockerte seinen Griff um das Land. Wasser plätscherte die Berge hinab und der weiße Teppich des Schnees kroch stetig zurück zu unserer Felsfestung. Währenddessen färbten die ersten Blätter den Wald grün und legten sich über die Bäume wie ein Schleier. Vögel kamen aus dem Süden geflogen und verdunkelten den Himmel auf ihrer Reise nach Norden.

Als die Tage wärmer wurden, folgte ich Jaybird aus unserer Höhle nach unten, um zu jagen, zu fischen und das zu sammeln, was der Wald uns bot. Er lehrte mich einen Bogen zu benutzen und zu töten, aber er lehrte mich auch, dass in allen Dingen eine Seele wohnt. Für ihn war alles Leben heilig. Er stand stets in stillem Gebet vor dem Tier, dessen Leben er genommen hatte, und sagte: »Es tut uns Leid, dass wir dich töten mussten, kleiner Bruder, aber unser Bedürfnis ist groß. Wir ehren deinen Mut, deine Schnelligkeit und Stärke.«

Er lehrte mich seine Sprache und vieles andere. Wir badeten in Seen und Flüssen, standen unter Wasserfällen, wo die schnell fließende Kälte uns zusammenzucken ließ. Wir wanderten Hand in Hand durch bunt getupfte Lichtungen, sammelten Erdbeeren, Pflaumen, süße wilde Trauben und fütterten uns damit gegenseitig, bis der Saft uns über die Gesichter lief. Die ganze Zeit schallte Jaybirds Lachen durch den Wald. Jeder Tag war eine Freude und jeder Tag ließ meine Liebe zu ihm wachsen, bis sie keine Grenzen mehr kannte.

Wir suchten uns Wiesen in den Bergen und lagen in dem hohen Gras, umgeben von den nickenden Köpfen der Blumen und gebadet von der Sonne, bis ich so braun war wie er. Ich dachte, wir seien nach Eden selbst gebracht worden und dürften im Garten umherstreifen wie Adam und Eva. Ich hatte niemals in meinem Leben ein solches Glück erlebt.

Und ich würde es auch nicht wieder erleben, obwohl ich das damals nicht wusste. Wir lebten jeden Tag, ohne an das Morgen zu denken. Die Zeit von Sonnenaufgang bis Sonnenuntergang schien sich über das normale Maß hinauszudehnen. Am liebsten hätte ich die Zeit völlig angehalten, die Sonne in ihrem Lauf verlangsamt und jeden Tag ewig dauern lassen. Aber das ist unmöglich. Sosehr ich mir wünschte die Augenblicke festzuhalten, so schlüpften sie mir doch durch die Finger und verrannen wie Sand, der durch das Stundenglas sickert.

17 Die Kammer der Visionen

Ich verbrachte nicht all meine Zeit mit Jaybird. Ich mochte zwar seine Frau sein, aber ich war auch eine Tochter für White Eagle – und seine Schülerin. So ungern Jaybird auf meine Gesellschaft verzichtete, musste er mich doch manchmal für meine Unterwei-

sung verlassen. Die fand in der inneren Kammer der Höhle statt, die für ihn verboten war.
Es war ein Ort voller Geheimnisse. Die Wände waren ockerfarben, sodass die Kammer wirkte, als sei sie die Gebärmutter der Welt. Ringsum waren Figuren aufgemalt oder eingemeißelt und sie waren alle Manitu, Zeichen des Großen Geistes. In die Wände gehauene Schreine zeigten die vier Himmelsrichtungen an und White Eagle brachte den Göttern, die dort wohnten, Opfergaben. Große Kreise blickten auf uns herab, einer mit Strahlen, einer kreisrund – einer für die Sonne, einer für den Mond. Donnervögel mit gabelförmigen Schwänzen schienen dazwischen hin und her zu segeln. Geister der verschiedensten Tiere schlichen oder stolzierten umher, sobald man durch den Vorhang alter, vom Lauf der Zeit dünn gewordener Wandteppiche getreten war. Mit Streifen und Zickzackmustern versehen, waren die Malereien angeblich von den ersten Menschen angebracht worden, von denen es hieß, sie seien aus dem Südwesten gekommen, aus dem Haus Kiehtans selbst.
Es war ein heiliger Ort. Als ich das erste Mal die Schwelle überschritt, fühlte ich, wie sich die Härchen auf meinen Armen und im Nacken aufstellten, so erfüllt war ich von Ehrfurcht. Mehr als in jeder Kirche, die ich jemals betreten hatte.
Ich spürte noch mehr. Ich fühlte mich meiner Großmutter so nahe, als ob ich zu ihr nach Hause gekommen wäre. Denn sie hatte an die Heiligkeit der Natur geglaubt – der Sonne, des Mondes, des Regens, des Windes und der Mutter Erde, aus der alles entspringt: Sie sah das Göttliche in all den Dingen, die wachsen,

in allen Wesen, die gehen, kriechen, fliegen oder schwimmen, in jedem lebenden Wesen auf der Erde oder im Himmel, in Fluss, See und Meer. Sie ehrte all dies jeden Abend und jeden Morgen in ihren Gebeten. Für diesen Glauben hatte man sie gehängt.

Wenn sie gelebt hätte, dann hätte sie mich die Geheimnisse selbst gelehrt. Nun hatte White Eagle dies übernommen.

»Der Geist in dir ist stark. Ich weiß, dass das wahr ist. Du wurdest geboren, um die heilige Straße zu beschreiten, und ich bin hier, um dich zu leiten. Zuerst muss ich dir eine Geschichte erzählen.«

Er sprach nicht sofort weiter. Er saß völlig still; solche Ruhe musste ich ebenfalls lernen. Sein Körper war schlank und muskulös, so geschmeidig wie Jaybirds, aber sein Gesicht war faltig und in seinem geflochtenem Haar zeigten sich Strähnen von mattem Silber. Der Blick aus seinen dunklen Augen war in der Dunkelheit der Höhle schwer zu deuten, doch ich sah große Traurigkeit, als er sich den Ursprung der Geschichte, die er erzählen wollte, in den Sinn rief. Ich nahm an, sie würde von seiner Tochter handeln, von White Bird. Er sah mich an und sein Kummer schien sich noch zu verstärken.

»Jaybird hat dir erzählt, dass meine Tochter gestorben ist.«

Ich nickte.

»Was er dir nicht erzählt hat, weil er zu jung war, um es zu wissen, ist, dass ich sie zurückgeholt habe aus dem Land der Toten, damit sie wieder bei mir sein könne.«

»Aber wie?«

»Ich folgte ihr. Sie war eine der Ersten meines Stammes, die krank wurden. Ich war Powwow, Medizinmann. Meine Frau hatte mich angefleht sie zu retten und ich tat alles, was ich konnte, aber ich hatte keine Macht gegen die Krankheit des weißen Mannes. Die Krankheit breitete sich von einem zum anderen aus, mit der Geschwindigkeit von Feuer, das sich durch ein trockenes Kornfeld frisst, und ich konnte nichts tun. Ich saß am Bett meiner Tochter von morgens bis abends und wieder bis morgens. Ich konnte spüren, wie sie mir entglitt. Der Abend kam und ich musste eingeschlafen sein, denn als ich die Augen öffnete, war es dunkle Nacht. Ich sah, wie sie aufstand und losging, sie bewegte sich mit Leichtigkeit und in ihrem Schritt lag eine Kraft, als ob die Krankheit nicht länger auf ihr laste. Ich erhob mich, aber sie sagte, ich müsse zurückbleiben. Dreimal sagte sie mir das und dann ging sie, nachdem sie mich versprechen ließ, ihr nicht zu folgen.

Ich konnte dieses Versprechen nicht halten. Ich schlich hinaus und sah ihre weiße Gestalt den Wald betreten. Ich ging ihr nach, folgte dem Pfad durch den Wald, den sie genommen hatte. Die Blätter waren üppig in ihrem vollen sommerlichen Wachstum und es war so dunkel, dass ich kaum sehen konnte, wohin ich den Fuß setzte.

Der Pfad führte zu einem breiten Weg, den ich nicht kannte. Ich blickte nach oben, um meinen Weg nach den Sternen auszurichten, doch da waren keine Sterne. Der Himmel war leer. Ich blickte nach unten auf den Boden, er war nackt und ausgetreten vom Tritt vieler Füße, und als ich mich umsah, sah ich Männer und Frauen verschiedener Stämme alle zusammen diesen Weg entlanggehen. Manche waren alt, aber viele waren jung, mit Säuglingen auf den Armen und Kindern neben sich.

Sie liefen schweigend und sahen mich nicht an. Ich ging mit ihnen, immer nach Westen. Vor uns wurde der Himmel stetig dunkler und kein Licht zeigte sich im Osten. Viele gingen vorbei, als ich weiterlief, und ich erkannte manche von ihnen, meinen ältesten Sohn, seine Frau, Angehörige des Stammes, die kürzlich gestorben waren. Jeden Tag wurde die Menge größer. Die Menschen füllten den Weg wie ein großer Fluss. Ich hatte nicht gewusst, nicht erahnen können, dass die Krankheit so viele geholt hatte. Ich suchte die ganze Zeit in dieser breiten Masse, aber ich konnte kein Anzeichen von meiner Tochter entdecken, bis wir schließlich zu einer weiten Steppe kamen. Hier konnte ich viele Feuer in der Nacht brennen sehen. Ich war zu dem Ort gekommen, wo die Menschen rasteten, bevor sie Kiehtans großes Haus betraten. Ich ging von Feuer zu Feuer und schaute in jedes Gesicht, das vom Flackern des Feuerscheins erleuchtet war. Und schließlich fand ich sie.

Ich hob sie mit meinen Armen auf. Sie schien überhaupt nichts zu wiegen, es war, als trüge ich nur eine leere Hülle. Ich drehte mich um und rannte davon, die Straße zurück, die wir gekommen waren. Die Menge wurde dünner, je weiter ich zurückkam, bis niemand mehr da war. Ich hielt an, um mich kurz auszuruhen, und als ich aufblickte, sah ich ein Schimmern am Himmel. Die Sonne ging auf, als ich meine Tochter zurück ins Lager trug.«

»Du hast sie gerettet? Sie vor dem Tod selbst gerettet?«
Er schüttelte den Kopf. »Meine Freude war kurz. Ich legte sie auf ihr Bett und bedeckte sie mit den feinsten Fellen, schwarzer Wolf und Luchs. Sie lag zwischen Leben und Tod mit nur dem allerschwächsten Hauch von Atem. In den Tagen, die folgten, ging es ihr nicht schlechter, aber auch nicht besser. Um mich herum starb mein Stamm, rief nach meiner Hilfe, doch ich tat nichts. Ich konnte nicht von ihrer Seite weichen, obwohl ich wusste, dass ich das schlimmste Unrecht begangen hatte. Ich fühlte Scham und Furcht. Das bisschen, was ich an Macht noch in mir gehabt hatte, verließ mich. Ich wurde zu einem Nichts, denn ich hatte mein Volk in der Stunde seiner Not im Stich gelassen und ich hatte versucht den Platz der Götter einzunehmen und den Tod selbst zu betrügen.«
Er hörte auf zu sprechen und starrte in das Feuer, das inmitten der Kammer niedrig brannte.
»Am Ende hatte ich keine Wahl mehr. Ich selbst erstickte das Leben in ihr, legte meine Hand über ihre Nase und ihren Mund. Und diesmal ließ ich sie die Reise alleine antreten. In jener Nacht kam sie im Traum zu mir und sagte mir, ich solle nicht um sie trauern, ich müsse die Lehre der Duldsamkeit annehmen. Sie sagte mir, ich solle ihre Hochzeitskleidung aufbewahren bis zu dem Tag, an dem eine käme, die ihren Platz in meinem Herzen ausfüllen würde. Ich tat, worum sie mich gebeten hatte. Ich brachte ihre Kleidung hierher und bewahrte sie auf. Aber dulden?« Er hob beide Hände in einer Geste der Verzweiflung. »Mein Herz war zerrissen, schwer vor

Selbstmitleid und rasend vor Zorn gegen die Götter. Ich konnte nicht mehr zu meinem Volk zurückgehen.«

Ich wollte ihn fragen, was er getan hatte und wohin er gegangen war in der Zeit seines großen Schmerzes, aber er drehte sich von mir weg und richtete sein Gesicht nach Westen. Ich wusste, dass ich ihn in seinem Schweigen nicht stören durfte. Schließlich sprach er wieder.

»Ich ging dorthin, wohin meine Füße mich trugen, und sie brachten mich nach Norden in das Land des ständigen Eises, wo alles entweder Licht oder Dunkelheit ist. Ich wohnte unter den Menschen, die ihre Häuser aus Eis bauen. Sie lehrten mich die richtige Art und Weise, zwischen den Welten zu wandern, und die geheime Sprache der Tiere. Trotzdem wollte ich mehr wissen, also brachten sie mich über das große Eisdach der Welt zu einem fernen Land von Wäldern. Das Land der Tungusen, die ihre Medizinmänner Schamanen nennen. Ich lernte viel von ihnen. Sie lehrten mich, dass wahre Weisheit erst durch Leiden zu erlangen ist. Ich wurde wie ein Toter, sodass ich wieder zum Leben zurückkehren konnte. Ich wollte mein neues Wissen zurück zu meinem Volk bringen.«

Er lächelte, doch es war ein bitteres Lächeln. »Als ich zurückkehrte, war niemand mehr da. Der Ort gehörte dem weißen Mann. Unter ihrem eifernden Prediger war er zu Beulah geworden.

Geh jetzt. Jaybird wartet auf dich.«

Die Zeit, die ich in der Kammer verbrachte, war wie ein Traum. In ihrer Mitte befand sich eine große Schale, rund und aus weichem Stein gemeißelt. Ich kannte ihren Zweck, aber ich zögerte mich damit zu befassen. Ich wollte nicht wissen, was passieren würde. Visionen der Zukunft hätten meine Gegenwart aufwühlen können wie der Wind die Oberfläche eines Sees in Aufruhr versetzt.

Eines Tages schickte White Eagle mich, um Wasser aus einer besonderen Quelle zu holen. Damit füllte er die Schale, genau so, wie auch meine Großmutter ihre Schüssel zum Wahrsagen gefüllt hatte. Dann befahl er mir hineinzublicken. Nur indem ich mich dem stellte, was ich dort sah, würde ich aufhören davor Angst zu haben.

Ich sah eigenartige Dinge. Manchmal das, was bereits geschehen war, wie in einem Traum, in dem man sich erinnert. Und manchmal erhaschte ich einen kurzen Blick auf das, was kommen sollte. Oft gab es für die Dinge, die ich sah, keine Erklärung. Anfänglich hatte ich nicht die Fähigkeit, die Richtung der Vision zu bestimmen, Bilder kamen unaufgefordert und ergaben für mich keinen Sinn. Ich sah eine Stadt aus Steinen, die zwischen einer felsigen Anhöhe und einem breiten dunklen Fluss gebaut war. Ich sah eine Stadt des Lichts mit Gebäuden, die aus Kristall zu sein schienen und wie mit Diamanten besetzt funkelten. Ich sah das Gesicht einer Frau, die mich ebenfalls anschaute. Ich kannte sie nicht, aber sie kannte mich. Ihr Blick war eine Mischung aus Respekt und Liebe und tiefer Besorgnis. Sie erinnerte mich an Martha, obwohl ihr Haar grau war und auf indianische Weise geflochten. Sie hatte dunkle Augen und tief gebräunte Haut und schien Männerkleidung zu tragen – ein kariertes

Hemd in kräftigen Farben. Ich überlegte lange, wer sie wohl sein konnte und was sie von mir wollte. Manchmal sah ich meine Mutter, ganz in Samt gekleidet wie damals, als ich sie zuerst traf. Sie flüsterte mir dringliche Dinge zu und ich lauschte gebannt. Was sie erzählte, machte mich zutiefst betroffen, doch wenn ich wieder zu mir kam, konnte ich mich nicht an ein einziges Wort erinnern.

Aber meine Fähigkeiten entwickelten sich, Sehen und Wissen vereinigten sich und eines Tages zeigte mir die Schale, was ich am meisten fürchtete: Es würde etwas geschehen, was mein reines Glück bedrohte.

Ich sah einen Läufer auf einem Waldweg, der Schatten der Blätter spielte auf seinem Rücken. Sein Körper glänzte vor Schweiß und vor Bärenfett, mit dem er seine Haut eingerieben hatte, um sich gegen den Biss der Insekten zu schützen. Er rannte, ohne Lärm zu machen, und war sehr schnell. Die Vision hielt noch eine andere Bedeutung bereit. Sie war wie ein winziger Sprung in einem bislang unversehrten Glas und ich wusste, dass er sich ausbreiten würde, bis alles zerbrochen war. Ich drehte mich weg, mein Herz wurde schwer.

»Jemand kommt.«

White Eagle sah ihn ebenfalls.

»Er wird hier sein, wenn die Sonne am höchsten steht. Wir müssen bereit sein.«

Jaybird griff nach seinen Waffen, als eine Stimme von unten rief. Er ging mit gespanntem Bogen zum Rand der Höhle, dann entspannte er sich und ließ den Bogen sinken. Er winkte dem Besucher zu, hochzukommen.

Ein junger Mann – in Jaybirds Alter oder etwas älter –

kletterte zu uns empor. Sein Gesicht war bemalt und Federn schmückten seinen Hinterkopf, wo das Haar hochgebunden war. Er war nur mit einem Lendenschurz bekleidet, aber er war mit Pfeil und Bogen bewaffnet und ein Messer hing an seinem Gürtel.

Jaybird trat nach vorne, um ihn zu begrüßen und wie einen Bruder zu umarmen. Der junge Mann kniete vor White Eagle nieder.

»Großvater, Sachem Hoosac hat mich geschickt. Er bittet um deinen Rat.«

»Warum? Er hat andere Powwows und Ratgeber.«

»Niemand, der so groß und weise ist wie du. Siedler sind gekommen. Sie sagen, unser Land sei ihres. Sie bieten Güter und Wampum an. Sie haben Papiere und sagen, wir müssen unterzeichnen. Sie sagen, wir müssen . . .«

»Wer sagt das?«

Ich war im Schatten geblieben, doch jetzt trat ich vor. Die Augen des jungen Mannes wurden groß. »Sie ist *Yenguese!*«

Es war das Wort, das sie für Engländer gebrauchten.

White Eagle sah ihn an. »Sie ist auch Jaybirds Frau und meine Tochter.«

Die Augenbrauen des jungen Mannes hoben sich noch mehr, als er das Wolfszeichen sah, das White Eagle mit einem scharfen Stein und schwarzer Farbe in meine Wange geritzt hatte, und jetzt richtete er seine Frage an mich.

»Was ist dein Rat?«

Die Antwort brach förmlich aus mir heraus. »Nehmt nichts von ihnen an und unterzeichnet ihre Papiere nicht; setzt auf keinen Fall euer Zeichen darunter !«

Der junge Mann sah zu White Eagle. »Was sie spricht, ist auch dein Wort?«

White Eagle nickte. »Wie du sagst: Sie ist Yenguese, sie kennt ihr Volk.«

»Nun denn. Ich werde zurückkehren und Hoosac bestellen, was ihr gesagt habt.«

Der junge Mann verließ uns und verschwand in schnellem Lauf wieder im Wald. White Eagle zog sich in die Kammer der Visionen zurück und kam erst am nächsten Tag wieder heraus.

»Wir müssen fort. Ihm folgen. Denn ich fürchte, was Hoosac tun könnte. Er hat nicht die Weisheit seines Vaters und er ist gierig. Er könnte sehr wohl alles für eine Hand voll von Plunder tauschen. Außerdem schreitet das Jahr voran. *Eyes of a Wolf* wird die Gesellschaft von anderen Frauen benötigen. Wir sollten nicht noch einen weiteren Winter hier bleiben.«

Eyes of a Wolf – Wolfsauge – so lautete mein neuer Name. Jaybird sah zu seinem Großvater, dann zu mir und ein Lächeln breitete sich auf seinem Gesicht aus. White Eagle wusste oder erriet etwas, das ich noch niemandem gesagt hatte. Ich erwartete ein Kind.

18 *Looking Glass – Schwitzhütte*

Agnes bewegte sich und stöhnte im Schlaf, aber Tante M wusste, dass man sie nicht wecken durfte. Sie öffnete die Zeltklappe, um etwas Luft hereinzulassen. Der Tag kühlte sich zum Abend ab. Sie schüttete Wasser aus einem tönernen Krug auf den Boden und bespritzte auch Agnes damit, um ihre heiße Haut zu kühlen. Die ganze Zeit sang sie ihr Lied, auch während sie draußen das Feuer versorgte und mehr Steine auflegte. Als sie heiß waren, brachte sie sie hinein und ersetzte damit die bereits abgekühlten Steine in der Mitte der Schwitzhütte. Sie ließ die Zeltklappe wieder zurückfallen, warf Kräuter auf die Steine und ging nun zu einem leisen und eindringlichen Summen über. Noch einmal sprengte sie Wasser auf die glühenden Steine, die die Dunkelheit mit dampfender Hitze erfüllten, dann setzte sie sich, um ihre Nichte zu betrachten. Es war offensichtlich, dass Agnes jegliches Bewusstsein von sich selbst verloren hatte. Ihr Atem war gleichmäßig und ruhig, als hätte sie einen Zustand jenseits des Schlafes erreicht. Tante M wusste, dass, wenn man sie jetzt zwicken oder gar mit einem Messer schneiden würde, sie es nicht spüren würde. Sie lag da, ohne die Welt um sich herum wahrzunehmen, als ob sie aus Holz geschnitzt oder aus Stein gemeißelt wäre.

Tante M hatte viele Menschen auf Seelenreisen wie dieser begleitet. Seit eine allererste Vision ihr als Kind offenbart hatte, dass sie besondere Gaben hatte, hatte sie weite Wanderungen in die Welt des Geistes unternommen. Damals, als es zum ersten Mal geschehen war, hatte Tante M Erstaunen, Furcht und Verwirrung gespürt, genau wie Agnes. Ihre Großmutter hatte ihr geholfen, sie geführt und beschützt. Tante M hatte von ihrer Weisheit gelernt; und jetzt rief sie ihre Großmutter an, bat um Stärke für sich selbst und Agnes. Tante M hatte es sich zur Aufgabe gemacht, anderen zu helfen, wirkte als Mittler zwischen Suchenden und Geist. Sie sah das als einen besonderen Dienst an und war stolz ihn leisten zu können; aber sie hatte noch niemals mit jemandem gearbeitet, den sie so liebte wie Agnes. Angst um das Mädchen stieg in ihr auf, störte ihre Konzentration und weckte Zweifel an ihrem Entschluss, sich nicht einzumischen in das, was hier geschah. Sie musste schwer mit sich kämpfen ruhig zu bleiben. Sich einzumischen hieße ihre Nichte einer großen Gefahr auszusetzen. Agnes befand sich nun jenseits ihrer Möglichkeiten, zu helfen oder etwas zu verhindern. Sie war zu einem Ort gegangen, wo nur der Geist Zutritt hatte.

Tante M hielt die ganze Nacht Wache. Das war alles, was sie tun konnte: Wache zu halten und aufzupassen, dass ihre Nichte sich entspannen konnte und dass ihr Körper nicht fror. Es war jetzt kalt draußen. Tante M zog ihr altes kariertes Hemd an und ging hinaus, um frische Steine aufzulegen. Dann trat sie zu Agnes, legte eine Decke über sie und steckte sie fest. Einen Moment lang flogen die Augen des Mädchens auf, doch es war nicht Agnes, die sie ansah. Diese Augen hatten ein helleres Grau, waren stärker mit Gold gefleckt und mit Schwarz umringt. Wolfsauge, war das nicht der Name, den die Pennacook ihr gegeben hatten? Ein guter Name. Die Augen schlossen sich und Agnes seufzte. Tante M blickte liebevoll auf sie hinab.
»Du hast sie gesucht und du hast sie gefunden. Alles, worum ich dich bitte, ist ihr nicht weh zu tun. Oder ich werde . . .« Ich werde was? Tante M wusste, dass

sie gar nichts tun konnte, als Wache zu halten und zu warten. Sie verbrannte ein wenig Süßgras und Tabak, um den Geist zu ehren, und setzte sich dann auf die andere Seite der Schwitzhütte, gegenüber von Agnes. Sie hatte das Mädchen nach Westen gedreht, dem Ursprung aller Frauenmacht, dem Heim der Geister, dem Ort der Träume. Sie selbst saß im Osten, dem Platz des Schamanen, dem Ort der Geheimnisse, der Spiegel- und Schattenbilder. Sie saß fast bewegungslos da, so still wie eine Statue, und begann erneut zu singen. Sie sang, um Böses von Agnes fern zu halten, um ihr Stärke zu verleihen, und während sie weitersang, schüttelte sie rhythmisch die Schildkrötenrassel.

Agnes kam zu Bewusstsein, kurz bevor der Morgen anbrach, gerade als durch den Wald um sie herum die ersten Vogelrufe schallten. Tante M ging zu ihr hinüber und half ihr hoch. Es fiel Agnes nicht leicht, sich zu erheben, ihre Beine waren schwach und ihre Knie gaben nach. Sie fühlte sich wie fremd in ihrem Körper, als ob sie krank und für lange Zeit bettlägerig gewesen wäre.

Der frühe Morgen warf sein perlgraues Licht über alles, als sie die Schwitzhütte verließen. Tante M führte sie hinunter zum Seeufer. Diesmal hatte Agnes nichts gegen das Schwimmen einzuwenden. Das Wasser war beißend kalt, aber auch erfrischend. Es weckte zumindest ihren Körper, wenn auch nicht ihren Geist.

Im Geist war sie immer noch an einem anderen Ort. Tante M schlang ein Handtuch um sie und führte sie zurück ins Haus. Agnes legte sich aufs Bett, plötzlich völlig erschöpft. Ihre Gedanken begannen ihr zu entgleiten. Sie wurde wieder zu Mary, diesmal spürte sie, wie es geschah. Und da war noch etwas. In dem Moment, in dem sie in ihre Haut schlüpfte, wusste sie, dass sie kein Mädchen mehr war, sondern eine gereifte Frau.

19 Weatuck – Im Dorf

Das Leben war hart, aber welches Leben war das nicht? Die Worte kommen langsam. Ich denke kaum mehr in Englisch.
Das Kind, das ich in meinem Bauch aus den Bergen getragen hatte, bereitete sich inzwischen für seine große Aufgabe im Winter vor, bei der es als Junge in den Wald gehen und als Mann zurückkommen würde. Mein Sohn Black Fox – Schwarzer Fuchs – hatte sich seinen Namen bereits durch List und Geschicklichkeit bei der Jagd verdient. In den Spielen, die die Jungen spielten, hatte er so viel Mut bewiesen wie er nur konnte, um der Prophezeiung von White Eagle am Tag seiner Namensgebung gerecht zu werden. Denn White Eagle hatte gesagt, dass er einmal ein großer Krieger und Häuptling werden würde. Mein Mutterherz war in diesem Augenblick von Stolz erfüllt gewesen und ich hatte seitdem nie daran gezweifelt, dass es so kommen würde.
Ich hatte meinen Platz. Ich war akzeptiert als Eyes of

a Wolf. Frau von Jaybird, Mutter von Black Fox und Speckled Bird, meiner kleinen Tochter. Ich arbeitete mit den anderen Frauen im ewigen Kreislauf von Aussaat und Pflanzung, Pflege und Ernte. Ich lernte Häute zu gerben und samtweich zu machen. Die Arbeit störte mich nicht. Ich fand sie nicht mehr oder weniger anstrengend als die Arbeit, die im Haus einer Weißen-Siedlung oder in England gemacht werden musste. Die Arbeit einer Frau ist endlos, ob hier oder sonst wo, aber es gab einen Unterschied. Hier arbeiteten alle Frauen eigenständig zusammen ohne Mann oder Vater oder Aufseher, der uns antrieb, schalt oder tadelte. Wir halfen einander, es wurde viel gelacht und es herrschte stets gute Laune. Kein Mann sagte uns, was wir tun sollten. Kein Mann hätte es gewagt. Die Kinder rannten herum, verscheuchten Krähen und spielten in unserer Nähe. Als Black Fox noch kleiner war, hatte er oft mit Speckled Bird zusammengesessen und Puppen für sie aus Maiskolben gebastelt, während sie ein Dorf aus Blättern machte.

Jede Zeit des Jahres brachte andere Arbeit und so hätte es weitergehen können, bis ich alt und grau und eine Großmutter gewesen wäre. Ein Leben so gut wie jedes andere. Aber Unheil kam aus dem Süden wie Rauch im Wind, wie der Geruch, der in der Luft liegt, wenn der Wald Feuer fängt.

Eines Abends gab es ein Zeichen, ein Omen, so voller böser Vorahnung, dass es einem eine Gänsehaut über den Rücken jagte. Ein Schatten hatte sich über den Mond gelegt und sein Gesicht blutrot gefärbt. Dann, noch während wir zusahen, schien der Schatten sich

zu verdichten und den Umriss der Skalplocke eines Kriegers anzunehmen, die von einem blutigen Schädel hing.
White Eagle wurde gebraucht, um dies zu deuten, und man schickte mich, um ihn danach zu fragen. Er hatte inzwischen ein hohes Alter erreicht und lebte mehr und mehr im Land des Geistes. Ich wusste, dass er sich danach sehnte, unsere Welt zu verlassen. Er hatte sich vom Dorfleben zurückgezogen und gesagt, dass er keine Ratschläge mehr zu geben hätte. Normalerweise wäre sein Wunsch respektiert worden, denn er wurde von allen verehrt, doch der Mond mit der Skalplocke war ein Zeichen, das nicht ignoriert werden konnte.
Ich war eine der wenigen, denen es erlaubt war sich ihm zu nähern. Das war außergewöhnlich für eine Frau, doch ich war jetzt Powwow – eine Medizinfrau – und zwar eine mächtige. Er hatte mich alles gelehrt, was er wusste, und obwohl ich selten an Zeremonien teilnahm, wurde mein Rat erbeten und ich wurde als Heilerin gesucht, wie meine Großmutter vor mir. White Eagle hatte mich den Nutzen jeder Rinde, jeder Wurzel und jedes Blattes im Wald gelehrt, aber es war nicht nur das. Ich hatte besondere Macht in meinen Händen, mehr als damals, als ich ein Mädchen gewesen war.
»Es muss von hier kommen.« White Eagle hatte eine Faust gebildet und sie sich auf die Brust gelegt. »Genauso wie von hier.« Dabei hatte er sich an die Stirn getippt.
Ich hatte gelernt mich sowohl um die Gesunden als auch um die Kranken zu kümmern und war geschult

darin, die Krankheiten zu behandeln, die von den Weißen kamen und oft ganze Dörfer ausrotteten.
Aber zugleich war ich auch immer mehr als eine Heilerin, hatte andere Kräfte. Ich war so geachtet wie gefürchtet – und das aus dem gleichen Grund wie jene, die Hexen genannt wurden: Ich konnte Geister herbeirufen, ich konnte meine Gestalt in die eines Tieres verändern, ich konnte schaden genauso wie helfen, ich konnte töten genauso wie heilen.
White Eagle hatte seine Wohnstätte sorgfältig ausgewählt. Nur wenige würden es wagen, Boden zu überqueren, der so heilig war. Ich ging vorsichtig, um die Toten nicht zu stören, die hier begraben lagen, und schlich mich an ihrer vom Wetter zerfledderten Kleidung vorbei, die von den Bäumen hing wie Spinnweben.
Es stieg kein Rauch auf, als ich mich der Lichtung näherte. Sein Wigwam war leer. Sein Feuer war kalt. Der Platz war sauber gefegt und ordentlich hinterlassen, doch seine wenigen Habseligkeiten waren verschwunden. Er war fort. Wir würden der Zukunft ohne ihn gegenübertreten müssen.

Ich wanderte mit einem schweren Herzen zurück zum Dorf, denn ich wollte nicht die Überbringerin so schlechter Nachrichten sein und dem bösen Omen noch ein anderes hinzufügen. Ich kam an, als der Rauch von den abendlichen Kochfeuern aufstieg und sich aus dem Langhaus und den Wigwams emporkräuselte. Bald würden sich die Familien versammeln, um über den Tag zu sprechen und miteinander zu essen. Ich blieb auf dem Hügel über unserem Dorf stehen. Eine Gruppe von Männern auf Pferden war gerade dabei, das Dorf zu verlassen, sie ritten den schmalen Pfad in einer Reihe entlang. Pferde und Hüte verrieten, dass es Engländer waren.

Ich wartete, bis sie außerhalb des Dorfes waren, bevor ich den Hügel hinunterging. Ich achtete stets darauf, nie von einem von ihnen gesehen zu werden. Ich wollte nicht, dass bekannt wurde, dass eine von ihnen bei den Indianern lebte. Nicht dass sie es bemerkt hätten. Für sie war ich eine Indianerin und deswegen praktisch unsichtbar. Trotzdem achtete ich darauf, im Garten oder im Wigwam zu bleiben, wenn Yenguese ins Dorf kamen, seien es Nachbarn oder Händler.

Ich konnte sehen, dass Jaybird mit den anderen Männern von der Jagd zurückkam. Sie waren erfolgreich gewesen. Sie trugen Beutel, die reich gefüllt waren mit erlegtem Wild, und Fellbündel und Federn hingen von ihren Gürteln: Sie lachten und trugen einen erlegten Hirsch, der an Stangen gebunden war. Speckled Bird rannte los, ihrem Vater entgegen. Er hob sie hoch, schwang sie in die Luft und trug sie dann unter dem Arm, als sei sie ein Tier, das er im Wald gefangen hatte. Sie kicherte und zappelte vor Freude. Es war ein Spiel, das sie spielten, seit sie ganz klein war. Er schwang sie herum und setzte sie auf seine Schultern, obwohl sie nun schon acht war und ihre Beine bis zu seinem Gürtel baumelten. Sie hielt seine Zöpfe wie die Zügel eines Pferdes und stieß ihm unsanft in die Rippen, um ihn dazu zu bringen, mit dem Fuß auf dem Boden zu scharren und für sie zu galoppieren. Auf ihr Kommando blieb er stehen und blickte zu ihr auf. Sie lachten beide über etwas, was sie gesagt hatte, und ich lachte mit ihnen. So ähnlich war es fast an jedem Tag, seit Speckled Bird aus ihrer Wiege gekrochen war. Sie war sein Liebling und er verwöhnte sie. Er würde ihr nie etwas verwehren.

Ich stand da und sah zu und das Lächeln auf meinem Mund erfror. Ich wusste, dies war ein Moment, an dem für mich die Zeit stillstand. Ein Moment, dessen Wert ich plötzlich schmerzhaft fühlte; ein Moment, der nicht vergessen werden durfte.

Neben Jaybird ging Black Fox. Er war jetzt fast vierzehn und groß für sein Alter, fast so groß wie sein Vater, und er war stolz darauf, an der Jagd teilnehmen zu dürfen. Er versuchte über ernste Dinge zu reden und ärgerte sich über die Störung seiner Schwester. Sie hatte ihm Jaybird weggenommen. Black Fox war mein Erstgeborener und der Schatz meines Herzens, aber die Liebe einer Mutter war nicht genug. Er suchte die respektvolle Aufmerksamkeit seines Vaters. Jetzt starrte er auf den Boden und versuchte seinen Zorn in den Griff zu bekommen. Gleich würde er alleine weggehen. Seine Verspieltheit war verschwunden. Er wollte ein Mann sein, obwohl er immer noch Junge genug war, um zu schmollen.

In der Ferne, auf der anderen Seite des sich schlängelnden silbernen Flusses, lag ein anderes Dorf. Rauch stieg auch von dort auf, kräuselte sich aus steinernen Schornsteinen empor, um in der stillen Juliluft dahinzutreiben. Die Siedlungen schirmten sich voneinander mit hohen Palisaden ab, doch seit Jahren hatten sie in Frieden gelebt, sogar in Freundschaft. Ich blickte hinab und Traurigkeit durchschnitt mir das Herz. Dies würde bald enden.

Ich war nie in der Nähe unserer englischen Nachbarssiedlung gewesen, obwohl ich sehen konnte, wie sie wuchs und sich entwickelte. Ich spürte den Rhythmus des Lebens, das sie dort führten, und es erinnerte mich sehr an Beulah. Bald würden die Ehemänner mit den Söhnen nach Hause zurückkehren, genau wie John Rivers es getan hatte. Mütter wie Sarah würden an der Tür stehen und ihre Kinder zum Essen hereinrufen. Ich hatte sowohl in einer englischen Siedlung als auch in einem Indianerdorf gelebt und mir fiel auf, wie wenig sie sich unterschieden in den Dingen, auf die es wirklich ankam: Heim, Herd und Familie.

Beide Völker glaubten an Träume und Vorzeichen. Der Mond mit der Skalplocke schien auf alle gleichermaßen herab und sicher hatten beide Seiten mit ähnlichem Unbehagen hinaufgesehen. Eine Zeit der Prüfung näherte sich und beide Seiten wandten sich an einen großen Geist um Führung und Segen. Sei es Gott oder Manitu. Was hatte es zu bedeuten, wie man ihn nannte?

Seit Monaten waren Boten gekommen, geschickt von Metacom, dem Häuptling der Wampanoags, den die Engländer König Philip nannten. Der gegenwärtige Streit fand zwischen Metacom und den Männern von Plymouth statt, aber Metacoms Groll wurde von vielen anderen geteilt. Überall überschritten die Siedler die Grenzen, vertrieben die Indianer aus ihrem angestammten Land und zäunten Jagdgründe ein. Doch die Probleme reichten noch tiefer, denn die Puritaner wollten keine Andersartigkeit dulden. Sie wollten, dass die Indianer ihren eigenen Glauben ablegten und Christen wurden. Sie wollten, dass sie ihr Nomadenleben aufgaben und die Lederkleidung gegen Tuch eintauschten, den Lendenschurz gegen Hosen. Sie wollten, dass sie in festen Siedlungen lebten und sich an den Pflug stellten.

Schließlich war es passiert. Metacom war aus seinem Stammesgebiet herausgekommen, hatte Siedlungen niedergebrannt und die Soldaten, die zum Schutz der Siedler gesandt worden waren, getötet. Zeichen dessen, was sich zusammenbraute, befanden sich entlang aller Pfade, waren in die Rinden der Bäume geschnitten, für alle zu lesen, die daran vorbeikamen. Aber für die Siedler kam der Krieg dennoch unerwartet; genau wie der Regen, der in den entfernten Bergen plötzlich in Sturzbächen zu Tal fällt und die Wiesen überflutet. Die Engländer, die ich das Dorf verlassen sah, waren voller Angst gewesen, schockiert über die Neuigkeiten aus dem Süden. Sie waren gekommen, um sich versichern zu lassen, dass so etwas hier nicht passieren würde. Obwohl unser Häuptling nicht abgeneigt war diese Garantien zu geben, waren manche unter den Engländern arrogant und großspurig gewesen und hatten damit gedroht, was geschehen würde, wenn der Stamm sich Metacom anschlösse. Dies verursachte Zorn, besonders unter den jungen Männern. Die Freude an der erfolgreichen Jagd war vergessen. Ich betrat ein Dorf, das gespalten war von Uneinigkeit und Besorgnis.

An diesem Abend wurde ein Rat einberufen. Ich wurde gebeten ans Feuer zu kommen, denn ich war Powwow, jemand, dessen Träume und Visionen wahr sind. Ich war Schülerin von White Eagle. Wenn er

nicht hier sein konnte, musste ich an seine Stelle treten. Ich war auch Eyes of a Wolf. Sie alle kannten meine Geschichte. Ich wusste über die Art der Engländer Bescheid, denn ich war einst eine von ihnen gewesen.
Das Langhaus war überfüllt, die Luft dick vom Rauch des Feuers, das in der Mitte brannte, und von den Pfeifen der Männer, die darum im Kreis saßen. Hoosac, der Häuptling, saß neben seinem Bruder Coos, der *Muckquopauog* war, Kriegsführer, ihnen gegenüber saßen seine *Ahtaskoaog*, Berater und Älteste. Die Clanmütter waren ebenfalls anwesend, ich nahm meinen Platz an ihrer Seite ein.
Das Licht des Feuers flackerte über Gesichter, die entschlossen und grimmig dreinsahen. Es gab einen Fremden unter uns. Sein Haar und seine Kleidung zeigten, dass er von einem anderen Stamm war. Er trug Kriegsbemalung und war ein Wampanoag, gesandt von Metacom. Er verbeugte sich und bat um Erlaubnis, zu uns zu sprechen. Als er die Erlaubnis des Häuptlings erhalten hatte, begann er mit seiner Rede.
»Metacom schickt seine Grüße und viele Wampumgürtel.« Er hielt uns die breiten Bänder mit lila und weißen Muschelperlen entgegen. »Er sendet sie, um seine Liebe zu den Pentucket zu zeigen. Er sagt, er wird alleine kämpfen, wenn es sein muss, aber er ruft euch an als seine Brüder, er ruft all die Stämme, sich zu vereinen, um ihm dabei zu helfen, die Engländer vom Land zu vertreiben, zurück ins Meer.«
Als er geendet hatte, dankte Hoosac ihm für seine Worte und die Wampum und wandte sich an seinen Rat.

»Ich sage dies: Wir müssen kämpfen.« Coos sprach von seinem Platz rechts des Häuptlings. »Metacom hat um unsere Hilfe gebeten und wir müssen ihm beistehen. Es ist Zeit, dass wir uns gegen die Engländer erheben. Es ist Zeit, dass wir das zurückholen, was uns gehört, und sie auf ihre Schiffe zurückschicken.«

»Dafür ist es zu spät. Es sind zu viele. Wir hätten sie zurückweisen sollen, als sie zuerst ins Land kamen.« Hoosac drehte sich zu dem Fremden. »Außerdem sagt Wannalancet, dass wir uns aus dieser Sache heraushalten sollen. Dieser Streit wäre nicht entstanden, wenn Metacoms Männer nicht getötet und dann die Bestrafung verweigert hätten, die dafür durch die Gesetze der Engländer festgesetzt ist.«

Im Kreis des Rates wurde genickt. Wannalancet war *Ketasontimoog,* der Oberhäuptling der Pennacook. Hoosacs Stamm schuldete ihm Treue.

»Warum sollten wir ihren Gesetzen gehorchen?« Der Wampanoag schnaubte höhnisch. »Sie sind Feiglinge. Sie sind weich. Wenn wir die Waffen gegen sie erheben, werden sie vor uns davonlaufen wie Hasen! Wenn wir nicht kämpfen, wie sollen wir als Männer weiterleben?«

Dazu wurde ebenfalls genickt. Dann sprach ich.

»Sie sind nicht weich. Sie werden mit aller Kraft kämpfen und sie können rücksichtsloser sein, als irgendjemand von euch ahnen kann.«

Der Wampanoag-Krieger starrte mich an. Ich war eine Frau und eine Yenguese, seiner Meinung nach sollte ich überhaupt nicht gehört werden.

Hoosac sah den Blick, den er mir zuwarf.

»Alle, die zum Rat geladen sind, haben das Recht, gehört zu werden«, stellte er fest und sein Ton war mild, aber voller Autorität. »Du hast gesprochen, nun ist sie an der Reihe. So ist es bei uns.«

»Und sie sagt die Wahrheit.« Einer der alten Männer, Black Feather, sprach zu meinen Gunsten. »Wer könnte vergessen, wie die Engländer Tod über den Stamm der Pequot gebracht haben? Ich war damals noch ein junger Mann, aber ich erinnere mich, als die Nachricht kam, was die Engländer mit den Pequots am Mystic Fort gemacht hatten. Sie griffen bei Dämmerung an, setzten das Dorf in Brand und töteten jeden, der zu fliehen versuchte: Männer, Frauen, Kinder. Sie erschossen sie mit Musketen. Vierhundert Tote wurden berichtet. Das Gemetzel war so groß, dass selbst die Narrangset und Mohegan, die Verbündete der Engländer und Feinde der Pequot waren, davon entsetzt und angewidert waren.«

»Black Feather hat Recht.« Ein anderer Ältester sprach. »Und es hatte damit nicht geendet. Die Engländer gaben keine Ruhe, bis jeder einzelne Pequot tot oder verjagt war. Sie waren gründlich.«

Nun sprach ich wieder. Ich erzählte ihnen davon, was in meiner Kindheit geschehen war, als England vom Bürgerkrieg regiert wurde. Wie heftig sie sich bekämpft hatten, Bruder gegen Bruder, Nachbar gegen Nachbar. Wie Cromwell in England ganze Städte hatte enthaupten lassen.

»Und diese Opfer waren Yenguese, ihr eigenes Volk?«

Ich nickte.

Hoosac schüttelte den Kopf über solche Barbarei. Er

wurde bereits älter, war ein sanfter Mann und vorsichtig. Der Gedanke an Kampf erhitzte nicht mehr sein Blut wie bei seinem jüngeren Bruder. Er wollte sein Volk so lange wie möglich aus einem Krieg heraushalten.
Die Debatte ging weiter, doch Hoosac hatte seinen Entschluss gefasst. Der Stamm hatte keinen Streit mit den Engländern hier. Er würde sich nicht beteiligen, noch nicht jedenfalls. Er würde abwarten und sehen.
Die Entscheidung des Häuptlings wurde nicht von allen widerspruchslos hingenommen. Als der Krieger der Wampanoag ging, folgte ihm Coos, der Bruder des Häuptlings, hinaus. Junge Männer scharten sich draußen um sie und verschwanden gemeinsam in der Nacht, entschlossen sich dem Kampf anzuschließen.

Das Leben ging weiter wie gewohnt und der Sommer neigte sich dem Herbst zu. Wir hackten den Boden und kümmerten uns um die Pflanzen, die in den Gärten wuchsen: Mais, Kürbisse, Bohnen. Wir fertigten Matten aus Binsen, präparierten Häute für Kleidung und Mokassins, räucherten und trockneten Fisch und Fleisch für die Wintermonate. Doch die Arbeit wurde ohne die übliche gute Laune getan. Die Stimmung in den Gärten war gedrückt, genau wie im Dorf. Wenn die Männer fort waren, um zu fischen oder zu jagen, gingen die Frauen ihren Arbeiten fast schweigend nach und bemerkten kaum, was sie da taten – jede verloren in endlosen Gedanken, was dieser Krieg sie kosten würde. Selbst das Geschrei der Kinder war gedämpft. Selbst sie gingen ohne den gewohnten Übermut ihren Aufgaben nach, die Krähen zu verscheuchen, Wasser zu tragen und das Ungeziefer vom wachsenden Mais zu pflücken, weil jeder Kolben, der wuchs und sicher geerntet werden konnte, eine Absicherung gegen Hunger und Not war.

Auch wenn die Männer in der Nähe waren, hellte sich die Stimmung kaum auf. Die Rückkehr von der Jagd war sonst immer eine Gelegenheit zum Feiern, eine Zeit des Überflusses, doch nun gab es wenig Freude. Wir trockneten, räucherten und lagerten das Fleisch, während die Männer in Gruppen zusammenstanden und sich mit leisen Stimmen unterhielten.

An früheren Sommerabenden hatten Black Fox und Speckled Bird manchmal nach dem Essen zusammen vor unserem Wigwam gespielt. Er hatte sie das Knöchelspiel gelehrt, ein Spiel mit fünf Steinen, an das ich mich von zu Hause erinnerte. Er zeigte ihr, wie man sie in die Luft warf und mit dem Handrücken wieder auffing. Er schnitzte gerne und hatte Puppen für sie gemacht oder Holzfiguren für ihr Dorf. Oder er hatte ihr geholfen die Wege mit den hübschen Steinen und Muscheln auszulegen, die sie sammelte. Speckled Birds Dorf veränderte sich mit der Jahreszeit. Jetzt ragte ein Zaun mit geschärften Stecken darum auf und ein Kriegspfahl stand in der Mitte, ein breiter Ast, blutrot bemalt.

Black Fox fand nun kaum mehr die Zeit, mit seiner Schwester zu spielen. Die meisten Abende sah ich ihn aus unserem Wigwam schlüpfen, um sich an andere Feuer zu setzen, wo die Gespräche sich um Krieg drehten. Am Tag half er den Männern, die ihre Waffen vorbereiteten. Sie schnitzten Pfeile und versahen sie mit Federn, schärften die Klingen ihrer Toma-

hawks an nassen Steinen und besserten alles sonstige Gerät aus.
Den ganzen Sommer über war es, als ob ein Sturm sich zusammenbraute. Der Krieg zuckte auf wie entfernte Blitze, flackerte über den Bergen im Süden, im Westen, im Norden, dann überall. Nachrichten von Kämpfen dröhnten in unseren Ohren wie Donner. Jeden Tag wurde die Atmosphäre bedrohlicher. Der Krieg brach über uns herein, ob wir es wollten oder nicht.

20 Kriegspfad

Er kam zur Zeit der grünen Maisernte, als der erste Mais von den Feldern eingebracht wurde. Die Körner waren groß und dick und voll milchiger Süße. Sie wurden geröstet und mit Geflügel und Wildbret gekocht.
Pflaumen und Trauben und verschiedene Beeren wurden für einen Pudding mit Maismehl und Ahornsirup gemischt. Die Ernte war eine Feier der Freude und des Reichtums.
Coos, der Bruder des Häuptlings, verwandelte diese Feier in einen Kriegstanz.
Er kam zurück von den Kämpfen im Süden, ein rauer und hart gewordener Krieger mit einer frischen Narbe, die sein Gesicht vom Ohr bis zum Kinn zeichnete. Er hatte seine Krieger mitgebracht. Sie wurden geehrt und bekamen den besten Platz am Feuer und das saftigste Fleisch. Nachdem die Feier vorbei war, stand er

auf, streckte die Arme aus und wandte sich an die Männer um ihn herum.
»Meine Brüder, ich bringe Grüße von Metacom . . .«
Er fuhr fort, Metacoms triumphalen Erfolg und seinen eigenen Anteil daran zu beschreiben: die Soldaten getötet, die Städte niedergebrannt, die Siedlungen geplündert. Black Fox beugte sich nach vorne und verschlang jedes Wort, das er sagte. Coos rief die Krieger auf, sich zu erheben und sich ihm anzuschließen. Zuerst stand ein Mann auf, dann der nächste, und sie begannen einen Kreis zu formen. Coos fragte, wer sonst noch mitkäme. Black Fox stand auf, um sich am Tanz zu beteiligen.
»Du kannst dich nicht anschließen! Du bist zu jung!«, rief ich ihm nach, doch er ging weiter, als hätte er mich nicht gehört. Ich wandte mich an Jaybird. »Du musst ihn aufhalten.«
»Es ist zu spät. Er wurde angenommen.«
Jaybird erhob sich von seinem Platz.
»Das darfst du nicht!«
Ich hielt seinen Arm fest, aber er schüttelte meine Hand ab und löste sich von mir.
»Ich muss! Möchtest du mich entehrt sehen? Beschämt von meinem eigenen Sohn, einem Jungen von kaum vierzehn Sommern? Wenn er bereit ist den Kriegspfad zu wählen, kann ich nicht daneben stehen wie ein alter Mann.«
Ein tiefer Schrei ertönte aus vielen Kehlen, als Jaybird sich den anderen Männern anschloss, denn er war ein geschickter Jäger und Spurenleser und hatte sich als mutiger Kämpfer auf dem Kriegspfad gegen die Mohawks bewährt. In anderen Zeiten wäre ich

stolz auf ihn gewesen, aber jetzt bedauerte ich seinen Mut und wünschte mir, er wäre lahm, krank, schwach – alles, wenn nur ich ihn bei mir behalten könnte.

Ich sah meine Sorge auf den Gesichtern anderer Frauen widergespiegelt, als deren Männer sich erhoben, um ihr Zuhause und ihr Feuer zu verlassen.

Flammen züngelten hoch und Funken flogen in die nächtliche Dunkelheit. Die Powwows schüttelten ihre Schildkrötenrasseln – ein hohler, rhythmischer, kratzender Klang – und dann setzten die Trommeln ein, schlugen in einem gleichmäßigen, voll tönenden Rhythmus. Der Kriegstanz begann. Der Boden erzitterte vom Stampfen der Füße. Der Schein des Feuers flackerte über die schwankenden Tänzer, verwandelte ihre schweißnasse Haut und ihre Muskeln in glühendes Kupfer. Dann begann der Gesang und jeder Krieger fügte sein Lied zu dem Rhythmus hinzu, der von den schlagenden Trommeln und den stampfenden Füßen vorgegeben war. Kriegsschreie ertönten, unmenschlich wie die Schreie der Eulen oder Adler. Coos hob eine Keule, in deren runder Spitze sich ein großer Spieß befand, scharlachrot bemalt, als ob bereits Blut daran klebe. Er schlug auf eine Holzfigur in der Mitte des Kreises. Andere Männer schlugen ebenfalls darauf, während wieder andere ihre Hände zum Himmel hoben, um die Geister zu beschwören.

Jaybird und Black Fox mischten sich unter die Tänzer. Bald konnte ich die Männer in all dem Wirbel nicht mehr auseinander halten. Sie alle waren gefangen in ihrem Rhythmus, blind gegenüber jenen, die draußen standen, und sie bewegten sich wie ein einziger Körper, wie eine riesenhafte Schlange. Die Frauen und Kinder konnten nur dabeistehen und resigniert zusehen. Denn sie wussten: Für jeden, der sich einmal angeschlossen hatte, gab es keine Umkehr mehr. Der einzig ehrenvolle Weg, aus dem Kriegstanz auszuscheiden, war der Tod.

Der Tanz dauerte bis weit in die Nacht, aber mein Herz war zu schwer, als dass ich noch weiter hätte zusehen können. Ich kehrte in unser Wigwam zurück und lag alleine auf unserem Schlafplatz. Ich zog die Felle um mich, doch ich konnte nicht schlafen. Speckled Bird wachte auf und wollte wissen, was das für ein Lärm war. Ich nahm sie in meine Arme und hielt sie an mich gedrückt, wiegte sie in den Schlaf zum Rhythmus der Kriegstrommeln.

Jaybird kam zu mir, als der Tag anbrach. Ich hätte fast aufgeschrien; er musste eine Hand über meinen Mund legen. Im ersten Augenblick hatte ich ihn in der Dunkelheit des Wigwams, das nur von der Feuerglut erhellt wurde, nicht erkannt: Er war in Kriegsbemalung. Sein Kopf war rasiert bis auf eine einzige Haarsträhne, die von der Stirn bis zum Hinterkopf reichte, sein Gesicht war halb rot, halb schwarz bemalt. Ich hätte ihn nicht erkannt, wäre nicht die Kette gewesen, die er um den Hals trug. Ich hatte sie selbst gemacht, als ein Hochzeitsgeschenk für ihn, mit Perlen und Federn. Die halbe Silbermünze in der Mitte schimmerte an seiner Kehle, als er sich vorbeugte, um der schlafenden Speckled Bird einen Kuss auf die Stirn zu geben.

Er zog mich hoch, hielt mich in seinen Armen und küsste mich zum letzten Mal. Ich wollte ihm ins Ohr flüstern, wie sehr ich ihn liebte, ich wollte betteln, ihn anflehen, doch ich schwieg. Mein Herz war zu voll, jedes Wort hätte mir Tränen in die Augen getrieben und ich wollte ihn nicht beschämen, indem ich weinte.

Black Fox war draußen. Sein Kopf war ebenfalls rasiert und seine Augen waren schwarz umrahmt wie das Gesicht eines Waschbären. Sein Anblick ließ mir nun doch die Tränen aufsteigen. Er war viel zu jung, um mit den Kriegern zu ziehen. In meinen Augen war er immer noch ein Kind, mein Kind, aber ich wusste, dass ich ihn nicht aufhalten konnte. Meine mütterlichen Worte würden nicht befolgt werden. Ich konnte ihn nicht zum Bleiben bewegen, er würde auf jeden Fall gehen. Alles, was ich tun konnte, war ihm meinen Segen zu geben.

Ich wusste, dass ich sie vielleicht nie mehr im Leben wiedersehen würde, doch sie gingen, ohne dass ein Wort gesprochen wurde. Gegen die Gebräuche zu verstoßen wäre ein schlechtes Omen gewesen und unter Jaybirds Volk gibt es kein Wort für Auf Wiedersehen.

21 Traumzeit

Ich schlief allein, mit Speckled Bird im gegenüberliegenden Bett. Zuerst hatte sie an meiner Seite geschlafen, doch ich störte sie mit meinen unruhigen Träumen. Ich träumte nicht von Jaybird und Black Fox, ihr Pfad war mir verschlossen. Stattdessen träumte ich von Beulah.

Ich hatte es früher schon im Schlaf gesehen; dunkle Träume von Verwüstung waren das gewesen. Gras wuchs auf Wegen, die in den vergangenen Jahren keine Reisenden mehr gesehen hatten. Beulah war ein verlassener Ort geworden, der Wald breitete sich überall aus und forderte das Land von der Siedlung zurück. Schösslinge schoben sich durch Fußböden und gefallene Balken; Wein und andere Kletterpflanzen bedeckten langsam die Häuser unter sich.

Ich hatte oft darüber nachgedacht und mich gefragt, wie wohl das Schicksal jener aussah, die ich dort zurückgelassen hatte. Über die Jahre hatte ich auch von ihnen geträumt. Ich war in ihrer Welt umhergewandelt.

Ich war die schmutzigen Straßen von Boston entlanggelaufen, wo es nach Meer roch, und ich war in die Apotheke von Jonah Morse getreten. Dort hatte die Luft nach Medizin gerochen, durchsetzt mit Kampfer, Süßholz und Schwefel. Vom Kräutergarten hinter dem Laden wehte der Duft von Rosmarin und Salbei herein. Ich hatte die Klingel bei meinem Eintritt gehört und Martha hinter dem Ladentisch aufblicken sehen, überrascht niemand zu sehen. Ihre grünen Augen waren so scharf wie je, aber ihr liebes Gesicht war älter, faltiger, runzelig wie die Schale eines über den Winter gelagerten Apfels.

Dann kam Jonah aus seinem Labor herein. Seine weißen Hemdsärmel steckten bis zu den Ellbogen in schwarzen Schonern. Er schien kleiner und gebeugter, als er so durch seine runde Drahtgestellbrille spähte und sich fragte, was oder wer ihn von seinen Waagen und blubbernden Destillierapparaten weggeholt hatte. Martha hatte den Kopf über ihn geschüttelt und war hervorgetreten, um die Tür wieder zu schließen, die aus unersichtlichem Grund aufgegangen war.

Das war es, was ich vorher in meinen Träumen gesehen hatte, aber jetzt war der Laden leer. Staub lag auf dem Boden und in den Regalen. Wo Jonah und Martha waren, konnte ich nicht sagen, aber ich fürchtete, dass der Tod beide geholt hatte. Ich erwachte mit schweißnassem Gesicht, denn ich hätte Martha so gerne wiedergesehen. Sie war gut zu mir gewesen und ich liebte sie.

Wieder fiel ich in einen unruhigen Schlaf und mein träumendes Auge wandte sich den Rivers zu, John und Sarah. Ich sah sie wohlhabend, die Kinder erwachsen. Sarah stand am Fenster und schaute in die Ferne und ich wusste, ihre Gedanken waren bei Rebekah.

Ich hatte vorher auch schon von Rebekah geträumt, hatte sie als eine Frau mit heranwachsenden Kindern gesehen. Sie wohnte mit Tobias in dem Haus, das er für sie gebaut hatte. Ein stattliches Gebäude: zweistöckig, breite Vorderseite, das schwere, mit Schindeln gedeckte Dach reichte auf der Rückseite weit nach unten. Tobias baute so massiv, wie er es stets getan hatte. Breite Scheunen flankierten das Haus. Sie lebten in einem hübschen Tal mit üppigem Land überall um sie herum und einer Mühle, die sich an dem breiten, rauschenden Fluss drehte. Ich sah Tobias an einem Kai stehen und zusehen, wie riesige, mit Holz beladene Lastkähne von der Strömung erfasst und den Fluss hinabgetragen wurden. Der Fluss beförderte seinen Wohlstand.

Ich träumte jetzt von Rebekah. Aber dieser Traum war anders. Das massive Gebäude stand verschlossen und verriegelt da. Kein Rauch stieg aus dem wuchtigen, gemauerten Schornstein und aus den Ställen kam ein klagendes Muhen von Kühen, die gemolken werden wollten. Niemand bewegte sich im Haus oder überquerte den leeren Hof. Die Holzverschalung des Hauses war von Brand- und Rußspuren gekennzeichnet, die zeigten, dass das Haus angegriffen worden war. Es lag eine Spannung in der Luft, ein Gefühl des Wartens. Vögel schrien scharf aus dem Wald, zuerst einer, dann ein anderer: der Ruf einer Amsel, der Schrei eines Eichelhähers.

Die ganze Landschaft lag im ersten Licht eines goldenen Herbstmorgens da. Der Wald, der sich in der Nähe erstreckte, war noch ganz dunkel. Gestalten lösten sich vom Waldrand, erst ein Mann, dann noch einer, dann weitere. Sie blieben anfänglich im Schatten, aber plötzlich drängten sie heraus. Manche bewegten sich auf die Scheunen zu, um Pferde oder Vieh zu stehlen. Andere hielten Reisig und Astwerk bereit, um Feuer an die Holzhäuser zu legen und sie niederzubrennen. Einige schlichen tief gebückt, hielten Tomahawks griffbereit, um die Türen und Fensterläden einzuschlagen.

Auf ein lautloses Signal hin wurden Fensterläden hoch oben in Scheune und Haus aufgestoßen und plötzlich ragte ein Flintenlauf neben dem anderen aus den Öffnungen.

Rauch stieg auf unter scharfem Geknatter, das wie das Krachen von trockenen Zweigen klang. Die Indianer wurden in einem mörderischen Kreuzfeuer über-

rascht. Zuerst fiel ein Mann, dann ein zweiter. Die als Antwort gesandten Pfeile prallten nutzlos ab, als die Fensterläden wieder geschlossen wurden.
Die Indianer ordneten sich neu für eine weitere Attacke und begannen sich wieder anzuschleichen, zogen brennende Zweige mit sich. Doch erneut kamen sie unter Beschuss aus den Scheunen. Der Anführer signalisierte Rückzug. Seine Männer zogen sich zurück, doch einer von ihnen lag gefangen hinter einem Wasserfass.
Zuvor hatten sie wie eine Gruppe von Fremden ausgesehen, doch jetzt konnte ich alles deutlich sehen. Ich konnte nahe und weit sehen, wie man es nur in Träumen kann. Ich wusste, wer derjenige war, der dort in der Falle saß. Ich hatte ihn in meinem Bauch getragen, ich hatte ihn geliebt und auf ihn aufgepasst, hatte zugesehen, wie er von einem Jungen zum Mann wurde. Jetzt lag er im Staub, seine schwarz umrandeten Waschbärenaugen weit aufgerissen. Er schnaufte wie ein Tier, Staub wirbelte auf mit seinen Atemzügen. Er sah klein und schmal aus. Zu jung, um hier zu sein, zu jung, um zu kämpfen. Ein Leben, kaum begonnen, war vorbei. Es tut uns Leid, dich töten zu müssen, kleiner Bruder . . .
Ich hätte alles getan, alles gegeben, um ihn zu retten. »Sei vorsichtig mit dem, was du dir wünschst!« Das hat meine Großmutter mich gelehrt, aber ich vergaß ihren Rat und sammelte all meine Kräfte. Ich griff mit aller Kraft aus nach ihm, aber jemand anders war vor mir dort. Jaybird drehte sich um. Ich sah sein Gesicht, halb rot, halb schwarz bemalt. Er rannte zurück und zog das Feuer auf sich. Die erste Kugel traf ihn in die

Schulter, die zweite in den Rücken. Eine dritte wirbelte ihn herum, während der Junge blieb, wo er war – so regungslos wie ein Hase vor einem Fuchs, die Augen aufgerissen, sodass man das Weiß im Waschbärenschwarz sah. Ich flog im Geist wieder zu ihm, lieh ihm meine Stärke, damit er fliehen konnte. Endlich rührte er sich. Während Kugeln den Staub um ihn aufpeitschten, erhob er sich und floh.

Jaybird taumelte in einem neuerlichen Kugelregen. Er fiel auf die Knie, die Arme weit ausgestreckt, dann brach er zusammen. Der fliehende Junge sah sich um. Er wäre zu seinem Vater zurückgerannt, doch die anderen Krieger packten ihn und zogen ihn in den Wald.

Für eine Weile war alles still. Dann, zuerst vereinzelt oder zu zweit, schließlich in Gruppen, kamen Männer aus dem Haus. Sie schlugen einander auf den Rücken, lachten und grinsten, erfüllt von der Freude, am Leben zu sein, während andere tot dalagen. Sie versammelten sich um die Gefallenen, stießen diesen mit dem Fuß an, drehten jenen um, als ob sie Tiere wären, die zum Sport getötet wurden. Ein oder zwei holten Messer heraus und knieten sich nieder, um Trophäen zu nehmen. Eine Frau rannte heraus und befahl ihnen aufzuhören. Sie war groß und schlank. Ich wusste, dass es Rebekah war. Ich schickte meinen Geist aus zu ihr. Einer der Männer stand über Jaybird, das Schwert erhoben, als wolle er ihm den Kopf abhacken. Auf keinen Fall würde ich zulassen, dass mein Mann so entehrt würde.

Rebekah ging zu ihm und beugte sich vor, um den Krieger, der vor ihr auf dem Boden lag, genauer anzusehen. Sie befahl dem Mann innezuhalten und sprach dann zu allen. Sie war eine Frau, deren Tapferkeit bekannt war; ihr Wort wurde respektiert. Auf ihren Befehl hin wurden die Toten aufgehoben und am Waldrand zurückgelassen.

Ich wusste, dass der Traum wahr war. Ich war in Trauer, noch bevor Black Fox zurückkam und mir die Kette vom Hals meines Mannes brachte.
»Er starb ehrenvoll.« Black Fox legte die Kette in meine Hand. Das Silber war matt, die Perlen und Federn durchtränkt von seinem Blut. »Die ist für dich. Ich nahm sie mit, damit du es weißt. Ich bin jetzt ein Mann, Mutter. Ich werde mich um dich und Speckled Bird kümmern.«
Seine Stimme zitterte und brach über den letzten Worten. Er war zu aufgewühlt, um mehr sagen zu können. Ich weinte bitterlich, weinte ganz offen. Meine offen gezeigten Gefühle verstörten ihn, doch er tat sein Bestes, um mich zu trösten. Wir umarmten uns, vereint im Leid und der Trauer um einen Vater, der besser gewesen war als jeder andere, und um einen Mann, der mir lieber gewesen war als das Leben selbst.

22 Angriff

Die zurückkehrenden Krieger brachten den Krieg mit sich wie die Pest.
»Ihr beherbergt Flüchtlinge.« Die englischen Worte tönten rau durch die kalte Luft, knallten hart wie Ei-

sen, das aneinander geschlagen wird. »Außerdem wurde uns berichtet, dass ihr eine weiße Frau hier habt.«

Der Captain ritt an der Spitze einer Militäreinheit von zwanzig, vielleicht dreißig Männern. Seine Botschaft wurde übermittelt von einem Mann, den sie mitgebracht hatten: John Samson. Er trug Hemd, Weste und Hosen und war mit einem Gewehr bewaffnet; nur die locker fließenden, langen Haare verrieten ihn als Indianer. Er arbeitete für sie als Spion und Scout. Er hatte ihnen von den zurückgekehrten Kriegern und meiner Gegenwart im Dorf erzählt.

Ohne solche Spione seiner Art hätten die Engländer wenig Hoffnung, diesen Krieg zu gewinnen. Sie würden von einem Hinterhalt in den nächsten geraten, genarrt von einem Feind, der auftauchte und verschwand wie Irrlichter, die zwischen Sumpf und Wald hin und her flattern. Sie waren nicht an diese verwirrende Art der Kriegführung gewöhnt. Sie zogen es vor, einen Stützpunkt einzunehmen und ihrem Feind draußen im offenen Land gegenüberzustehen. Sie bevorzugten Kämpfe auf festem Boden. Sie lernten jedoch und zwar schnell. Mit Hilfe von Stämmen, die sich an anderen rächen wollten.

»Wenn ihr sie nicht ausliefert, auch die weiße Frau, wird es schlimm für euch ausgehen. Ihr habt bis zur Dämmerung des morgigen Tages Zeit.«

Der Captain sah sich um. Seine Worte wurden schweigend aufgenommen. Niemand regte sich, niemand sah in meine Richtung. Mein Kopf war bedeckt, mein Gesicht mit Asche verschmiert und ich hielt meinen Blick zu Boden gerichtet. Er wartete auf eine Ant-

wort, und als er keine bekam, seufzte er voll Ungeduld.
»Denkt an meine Worte. Bei Morgendämmerung.«
Er wendete sein Pferd und galoppierte auf das Tor zu. Die Truppen und ihre indianischen Helfer folgten im Trab.
Hoosac schickte die Krieger aus dem Dorf und ich ging mit ihnen. Wir würden in Kälte und Nässe lagern müssen. Ein schneidender Wind blies von Norden und die Hügel um uns herum waren von dunklen Regenwolken umgeben. Speckled Bird hatte bereits Fieber. Eine Nacht draußen im Freien, wenn sich das Jahr zum Winter neigte, würde ihre Krankheit noch verschlimmern. Mein Urteilsvermögen wurde durch Trauer und Kummer beeinträchtigt, sonst hätte ich sie niemals verlassen. Aber ich dachte, sie wäre in der Obhut von Hoosac und seiner Frau sicher. Ich wusste, dass sie sich um sie kümmern würden, und dachte, dass es ihr in der Wärme des Langhauses viel besser gehen würde als draußen in Wind und Wetter bei uns.
Wir schlugen ein vorübergehendes Lager weiter oben in den Bergen auf und stellten uns darauf ein, zu warten. Wir wollten unseren Stamm nicht in Gefahr bringen. Wenn die Soldaten bei Morgendämmerung zurückkamen, um das Dorf zu durchsuchen, hätten sie keine Entschuldigung, unseretwegen irgendjemanden zu bestrafen.

Sie warteten nicht bis zur Dämmerung und sie brauchten auch keine Entschuldigung. Sie kamen, bevor sich am Himmel auch nur ein Hauch von Dämmerung zeigte. Wir erwachten vom Lärm eines Überfalls, vom Geruch von Rauch im Wind und dem Schein von Feuer. Wir rannten an den Rand der Klippen und blickten hinunter auf das Dorf. Alles befand sich in Aufruhr. Männer waren bereits innerhalb der Palisaden, feuerten in die Wigwams und auf jeden, der darin lag. Manche wurden im Schlaf erschossen, andere beim Versuch, zu entkommen, als sie wie Tiere aus einer brennenden Scheune rannten, nur um niedergemäht zu werden. Männer, Frauen, Kinder, es machte keinen Unterschied. Während die Soldaten durch das Dorf zogen, feuerten sie auf jeden Wigwam. Die geflochtenen Matten waren nur außen nass, die inneren Lagen gaben ein ausgezeichnetes Brennmaterial ab. Flammen stiegen auf und Funken flogen, als die Rahmengestänge der Wigwams knackten. Bald brannte alles lichterloh.

Ich raste panisch umher und versuchte durch das Feuer und den Rauch etwas zu sehen. Entsetzen ergriff mich, umklammerte mein Herz und raubte mir den Atem. Angst, so groß, dass ich nicht mehr deutlich sehen konnte, erfasste mich. Black Fox wollte hinabeilen, doch er wurde zurückgezogen.

»Warte! Wir sind zu wenige.« Coos, der Anführer, hielt ihn zurück. »Wir können nichts tun. Noch nicht.«

Wir sahen zu, wie die Truppen sich zurückzogen und diejenigen zusammentrieben und gefangen nahmen, die dem Massaker entgangen waren. Außerhalb des brennenden Dorfes hielten sie kurz an, um den Gefangenen die Hände zu fesseln und sie mit einem Seil am Hals zusammenzubinden. Black Fox stand neben mir und wir bemühten uns zu sehen, ob Speckled Bird unter ihnen war. Anhand der Größe konnte ich erkennen, dass manche der Gefangenen Kinder waren, aber ich sah nicht, ob meine Tochter darunter war.

»Hast du etwas gesehen?«, fragte ich ihn.

Black Fox schüttelte den Kopf. »Aber wir werden sie finden. Ich werde jeden töten, der ihr etwas tut. Sie werden vielfachen Preis für das bezahlen, was sie heute getan haben.«

Coos rief seine Krieger zusammen.

»Wir werden sie verfolgen und versuchen sie zu überraschen.«

»Ich gehe ins Dorf hinunter.« Ich lief bereits los.

»Das ist zu gefährlich.« Coos schüttelte den Kopf. »Sie schicken vielleicht Männer zurück, um die Lagerräume auszurauben oder zu zerstören. Ich kann niemand erübrigen, der dich begleitet.«

»Darum bitte ich gar nicht. Ich bin Eyes of a Wolf. Ich gehe alleine.«

»Nein.« Black Fox trat vor. »Das lasse ich nicht zu.«

»Du bist mein Sohn«, sagte ich sanft, »aber du kannst mir nichts befehlen.«

»Dann werde ich mit dir gehen.«

Ich schüttelte den Kopf. »Deine Pflicht liegt woanders.«

Die Krieger waren bereits in der Unterzahl. Sie brauchten jeden Mann und er war der beste Scout, den sie hatten. Er konnte geradewegs zwischen den Engländern hindurchgehen, ohne dass ihn irgendjemand bemerkte. Er konnte nur Schritte, nur Millimeter von ihnen entfernt sein, ohne dass sie es bemerkten. Sie würden mit durchgeschnittenen Kehlen daliegen, ohne dass irgendeiner von ihnen überhaupt bemerkt hätte, dass der Feind in der Nähe war. Das war

seine besondere Kunst. Coos konnte nicht auf ihn verzichten, damit er mit mir ins Dorf kommen konnte.
»Komm«, drängte Coos ihn jetzt. »Wir müssen uns beeilen oder sie werden entkommen.«
»Also gut.« Black Fox drehte sich zu mir. »Aber sei vorsichtig. Wir werden uns hier wiedertreffen.«
Ich ging hinunter, während die Wigwams noch rauchten. Tränen machten mich blind, ließen mich stolpern, sodass ich einige Male stürzte. Ich dachte an mein Leben hier, daran, wie ich mit Jaybird und White Eagle hergekommen war, als mein Bauch gerade anschwoll, wie stolz wir waren. Ich dachte an meine Freundinnen unter den Frauen. Und an meine allerliebste Kleine, meine süße Speckled Bird mit ihren Sommersprossen. Es war niemand da, der es sehen konnte, also weinte ich ganz offen. Wie achtlos sind wir doch mit dem Glück, wenn wir denken, dass es ewig andauern wird!
Die Toten lagen überall. Unbewaffnete Männer, Frauen, Kinder – sie waren gestorben, wo sie hingefallen waren, aus dem Schlaf aufgeschreckt. Viele hatten nicht einmal das Wigwam verlassen können; ihr Heim war ihr Grab geworden.
Zuerst dachte ich, Speckled Bird sei entkommen. Ich zog die verkohlten Matten von der Seite des Langhauses und ging vorsichtig durch das rauchende Innere. Ich konnte kein Anzeichen von ihr finden, obwohl ich genug andere fand, um mein Herz bis an den Rand mit Leid zu füllen.
Ich dachte, dass sie unter den Gefangenen sein musste und dass Black Fox sie finden und zu mir zurückbringen würde. Dann sah ich sie. Sie hatte versucht zu ent-

kommen, war mit ihren schnellen, kleinen Beinen gerannt, doch dann musste sie gestolpert sein. Ihr Fuß hing immer noch in einem umgestürzten Kochgestell fest. Sie lag da, als schliefe sie, ihr Gesicht war unversehrt, aber ein dunkler Flaum von Blut umrahmte ihren Kopf. Ich wusste, dass sie tot war.

Ich saß auf dem Boden wie erfroren und taub, genau wie damals, als man mich in den Wald hinausgetrieben und als Jaybird mich gefunden hatte. In diesem Augenblick wünschte ich mir, dass er mich dort gelassen hätte. Ich wünschte, dass ich an jenem Tag gestorben wäre. Ich erinnerte mich an White Eagles besonderen Blick der Trauer. Vor all diesen Jahren hatte er bereits gewusst, dass dies geschehen würde. Solches Wissen ist eine furchtbare Bürde. Kein Wunder, dass er sich danach gesehnt hatte, diese Welt zu verlassen.

Ich war so versunken in meiner Trauer, dass ich ihn nicht hörte, bis er mich bereits erreicht hatte. Nicht einmal sein Pferd hatte ich gehört.

John Samson. Er glitt aus dem Sattel und kam auf mich zu. Sein Schritt war leise. Obwohl er wie ein Weißer gekleidet war, trug er immer noch Mokassins.

»Ich wusste, du würdest zurückkommen. Eyes of a Wolf! Ich weiß, warum sie dich so nennen. Ich hatte keine Verwendung für dein Balg, aber du, du bist Geld wert.«

»Komm nicht näher!« Ich stand auf und löste den Tomahawk an meinem Gürtel. »Oder es wird dir schlecht ergehen!«

»Was kannst du denn schon tun, eine Frau allein?«

»Du bist ein Verräter an deinem Volk und ein Mörder von Kindern. Du verdienst es nicht, zu leben.«

»Was willst du tun? Mich mit einem Fluch belegen?« Er lachte. »Ich habe gehört, du bist bewandert in Hexerei.«

»Du willst es sehen?«

Ich zeigte ihm den Wolf in mir. Sein spöttisches Lächeln erstarb und er erblasste, als eine Zähne fletschende Wölfin meinen Platz einnahm. Ich hätte ihn auf der Stelle töten und ihm die Kehle herausreißen können, aber ich wollte nicht den Geschmack seines Blutes in meinem Mund haben. Stattdessen ließ ich ihn wie erstarrt da stehen, während ich meine eigene Gestalt wieder annahm. Er stand vor mir, bewegungslos wie eine Statue und sah nichts, hörte nichts, bis der Tomahawk mit einem splitternden Geräusch inmitten seiner Brust landete.

Da blickte er nach unten, als dächte er: Was macht der Tomahawk denn dort? Er war doch vorher noch nicht da. Dann fiel er nach vorne.

Ich ließ ihn liegen, sodass sein Blut in kleinen Bächen durch den Schlamm floss, und hob meine Tochter auf. Ich trug sie hinauf zum Platz der Toten hoch oben auf dem Hügel über dem zerstörten Dorf. Ich legte meine Tochter unter die Bäume, deren gelbe und rote Blätter auf sie herabfielen, und dann machte ich mich auf, um den Männern zu folgen, die ihr dies angetan hatten, die uns allen dies angetan hatten. Ich sah mit den Augen eines Vogels, eines Falken, der hoch am Himmel flog. Ich entdeckte die Truppe der Weißen, die auf dem Weg zum Fluss war. Die stolpernde Schlange von Gefangenen verlangsamte ihr Fortkommen. Ich konnte Black Fox und die Krieger sehen, die sie verfolgten. Ich konnte ihnen meine Kraft leihen, doch wenn die Truppe erst den Fluss erreicht hatte, war die Chance der Krieger, sie zu überraschen, verloren. Auf der anderen Seite des Flusses befand sich offenes Land. Sobald die Soldaten das gewonnen hatten, war ihnen eine sichere Heimkehr in die Stadt garantiert. Sie mussten aufgehalten werden!

Ich holte ein Amulett heraus, das White Eagle mir gegeben hatte, das Amulett des Donnervogels. Jetzt rief ich seine Kraft an. Es hatte nun schon seit Tagen, ja Wochen in den Bergen geregnet. Letzte Nacht hatten wir Blitze zucken sehen und Donner grollen gehört. Riesige schwarze Wolken hatten sich entleert und jeden Graben, jeden Bach gefüllt. Jetzt war es an der Zeit für all das Wasser, einen Weg hinab in den Fluss zu finden.

Es kam anfänglich nur wie ein schwaches Pulsieren, wie kleine, zaghafte Wellen. Doch bald verwandelten sich diese Wellen in eine riesige Wasserwand. Sie erfasste den ersten Reiter an der Furt. Die Pferde verloren den Boden unter den Füßen, die Männer gingen unter und wurden von der wütenden Wassermasse davongeschwemmt. Der Rest kehrte voller Panik um. Das war der Augenblick, in dem die Krieger zuschlugen. Ich hörte das Schreien der Männer und das Wiehern der Pferde und stieg dann höher und höher, bis ich nichts mehr hören und sehen konnte. Ich kehrte zurück zu Speckled Bird.

Ich wählte einen Platz unter einer starken jungen Silberbirke. Der Stamm schimmerte hell und die kleinen gelben Blätter flatterten auf uns beide hernieder, während ich meine Perlenschnüre und Armbänder abnahm. Es waren die Geschenke, die Jaybird mir gemacht hatte, und jetzt legte ich sie Speckled Bird um. Ich nahm White Eagles Amulett des Donnervogels, legte es auf ihre Brust und schloss ihre Finger darum. Ich schnitt mein Haar mit einem Messer ab und legte die dicken Zöpfe um ihre Schultern. Ich schälte Rinde von den Bäumen und hüllte sie darin ein und dann bettete ich sie mit dem Gesicht nach Osten auf den Boden, wie es im Volk ihres Vaters üblich war. Ich schichtete Steine um sie auf und sagte mein letztes Lebewohl.

Die Geschichte, die White Eagle mir in der Höhle erzählt hatte, fiel mir wieder ein. Ich erkannte jetzt, warum er sie mir erzählt hatte. Er hatte gewusst, dass die Tage zu diesem heutigen hinführen würden, schon in der Zeit meiner Jugend, während meiner ersten Liebe zu Jaybird, bevor Speckled Bird überhaupt gezeugt worden war. Weisheit wird aus Leid geboren. Ich verstand das nun, als ich von meinem geliebten Kind Abschied nehmen musste.

Ich kauerte lange zu ihren Füßen in der Haltung jener, die sich selbst dem Tode überantworten wollen: mit angezogenen Knien und den Kopf auf meine verschränkten Armen gelegt. Zuerst wollte ich ihr tatsächlich folgen, die Reise unternehmen, die White Eagle gemacht hatte, aber ich hatte die Lehre aus seiner Geschichte verstanden. Solche Dinge dürfen nicht sein. Stattdessen betete ich mit aller Macht, dass Jaybird auf seiner eigenen Reise entlang des Pfades der Toten Halt machen würde. Ich stellte mir vor, dass die Senkel seiner Mokassins reißen würden, und wenn er sich bückte, um sie zusammenzubinden, würde unsere kleine Tochter zu ihm kommen, ein leichtfüßig da-

hineilendes Mädchen. Er würde sie hochheben und sie auf seinen Schultern tragen, wie er es so oft im Leben getan hatte, und sie würden zusammen weitergehen zu Kiehtans großer Tür.
Ich schmierte Asche aus einem lange erstorbenen Feuer in mein Gesicht und setzte mich bereit, um die Nacht durchzuwachen bis zum kalten Licht der Dämmerung.

In einem Wachtraum reiste ich zu White Eagle, kletterte zurück in die Berge. Wenn ich ihn jemals gebraucht hatte, dann jetzt. Schließlich kam ich zu dem hohen Felsen, in dem die Höhle der Ahnen verborgen lag. Es hatte geschneit, den ersten Schnee des Winters, und der graue Fels war von dünnen Schneeverwehungen bedeckt, die vom Wind in zarte Riffel und Furchen zusammengeschoben worden waren. Die Kälte war beißend, genau wie damals, als ich das erste Mal an diesen Ort gekommen war. Ich sah jetzt, wozu ich damals nicht den Blick gehabt hatte. In die Klippen waren eigenartige Zeichen eingemeißelt. Manche waren schon dort gewesen, als Moses am Nil gegangen war, als Noah seine große Arche gebaut hatte. Dies war nicht das Werk von Menschen. Die Zeichen kennzeichneten den Platz als einen des Großen Geistes. Manitu. Sie waren eingemeißelt von den ersten Wesen, um den Anfang und das Ende der Dinge zu zeigen.
White Eagle wartete dort am Fuß des Felsens auf mich. Er war für eine Reise gekleidet. Ein Köcher voller Pfeile und ein Beutel mit Vorräten hing an seinem Gürtel, den Bogen trug er über dem Rücken. Schwar-

ze und scharlachrote Farbe bedeckte wie eine Maske sein Gesicht, das ansonsten so weiß war wie sein schneeweißes Haar.
Er sprach kein Wort der Begrüßung. Er berührte mein Gesicht und seine Hände zitterten wie Espenlaub, als er die Tränen von meinen Wangen wischte. Er nahm mich in seine Arme und hielt mich so zärtlich wie der Vater, den ich nie gekannt hatte. Ich spürte, wie zerbrechlich er war; seine Knochen unter der Kleidung waren so dünn wie die eines Vogels.
Dann setzten wir uns vor die hoch aufragenden Klippen und er sprach zu mir.
»Wir können diesen Krieg nicht gewinnen.« Mit einem Zweig zeichnete er eine Karte in den Boden. »Ich sehe ein Land ohne einen Platz für uns darin. Ich habe nach einem Ende der Ankunft des weißen Mannes Ausschau gehalten, aber keines gesehen. Er ist wie der Schnee, der sich in der Zeit des Frostes bildet.« Er streckte die Hand nach den vereinzelt fallenden Flocken aus. »Zuerst sind es nur wenige Flocken, sie bedecken kaum die Erde. Aber wenn du hinsiehst, merkst du, dass jede anders ist, und während die Tage auf Mittwinter zugehen, fallen mehr und mehr und immer mehr, bis die Welt weiß von ihnen ist. Die Menschen sehnen sich dann nach der Rückkehr der Sonne, nach dem warmen Frühlingsregen, der den Schnee wegtragen wird. Aber für uns wird es kein Tauwetter geben. Es wird das ganze Jahr über Winter sein.« Er blickte zu mir, seine dunklen Augen unergründlich. »Sie werden dieses Land zu ihrem machen und es wird kein Platz mehr für uns sein. Sie werden nicht aufhören zu kommen, bis das Land mit ihnen

angefüllt sein wird. Du weißt es. Du wurdest unter ihnen geboren. Sie werden versuchen dich zurückzuholen, aber du kannst nicht zurückgehen. Du kannst auch nicht dem Weg nach Westen folgen, wie gern du ihn auch nehmen möchtest. Er ist für dich verschlossen, bis deine eigene Zeit kommt, und du hast noch viele Jahre vor dir. Du hast Herzblut vergossen, meine Tochter, und die Wunde ist noch frisch in dir, aber du musst weitermachen, das Volk braucht dich. Dein Leben ist jetzt bei unserem Volk.« Er hob den Blick zum Himmel, dann zu den Bergen, die im Norden zurückwichen. »Geh zu unseren Pennacook-Brüdern. Wenn du mich brauchst, werde ich dich führen. Nimm dies als ein Zeichen, dass ich bei dir sein werde.«

Er nahm eine Adlerfeder aus seinem Haar und gab sie mir, dann stand er auf und half mir auf die Füße.

»Jetzt ist die Zeit des Abschieds gekommen. Ich muss von hier gehen. Bald werden die Wälder ringsum von der Axt des weißen Mannes widerhallen. Seine Pflüge werden das Land aufreißen. Eines Tages wird er sogar diesen Berg aushöhlen, den Stein nehmen, um zu bauen und zu zerstören. Es ist Zeit für die Ahnen, zu schlafen. Soll die Erde sie zu sich nehmen.«

Er starrte hinauf zum Felsmassiv. Er blinzelte und der Boden unter unseren Füßen erbebte und die Felsen begannen einzustürzen. Als der Staub sich gelegt hatte, war da keine Höhle mehr. Es war, als sei sie nie da gewesen.

Er hielt seine Arme nach oben. Seine Hände zitterten nicht länger. Dann ging er davon, nach Westen, zum Ort der untergehenden Sonne. Mit jedem Schritt schien er aufrechter zu gehen, jeder Schritt, den er nahm, holte weiter aus, bis ich ihn aus der Ferne für einen jungen Mann hätte halten können, der nach einer erfolgreichen Jagd zu seinem Dorf zurückkehrt. Ich war dabei, wieder einen Menschen zu verlieren, der mir lieb und wert war, doch ich versuchte nicht ihn aufzuhalten oder ihm nachzurufen. Wie kannst du einen Geist aufhalten?

23 Erster Aufbruch

Ich blieb bei meiner Tochter, bis die Gefangenen zurückgebracht wurden. Die Krieger und ein Teil der befreiten Gefangenen ritten auf den Pferden, die sie von den Soldaten erbeutet hatten. Coos, ihr Anführer, ritt an ihrer Spitze, große, ausgebeulte Körbe hingen an seinem Sattel. Obenauf konnte ich eine Hand sehen; sie war nach oben gewandt und offen, als sei sie bereit ein Geschenk anzunehmen. Der Boden des Korbes tropfte, die Fasern durchweicht und schwarz von Blut. Es war der Brauch, die Skalps und Hände der Feinde zu nehmen.

Die Sonne ging unter und färbte den Himmel im Westen rot, als Coos das zusammentrug, was von seinem Stamm übrig war, und ein vorübergehendes Lager im Wald aufschlug. Der Sonnenuntergang wurde begleitet von einem ähnlich roten Schein im Norden. Auf der anderen Seite der Hügel brannte ein weiteres Dorf.

Coos postierte Wächter, während wir die Toten bestatteten. Dann errichteten die Krieger ein Stück weit von uns entfernt ihr Feuer. Sie sprachen von ihrem Sieg. Bis tief in die Nacht erzählten sie wieder und wieder von ihren Taten, bis sie Teil der Geschichte jedes Mannes wurden und jeder Mann einen Anteil an der Geschichte hatte. So würde es in die Erinnerung des Stammes eingehen.

Black Fox schloss sich ihnen nicht an. Er war voller Sorge zurückgekommen, als er Speckled Bird nicht unter den Gefangenen gefunden hatte, und als ich ihm erzählte, was mit ihr geschehen war, nahm er es sehr schwer. Tränen verwischten die Farbe auf seinem Gesicht, rannen seine Wangen hinunter. Er umarmte mich und wir hielten uns aneinander fest. Ich gab ihm an Trost, was ich nur konnte, aber er ging fort von mir. Sein Kummer war zu groß, als dass er ihn mit mir teilen konnte.

Wir fanden ihn am nächsten Morgen an ihrem Grab Wache halten. Er hatte sich mit größter Sorgfalt um ihr Grab gekümmert, hatte größere Steine darauf gelegt, damit kein Tier es entweihen konnte. Er war umhergewandert, um besonders hübsche Steine und Muscheln aus dem Fluss und See zu sammeln, und hatte sie so angeordnet, wie es ihr gefallen hätte. Wie im Leben, so hatte er auch im Tod Spielsachen für sie gemacht, hatte aus weichem Tannenholz eine Puppe geschnitzt und sie mit den Hüllblättern der Maiskolben bekleidet. Er hatte noch andere kleine Figuren geschnitzt und sie in den Baum gehängt, damit sie sich dort im Winde drehten, genau, wie er es damals über ihrer Wiege gemacht hatte, als sie noch ein Säugling war. Er stand jetzt mit dem Gesicht nach Osten, reglos wie eine Statue in den ersten blassen Strahlen der aufgehenden Sonne.

Bald nach Sonnenaufgang zogen wir weiter, gingen ein letztes Mal durch unser Dorf. Was daraus nicht gerettet werden konnte, wurde zerstört, verbrannt und verstreut. Während wir gingen, sah ich, dass sich viele von uns noch einmal umwandten. Sie wussten, dass sie nicht mehr hierher zurückkehren würden, und versuchten jeden Baum, jeden Stein, die scharfe Biegung des Flusses durch das Tal, jeden Teil der Heimat in ihre Erinnerung aufzunehmen. So wie jemand, der blind zu werden droht, versuchen mag sich das Gesicht des Liebsten einzuprägen, bevor die Dunkelheit ihn umfängt.

Ich hatte diesen Ausdruck vorher schon gesehen, auf den Gesichtern der Auswanderer auf dem Schiff in England. Ich dachte an John Rivers und Tobias und die Männer von Beulah. Sie waren entschlossen und beharrlich und auch für sie gab es kein Zurück. Sie würden nicht das aufgeben, weswegen sie gekommen waren. Sie hatten reichlich Gewehre und ihr Volk litt weniger an Krankheiten. Dies war ein Kampf bis aufs Letzte und ich musste mich nicht an White Eagles Worte erinnern, um zu wissen, wer gewinnen würde.

Der Weg nach Norden brachte uns an der benachbarten englischen Siedlung vorbei. Hinter den zerstörten Palisaden stieg immer noch Rauch von den Häusern auf, die brennend zurückgelassen worden waren. Die Verwüstung dort war die gleiche wie in unserem eigenen Dorf, wenn nicht sogar größer, doch das verschaffte mir keine Befriedigung. Ich fühlte mich hin und her gerissen zwischen zwei Völkern. Rebekah und Tobias hätten dort leben können oder John und Sarah oder sogar ich selbst.

Der Boden war aufgewühlt. Der halb gefrorene Schlamm zeigte Hufspuren und ein wirres Durcheinander von vielen Füßen in Stiefeln – die Indianer mussten Gefangene mitgenommen haben. Mokassins hinterlassen kaum einen Abdruck.

»Das waren Nipmucs. Eine große Anzahl. Sie gingen nach Westen.«

Die Spur führte zum Fluss hinab und immer wieder sahen wir vereinzelte verlorene Dinge: Kleiderfetzen, ein Schuh, die Puppe eines Kindes. Ein Stück weiter unten verbarg eine niedrige Weidengruppe einen gespenstischen Anblick. Nebel kroch vom Fluss ins Land und lag wie ein Schleier über den Körpern von Frauen und Kindern, die vom morgendlichen Reif weiß überzogen waren.

»Alle zu töten!« Ich sah mich entsetzt um.

»Sie töteten nicht alle. Sie nahmen alle die mit, die laufen konnten, die den Marsch überleben würden.« Black Fox sah auf die Toten herab. »Die hier hätten das Fortkommen behindert. Sie müssen weit gehen, um sicheres Gelände zu erreichen, und sie müssen schnell sein. Ist es besser, zu warten, bis sie nicht mehr laufen können, und sie dann den Wölfen zu überlassen oder sie in der Kälte erfrieren zu lassen?«

»Aber dies sind Kinder. Kleine Kinder. Es ist grausam.«

»Krieg ist nun einmal grausam. Wie kannst du Mitleid haben, Mutter? Du hast gesehen, was sie unserem

Volk angetan haben, was sie Speckled Bird angetan haben.«

Er verschränkte die Arme und sah mich vorwurfsvoll an. Sein Gesicht war frisch bemalt; seine schmale Haarsträhne neu geschmückt mit Federn, die er sich beim letzten Gefecht verdient hatte. Die Tränen, die er über den Tod seiner Schwester vergossen hatte, hatten das weggewaschen, was von seiner Kindheit übrig geblieben war. Er sah älter aus, als er war, viel älter und auch grimmiger, aber er war mein Sohn. Ich würde mich nicht einschüchtern lassen.

»Wir können sie wenigstens begraben.«

»Lass ihre eigenen Leute sie begraben.« Er drehte sich weg. »Wir müssen uns beeilen, außer du willst ihr Schicksal teilen. Die Kavallerie kann jetzt schon auf dem Weg hierher sein.«

»Vielleicht gibt es noch welche, die am Leben sind.« Ich blickte zur Siedlung. »Die Hilfe brauchen.«

»Nach einem Überfall der Nipmucs?« Er lachte hart und freudlos auf. »Das glaube ich nicht.«

24 Die Siedlung

Ich war entschlossen die Siedlung zu betreten und nachzusehen, ob irgendjemand dort noch am Leben war. Andere folgten mir, jedoch nicht um zu helfen, sondern um zu holen, was die Nipmucs zurückgelassen hatten. Sie suchten nach Essen, Decken, nach allem, was nicht bereits mitgenommen worden war.

Der Krieg verwandelte uns in Aasgeier und ließ uns wie Hunde unter dem Schutt nach Nahrung suchen.
In vielen Häusern waren die Dächer verbrannt und die Balken eingestürzt, doch Wände und Böden waren einigermaßen erhalten. Männer und Frauen lagen noch dort, wo sie niedergeschlagen worden waren.
Ich überquerte die Schwelle eines Hauses nahe der Mitte der Siedlung. Die Tür war eingeschlagen worden, zersplittert unter den Schlägen einer Axt. Das Dach war eingebrochen und das Haus stand nun den Elementen offen. Mitten im Zimmer lag der Körper eines Mannes unter einem Durcheinander von herabgestürzten und angekohlten Balken. Es gab nichts, was ich für ihn tun konnte. Er war tot gewesen, noch bevor das Dach über ihm zusammengestürzt war. Ein Schlag mit einer Kriegskeule hatte seinen Schädel zerschmettert.
Ich machte einen Schritt über ihn hinweg. Am Boden neben ihm lag Kartoffelbrei, der von einem umgestürzten Tisch gefallen war. Drüben in der Ecke rauchten die Überreste von aufgeschlitztem Bettzeug, und Kommoden, die vom alten Kontinent stammten, standen offen. Der kalte, aschebestäubte Herd war mit zerbrochenem Geschirr übersät. Unter meinen Füßen entdeckte ich eine Falltür, die in einen Keller führte. Es lag mir fern, zu plündern, aber wir brauchten dringend Nahrung für die Reise und für unser eigenes Überleben.
Ich zog an der Falltür und dachte, ich hätte vielleicht ihre Nahrungsvorräte für den Winter gefunden. Stattdessen fand ich einen Jungen. Er lag auf dem Rücken, eine große, klaffende Wunde an der Stirn. Ich kniete

mich neben ihn: Die Wunde ging tief und war mit schwarzem Blut verkrustet, doch frisches Blut sickerte aus den gezackten Ecken. Er lag bewusstlos da, totenbleich, aber ein schwacher Puls schlug an seinem Hals. Er war am Leben.

Black Fox kam, um zu sehen, was ich entdeckt hatte. Als er den Jungen sah, holte er sein Beil und sein Skalpiermesser heraus.

»Nein!« Ich hielt seinen Arm fest. »Er ist doch noch ein Junge. Er wird nicht sterben.«

Ich war entschlossen ihn zu retten. Es gab bereits zu viel Tod um mich herum und ich war eine Heilerin. Es war meine Pflicht, Leben zu retten und nicht Leben zu nehmen. Ich bat Black Fox den Jungen hinauszutragen. Ein Bach floss durch den Ort – daraus holte ich Wasser, um sein Gesicht zu waschen und die verschmutzte Wunde zu säubern. Seine Lider flatterten und er schlug die Augen auf. Unser Anblick ließ ihn wieder in Ohnmacht fallen, aber ich beschloss ihn mit uns zu nehmen. Ich machte ein Travois für ihn, band ihn daran und bat Black Fox es zu ziehen, während ich hinterherlief.

Als wir anhielten und für die Nacht lagerten, badete ich seine Wunde wieder. Er war immer noch bewusstlos, also ließ ich ihn an das Travois gebunden und suchte in den Wäldern nach dem, was ich brauchte, um seine Wunde zu heilen. Ich kratzte frisches Harz von der Balsamtanne und sammelte Eichenblätter und Schafgarbe, um die offene Wunde zu heilen. Die Rinde der Silberweide würde gekocht und aufgetragen die Schmerzen lindern. Als ich hatte, was ich brauchte, eilte ich zurück.

Die anderen hatten das Lager errichtet und vorübergehende Unterkünfte geschaffen, indem sie junge Baumstämme zusammengebunden und die Binsenmatten ausgelegt hatten, die wir mitgebracht hatten. Black Fox hatte auch für uns einen Unterstand gebaut und kümmerte sich nun um das Feuer. Der Junge war immer noch an das Travois gebunden. Ich band ihn los und legte ihn auf das Bett aus Blättern und Fichtenzweigen, das Black Fox für mich vorbereitet hatte.

»Ich habe es für dich gemacht! Nicht für ihn.«

Er stolzierte davon, beleidigt, dass ich seine Fürsorge verschmäht hatte, aber ich musste mich um eine ernsthafte Wunde kümmern, nicht nur um verletzte Gefühle. Black Fox würde zurückkommen, wenn genug Zeit vergangen war. Ich setzte einen Topf über dem Feuer auf, um die Rinde zu kochen, die ich gesammelt hatte, und machte mich daran, die Wunden des Jungen auszuspülen. Er lag immer noch bewusstlos da, trotz des Schmerzes, den ich ihm zugefügt haben musste.

»Glaubst du, er wird gesund werden?«, fragte Black Fox, als er zurückkehrte.

Er betrachtete ihn mit kalter Neugier, als ob es ein Hund sei oder ein anderes verletztes Tier, das ich behandelte. Das Gesicht des Jungen war immer noch leichenblass, Sommersprossen zeichneten sich auf seinen Wangen ab wie Schlammspritzer. Black Fox' Gesichtsausdruck wurde düster. Er kniete sich nieder, sah genauer hin.

»Er hat Sommersprossen. Genauso wie . . .«

Er drehte sich weg, der Schmerz, seine Schwester verloren zu haben, überwältigte ihn erneut. Dann holte er sein Messer heraus und packte eine Strähne des zerzausten blonden Haares. Es war verschmutzt und verworren, aber hier und da schimmerte es golden.

»Nein.« Ich hielt sein Handgelenk ganz fest. »Das darfst du nicht tun.«

»Warum sollte er leben, wenn sie tot ist und wir sie in der kalten Erde zurücklassen mussten?«

»Leben ersetzt Leben. Er ist nur ein Kind, genau, wie sie es war. Speckled Bird würde wollen, dass wir uns um ihn kümmern, dass wir ihm ihr Bett und ihren Platz am Feuer geben.«

Er fasste sein Messer ganz fest und starrte weiterhin auf die weiße Haut und das blonde Haar.

»Ich weiß, es ist schwierig für dich. Aber ihr Blut fließt auch in deinen Venen. Es ist schwer, zwischen zwei Völkern hin- und hergerissen zu werden.«

»Für dich vielleicht, Mutter. Nicht für mich. Ich bin ein Pentucket.«

Er sah mich an und seine schräg gestellten dunklen Augen funkelten in einer Mischung aus Hass und Stolz. Ich dachte, er würde sich mir widersetzen, doch das tat er nicht. Er legte sein Messer weg und versprach dem Jungen nichts zu tun. Dann ging er, um anderswo zu schlafen. Er hatte es so leichthin versprochen, weil er dachte, das Leben des Jungen sei sowieso bereits verloren. Aber ich wusste, dass das nicht so war. Ich machte mir ein notdürftiges Bett ihm gegenüber, schlief jedoch nur wenig. Ich versorgte das Feuer, sah immer wieder nach dem Jungen und wachte schließlich bis zum Morgen – in der Hoffnung, wenigstens eines aus all diesen verlorenen Leben zu retten.

Der Junge erwachte, als die Morgendämmerung den Himmel färbte. Seine Augen öffneten sich, aber das Fieber trübte seinen Blick. Er nahm seine Umgebung nicht wahr, war jedoch lange genug wach, um einen kleinen Schluck von der Brühe zu nehmen, die ich vorbereitet hatte. Dann wurde er wieder bewusstlos. Ich machte mir Sorgen, ob der Schlag, der ihn bewusstlos gemacht hatte, nicht vielleicht auch einen Schaden am Gehirn verursacht hatte. Selbst das Holpern des Travois ließ ihn nicht aufwachen. Am nächsten Abend schien es ihm jedoch etwas besser zu gehen, gut genug, dass er sich aufsetzen und seine Umgebung wahrnehmen konnte. Seine blauen Augen weiteten sich vor Überraschung bei meinem Anblick. Seine Furcht schwand, als ich in Englisch zu ihm sprach.

»Ich hab an deinen Augen gesehen, dass du keine von ihnen bist. Wie bist du zu ihnen gekommen? Bist du gefangen genommen worden?«

»Das ist eine Geschichte für ein andermal.«

»Wie bin ich hierher gekommen?«

»Du warst verletzt. Du musst jetzt ausruhen und gesund werden.«

Er runzelte die Stirn, als ob er versuche sich zu erinnern, wer er war und was geschehen war, und zuckte dabei vor Schmerz zusammen, denn obwohl seine Wunde an der Stirn heilte, war sie immer noch sehr empfindlich.

»Mach dir keine Sorgen. Du musst ausruhen.«

»Wie könnte ich das?« Er bemühte sich aufrecht sitzen zu bleiben. »Wer bist du? Wie heißt du?«

Ich sagte es ihm.

»Nein, dein richtiger Name. Dein englischer Name.«
»Seit vielen Jahren hat mich niemand mehr so genannt, aber mein Name ist Mary.«
»Dann werde ich dich so nennen.«
»Und wie heißt du?«
Er überlegte und verzog wieder das Gesicht. Dann schloss er die Augen und Tränen rollten unter seinen Lidern hervor.
»Ich erinnere mich nicht.«
»Nicht so schlimm, trink jetzt das hier.« Ich gab ihm ein wenig aus meinem kleinen Vorrat an Schlafmitteln.
Er war schwach und wurde immer noch oft bewusstlos. Ich flößte ihm Brühe ein, wenn er wach war, und betete, dass seine Kraft bald zurückkäme. Ich wusste, wie Indianer mit schwachen Gefangenen umgingen.
Black Fox hielt sich von dem Jungen fern. Er bot mir keine Hilfe an und ich bat ihn auch nicht darum. Ich wusste, was mein Sohn empfand, aber ich würde diesen Jungen jetzt nicht verlassen – jetzt, wo er sich auf dem Wege der Besserung befand.
Und tatsächlich: Der Junge kam wieder zu Kräften und auch seine Erinnerung kehrte zurück. Sein Name war Ephraim Carlton. Er war elf Jahre alt, obwohl ich ihn jünger geschätzt hätte. Er fragte mich, was mit den Menschen in der Siedlung geschehen war.
»Manche wurden getötet und manche gefangen genommen.«
»Was ist mit den Leuten in dem Haus, in dem ich gewohnt habe?«
Ich erinnerte mich an den Körper unter den einge-

stürzten Balken, aber er war noch nicht gesund genug, um das zu hören.

»Kann ich nicht sagen«, erwiderte ich. »Ich war nicht dabei, also sah ich nicht, was geschah.«

»Es tut mir Leid, was es auch ist. Es waren gute Leute. Sie waren nicht mit mir verwandt, aber sie behandelten mich gut.«

»Was ist mit deiner Familie?«

»An meine Ma erinnere ich mich nicht und mein Pa ist tot. Bei einem Unfall gestorben. Er war im Wald und hat Bäume gefällt, als einer in die falsche Richtung fiel und ihn erschlug.«

»Hast du schon lange in der Siedlung gewohnt?«

Der Junge schüttelte den Kopf. »Ich war mal hier und mal da. Wir waren sogar schon mal in Virginia, aber das Klima war nichts für meinen Pa. Na ja, jedenfalls hat Mr Barker mich aufgenommen, nachdem Pa seinen Unfall hatte. Seitdem hab ich für ihn gearbeitet. Als der Angriff kam, habe ich geholfen die erste Welle abzuwehren, aber dann hatten wir kein Pulver mehr. Mr Barker lud seine Waffe und stand an der Tür, bereit den ersten wilden Hurensohn niederzuschlagen, der durch die Türe käme. Das waren seine Worte, nicht meine. Er befahl mir und seiner Frau und seinem kleinen Mädchen uns im Kartoffelkeller zu verstecken. Waren sie. . .?«

»Sie waren nicht dort. Vielleicht wurden sie gefangen genommen.«

»Vielleicht.« Tränen stiegen in seine Augen. »Ich bete, dass es so ist. Jedenfalls«, er wischte sich mit dem Handrücken über die Nase, »jedenfalls stand ich vor ihnen, als die Wilden kamen. Wir haben gehört, wie die Tür eingeschlagen wurde und Sachen herumgeworfen wurden und kaputtgingen. Dann wurde alles still und wir hörten nur noch das weiche Tappen von den Mokassins auf dem Holz. Wir konnten ihn durch die Ritzen im Fußboden sehen. Selbst das kleine Mädchen war still vor Angst. Wir wagten kaum zu atmen und hofften, er würde uns nicht finden, aber dann geht die Falltür auf. Ich trete vor, will kämpfen. Ich sehe ihn herunterschauen, das Gesicht bemalt mit Streifen und Vierecken, weiß, schwarz und rot. Das war kein Mann, den ich da gesehen hab, das war eher ein Teufel. Dann seh ich seinen Arm zurückgehen und an mehr kann ich mich nicht erinnern. Sie müssen Mrs Barker und das Mädchen mitgenommen haben und gedacht haben, ich wär tot. Hab ich ein Glück, dass sie mich nicht skalpiert haben.« Er griff an seinen Kopf. »Wahrscheinlich gab's zu viele andere Trophäen, als dass sie mein Haar hätten haben wollen.«

Ephraim ging es nun jeden Tag besser, aber ich machte mir Sorgen um Black Fox und darüber, wie die Dinge sich zwischen uns entwickeln würden. Ich verstand seine Eifersucht und kannte den Ursprung seiner Feindseligkeit gut, aber er musste auch mich verstehen: Ich war eine Heilerin und es war meine Pflicht, meine Fähigkeiten jedem zukommen zu lassen, der sie brauchte. Freund oder Feind, darauf kam es nicht an.

Vielleicht begann er zu verstehen, denn ich fand kleine Geschenke von erlegtem Wild vor unserem Unterstand, eine Keule vom Wildbret, zwei fette Enten. Ich sah es als ein Zeichen, dass er Frieden schließen wollte. Black Fox verbrachte viel Zeit mit den Männern des Stammes. Sie gingen auf die Jagd und bereiteten sich auf den Krieg vor, aber er kam zurück, um an meinem Feuer zu essen. Ich war froh darüber, auch wenn er sich weigerte Ephraims Anwesenheit zur Kenntnis zu nehmen.

Der Rest des Stammes wollte nach Süden, um sich mit den Stämmen am Mount Wachusett zu vereinen, wo Metacom sein Winterlager aufgeschlagen hatte. Es war ein großes Aufgebot, das sich dort zum Krieg gegen die Engländer sammelte.

Ich wollte nicht mit ihnen gehen. Ich wollte mich nicht an den Kämpfen beteiligen. Ich gehörte zu beiden Seiten, und das riss mein Herz entzwei. Noch mehr schmerzte es mich, meinen Sohn mit ihnen gehen zu sehen, doch er war jetzt ein Krieger und ein Scout und nur wenige waren so gut wie er. Es war offensichtlich, wo seine Pflicht lag.

Als die Zeit des Abschieds kam, wusste ich, das ich ihn nicht bitten durfte vorsichtig zu sein und sein Leben nicht aufs Spiel zu setzen. Er zog in den Krieg. Alles, was ich tun konnte, war ihm den Schutz anzubieten, der in meiner Macht stand.

»Ich werde tun, was ich kann, um über dich zu wachen. Und ich möchte, dass du dies hier mitnimmst.«

Ich nahm die Feder, die White Eagle mir gegeben hatte, aus meinem Beutel. »Dein Urgroßvater hat sie mir gegeben und jetzt gebe ich sie dir. Möge sein Geist mit dir sein und dir nichts Böses widerfahren, mein Sohn.«

Er nahm die Feder und befestigte sie an seiner Skalplocke.

»Leb wohl, Mutter. Ich hoffe, es wird andere geben,

die aus der Welt der Geister wachen.« Ich las in seinen Augen, dass er seinen Vater und seine Schwester meinte. »Und ich bete auch darum, dass ich sie nicht enttäuschen werde. Halt nach mir Ausschau, des Abends und des Morgens – ich werde zu dir zurückkehren.«

Er schwang sich auf sein Pferd, drehte sich noch einmal im Sattel und schenkte mir eines seiner seltenen Lächeln, dann war er verschwunden und mit ihm der Rest des Stammes. Ephraim und ich waren allein im Wald.

Ephraim war nun kräftig genug zu reisen. Er lief an meiner Seite, als wir nach Norden gingen.

»Ich will ehrlich sein, Mary«, erklärte er, als wir weiterzogen, »ich sehe es als meine Pflicht an, so bald wie möglich zu entkommen und auch in den Krieg zu ziehen.«

»Das ist deine Entscheidung, aber ich rate dir, es jetzt noch nicht zu versuchen.«

»Du wirst mich nicht aufhalten können.«

»Das will ich auch gar nicht, aber der Wald wird es tun. Du bist immer noch geschwächt von deiner Verwundung und wir sind weit entfernt von den Orten, die du kennst. Du wirst dich im Nu verlaufen haben. Es gibt nur wenige Siedlungen von Weißen so weit nördlich, und wenn du von einem Stamm auf dem Kriegspfad gefunden wirst, werden sie keine Gnade zeigen.«

»Aber wohin, wohin gehen wir denn dann?« Ephraim sah sich fragend im Wald um.

Ich antwortete nicht.

Ich ging in stetem Kummer und Leid. Mein Sohn war auf dem Kriegspfad und ich wusste nicht, ob ich ihn jemals wiedersehen würde. Meine Sorge um ihn ließ mich den Verlust von Jaybird und meiner kleinen Tochter umso schmerzlicher empfinden. Mein Herz hatte keine Zeit, zu heilen. Jede neue Morgendämmerung riss die Wunde erneut auf.

25 Quechee – Der Ort, wo schnelles Wasser fällt

Unser Umherziehen nahm ein Ende, als wir auf einen großen Mann trafen, der vor einem wild rauschenden Wasserfall stand. An der Art, wie er sein Haar trug, und an den Zeichen auf seiner Haut konnte ich erkennen, dass er zum Stamm der Pennacook gehörte. Er kam auf uns zu, als er uns entdeckte, als ob er gewartet hätte.

»Du bist Eyes of a Wolf.« Er hob die Hand zum Gruß. Er war älter, als ich zuerst gedacht hatte, und er humpelte, denn ein Bein war kürzer als das andere. »Ich bin Sparks Fire.«

»Woher kennst du meinen Namen?«

»Ich erfuhr in einem Traum von deiner Ankunft und wurde zu diesem Ort geleitet.« Er drehte sich um und deutete hinter sich. Hoch oben auf den Klippen saß ein Adler auf dem höchsten Ast einer Mastbaumkiefer. »Ich kannte Jaybird, als er ein kleiner Junge war, bevor die Krankheit sein Dorf dahinraffte. Die Männer seines und meines Stammes haben sich viele Male vereint, um zusammen zu fischen. Er hat mich oft geärgert, denn er wollte immer an unseren Spielen teilnehmen, obwohl er so viel jünger war. Ich nannte ihn Kleinen Bruder und so wirst du jetzt meine Schwester sein.« Er sah mich voller Mitgefühl an. »Ich trauere um das, was du verloren hast. Dein Leid ist auch mein Leid.«

Mehr sagte er nicht. Wir sahen beide hoch, bemerkten gleichzeitig das Flügelschlagen. Der Adler kreiste im Himmel über uns und flog in das feurige Herz der untergehenden Sonne.

Wir überwinterten im Lager des Stammes von Sparks Fire. Man hieß uns willkommen, nicht nur als Verstoßene, die Zuflucht suchen, sondern als Verwandte. Sie gaben uns großzügig von allem, was sie hatten: Nahrung, Kleidung und Unterkunft. Ich trug das Zeichen des Wolfes auf meiner Wange und so wurde im Langhaus des Wolfsclans Platz für mich gemacht. Wir lebten als eine Familie, Ephraim und ich. Ephraim versuchte nicht zu entkommen. Wie auch? Der Winter und der Wald hielten ihn sicherer gefangen als jede Palisade. Wir waren viel weiter nördlich als vorher und das Wetter war noch grimmiger. Ich hatte nicht gewusst, wohin wir gingen, als ich mit dem Jungen unsere Reise begonnen hatte, doch jetzt war ich froh Unterkunft in der warmen, rauchigen Dunkelheit gefunden zu haben, in der viele Familien zusammenlebten.

Wir baten um nichts. Wir bekamen Felle für Kleidung und Bettzeug. Der Stamm hatte Essen aus der Sommerernte gelagert und in diesen weiten nördlichen Wäldern gab es reichlich Wild. Ich fertigte neue Kleidung für Ephraim an, denn seine war abgetragen und zu dünn für den Winter. Ich nähte ihm mit Fell gefütterte Mokassins, ein Wams und Beinkleider aus weichem Hirschleder. Ich achtete darauf, dass er nicht als Gefangener behandelt, sondern als mein Sohn anerkannt wurde. Ich lehrte ihn die Worte für alles, was ihn umgab, und Sparks Fire lehrte ihn zu jagen. Wenn er nicht auf die Jagd ging, spielte er mit den anderen Jungen und rutschte mit ihnen im Schnee und auf dem Eis.

Meist kam Sparks Fire des Abends und teilte unseren Platz am Feuer. Wenn er auf der Jagd gewesen war, brachte er seine Beute mit. Er kam zu mir als ein Bruder. Er war vom Wolfsclan und Angehörige des gleichen Clans durften nicht heiraten. Außerdem suchte ich auch nicht nach einem Ehemann. Wie hätte ich nach meinem Jaybird an einen anderen denken können?

Aber Sparks Fire und ich teilten unser Leid. Er hatte im letzten Jahr seine Frau durch Krankheit verloren und trauerte immer noch um sie. Seine Tochter war verheiratet und lebte bei dem Clan ihrer Mutter. Sein Sohn Naugatuck war mit den Kriegern im Süden. White Deer, Naugatucks Frau, war zurück zu ihrer Mutter gegangen. Er hatte keine anderen lebenden Kinder; seine beiden jüngsten hatten ebenfalls den Pfad ihrer Mutter ins Land im Westen genommen.

An diesem Abend zündete Sparks Fire seine Pfeife mit einem glühenden Zweig an. »Schwere Krankheit fordert mehr Opfer als Gewehrkugeln. Dieser Krieg ist das letzte Aufbäumen unserer Macht.«

»Wie geht er voran?«
Er zog an seiner Pfeife, stieß den Rauch aus und betrachtete mich durch den Rauch.
»Woher soll ich das wissen? Ich bin weit weg von Wannalancets Rat.«
»Das mag wohl sein, aber ich sehe Boten kommen und gehen.«
Wannalancet, Häuptling der Pennacook, lagerte am Winnipesaukee-See im Norden von uns. Boten aus dem Süden machten auf dem Weg zu ihm oft in unserem Dorf Rast. Einer der Boten war Sparks Fires Sohn selbst gewesen, Naugatuck. Ich hatte ihn gebeten bei den Kriegern der Pentucket nach Black Fox Ausschau zu halten und er hatte es mir auch versprochen. Ich gab ihm neue Mokassins für meinen Sohn mit. Seine mussten inzwischen durchgelaufen sein und die neuen waren für den tiefen Winter mit Hasenfell gefüttert. Ich bat Naugatuck ihm auszurichten, dass es mir gut ging.
Sparks Fire wusste, dass ich um meinen Sohn Angst hatte.
»Im Augenblick ist er sicher. Es ist die Zeit der kürzesten Tage und die Bäume ächzen vor Kälte. Niemand kämpft jetzt, nicht einmal die Engländer. Naugatuck sagte mir, die Krieger warten, bis die Sonne am Himmel stärker wird, dann werden sie die englischen Siedlungen angreifen.«
Wir saßen eine Weile schweigend da und dachten an unsere Söhne.
»Warum bist du so weit von Wannalancet entfernt?«
»Er ist Christ geworden. Ich will nicht zu diesem neuen Glauben überwechseln. Der Große Geist ist

und bleibt für mich der Große Geist, warum sollte ich ihn Gott nennen? Für mich wird er immer Manitu sein.«

Bis Mitte Februar brachten Boten Nachrichten von neuen Kämpfen, von Städten, die entlang einer breiten Linie von Norden bis Süden erobert, geplündert und zerstört worden waren. Bis März, der Zeit der Eisschmelze, waren die Indianer bis Medfield vorgedrungen und hatten sogar Boston selbst bedroht. Jeder neue Bericht ließ mich um meinen Sohn bangen, der ganz sicher inmitten des größten Kampfgetümmels war.

Naugatuck kam gegen Ende März zurück und überbrachte mir die Nachricht, dass Black Fox bis jetzt unverletzt sei. Er musste im Süden bleiben, doch er sandte ein Geschenk, einen kleinen Fuchskopf, gefeilt aus dem gleichen schwarzen, weichen Stein, aus dem Pfeifen gemacht wurden. Black Fox hatte ihn in der Wartezeit des Winterlagers für mich gemacht. Er war immer schon sehr geschickt mit den Händen gewesen. Der Fuchs war kunstvoll gearbeitet und hatte ein Loch hinter den Ohren, damit man ihn als Verschluss benutzen konnte. Das ließ mich trotz meiner Tränen lächeln. Black Fox machte immer gern Dinge, die auch einen Nutzen hatten.

Mit der Ankunft des Frühlings zog der Stamm in sein Sommerquartier. Beim Umzug des Lagers war der Krieg für eine Weile vergessen. Die Matten der Wigwams wurden abgenommen und zusammengerollt, das Rahmengestänge aber stehen gelassen für den nächsten Winter.

»Wenn es ein weiteres Überwintern hier gibt.« Sparks

Fire war gekommen, um mir zu helfen. Er lud Bündel auf sein Travois und sah dabei nachdenklich aus.
»Warum nicht? Wannalancet ist neutral, außerdem ist er Christ.«
Ich hatte meine Sachen fertig gepackt und schnürte ein Päckchen, das Ephraim tragen konnte. Diese Umzüge bedeuteten für jeden eine volle Last. Selbst die Kinder mussten ihren Teil leisten.
»Das macht keinen Unterschied. Die christlichen Indianer wurden aus ihren Siedlungen geholt und alle zusammen auf eine Insel im Hafen von Boston gepfercht.« Er band heftig einen Riemen fest. »So vergelten die Engländer Loyalität!«
Ich erinnerte mich an White Eagles Worte. Die Indianer konnten diesen Krieg nicht gewinnen. Ich hatte versucht ihm zu entkommen, doch er rückte immer näher. Ich hatte niemals daran gedacht, wieder bei meinem ursprünglichen Volk zu leben, aber wenn die Indianer besiegt wurden und man mich zurückbrächte, was würde dann mit mir geschehen?

26 Zweiter Aufbruch

Die Reise zum Sommerquartier führte uns hoch zum Merrimack River und dann an kleineren Flüssen und Bächen vorbei zum großen Winnnipesaukee-See.
Der Platz lag abgeschirmt von Weiden auf der Südseite des Sees. Innerhalb eines Tages wurde das Dorf wieder aufgebaut. Alles war friedlich, während wir

den Rhythmus des Jahres aufnahmen. Ich half den Frauen die Gärten zur Saat vorzubereiten. Ich arbeitete mit White Deer, Naugatucks junger Frau, Sparks Fires Schwiegertochter. Ephraim rannte mit den anderen Jungen herum, spielte Schlagball und Fußball draußen auf den stoppeligen Wiesen: Genau wie Black Fox es getan hatte, genau wie Jungen in meinem Dorf in England es vor so vielen Jahren getan hatten.

Mit dem Frühlingsanfang, der uns dazu zwang, den Boden zu bereiten und zu bepflanzen, war es manchmal leicht, zu vergessen, dass wir Krieg hatten. Er wütete immer noch weit im Süden, doch Boten kamen und gingen mit größerer Häufigkeit und Sparks Fire wurde oft zu Wannalancets Lager am anderen Ende des Sees gerufen.

Als der Frühling in den Sommer überging, wurden die Nachrichten aus dem Süden immer düsterer. Die Boten sprachen nicht mehr von Sieg. Sie erzählten vom Mangel an Schießpulver und Munition, von Mohawks, die sich vom Westen heranschlichen, nachdem die Aufmerksamkeit sich jetzt nicht mehr auf sie richtete. Vor allem aber sprachen sie von Hunger und Krankheit; von Frauen, die zu weit von ihren Heimatorten entfernt waren, um irgendetwas pflanzen zu können; von Männern, die zu beschäftigt mit Kämpfen waren, um zu jagen. Es gab nur noch die Nahrung, die in den angegriffenen Städten erbeutet wurde, und was man dabei bekommen hatte, ging schnell zur Neige.

Der Krieg war ein ständiges Auf und Ab – gleich einer Waage, deren Waagschalen auf und ab wippten. Und die englische Seite wog schwerer und schwerer mit ihrer Überzahl an Männern, Gewehren und Geld. Ohne die Versorgung mit Nahrung war es nur eine Frage der Zeit, bis Metacoms Krieger geschlagen würden. Und so kam es dann auch. Der einzelne Bote wurde ersetzt von mehreren Gruppen zerlumpter Krieger, die aus Süden flohen. Sie erzählten von einer großen Niederlage.

Jetzt dröhnten die Trommeln der Soldaten durch die Städte des Commonwealth. Feindliche Indianerstämme wurden durch das ganze Land gejagt. Indianer, die sich weigerten aufzugeben, konnten keine Gnade erwarten. Sie wurden getötet. Die, die sich ergaben, konnten damit rechnen, als Dienstboten arbeiten zu müssen oder in die Sklaverei verkauft zu werden.

Die Stämme wurden zersprengt. Verschiedene Gruppen versuchten einzeln Frieden zu schließen. Neuigkeiten kamen, dass Metacom nach Süden in seine Heimat floh. Er wurde durch die Sümpfe gehetzt, wie Frösche von Jungen gejagt werden. Dann hörten wir, dass er tot war. Sein Kopf war ihm abgehackt worden und er wurde nach Plymouth gebracht und dort als Racheakt und Warnung auf einen Pfosten gesteckt.

Metacoms Tod beendete die Verfolgung nicht. Die Soldaten ließen nicht davon ab, die Indianer zu jagen, und viele flohen zu uns nach Norden und suchten Zuflucht. Sie kamen erschöpft von der Reise an, viele waren krank und halb verhungert. Wir halfen so gut wir konnten. Es war eine Zeit der Angst und des sorgenvollen Wartens. Black Fox und Naugatuck waren noch nicht zurückgekommen. Wir suchten in jeder

Gruppe, fragten nach Neuigkeiten über sie. Alles, was wir hörten, waren Gerüchte und Geschichten. Sie wären mit dieser oder jener Gruppe unterwegs oder sogar bei Metacom selbst. Naugatuck sei verwundet, doch Black Fox habe keinen einzigen Kratzer davongetragen, als ob er durch eine höhere Kraft beschützt würde. Viele dieser Geschichten waren Monate alt, manche hatten wir vorher schon gehört. Als wir danach fragten, wo sie jetzt seien oder wann sie zurückkämen, wusste niemand etwas. Wir würden einfach abwarten müssen.

Manche der Indianer hatten englische Gefangene gemacht. Die meisten waren bereits ausgetauscht worden, doch ich sah einige mit ihren Entführern kommen, die noch auf Auslösung hofften.

Ich ging sämtlichen weißen Gefangenen aus dem Wege. Ich kümmerte mich zwar darum, dass sie verpflegt und gut behandelt wurden, aber ansonsten hielt ich mich zurück. Ich fühlte keinerlei Loyalität ihnen gegenüber, keine Blutsbande oder Verwandtschaft. Mich selbst vorzustellen würde Erklärungen erfordern und ich wusste, was sie von mir halten würden, sobald sie meine Vergangenheit kannten.

Sie waren nicht angebunden oder gefesselt, sie konnten kommen und gehen, wie sie wollten. Sie wurden auch nicht alle zusammen in einem besonderen Lager gefangen gehalten, sondern waren im ganzen Dorf verteilt, lebten bei den Familien der Krieger, die sie mitgenommen hatten.

Obwohl ich versuchte ihre Gesellschaft zu meiden, merkte ich, dass eine der Gefangenen mich genau beobachtete. Ich bereitete ihr offensichtlich Kopfzerbrechen und sie wirkte wie jemand, der keine Rätsel mochte. Ich kannte Frauen wie sie aus Beulah – immer damit beschäftigt, sich in anderer Leute Angelegenheiten zu mischen. Sie erinnerte mich an Marthas Schwester Goody Francis. Ihr Name war Mrs Peterson. Ich hatte sie schon öfter im Dorf gesehen. Obwohl sie dünn war und ihre Kleidung fast zerlumpt, wusste sie, wie man überlebte. Ich hörte niemals, dass sie sich beschwerte, und sie wusste auch, wie man sich nützlich machte: nähen, Beeren sammeln, Besorgungen erledigen. Es war genau eine solche Besorgung, die sie zu mir brachte. Eines Abends näherte sie sich meiner Unterkunft mit dem Vorwand, etwas Mehl zu borgen.

»Ich sah Euren Jungen ...« Selbst in seinem Ledergewand verriet Ephraims Haar ihn als Engländer. Die Sommersonne hatte es hellblond gefärbt. »Seid Ihr eine Gefangene?« Sie sah sich suchend um. »Wo ist Euer Herr? Wie lange seid Ihr schon gefangen? Aus welchem Ort?«

»Ich habe keinen Herrn. Ich bin auch keine Gefangene. Ich lebe aus freiem Willen hier.«

»Wie kann das sein?« Ihre Augen, die die Farbe von Stachelbeeren hatten, wurden vor Erstaunen groß und sie war begierig mehr zu erfahren.

»Ich verließ vor vielen Jahren eine Siedlung.«

»Aus freiem Willen?«

»Nicht direkt. Ich war nicht länger ... willkommen.« Sie dachte über diese ungewöhnliche Tatsache nach.

»Ich habe nur einmal eine solche Geschichte gehört. Ein Pastor auf Besuch, ich habe seinen Namen vergessen – er erzählte uns von einem Mädchen, das eine

Siedlung verhexte und dann davonrannte, um sich den Geistern des Waldes anzuschließen.«

»Nichts dieser Art ist mir passiert«, warf ich sofort ein. »Ich hatte eine Auseinandersetzung mit meiner Herrin über eine persönliche Angelegenheit von delikater Natur.« Ich senkte den Blick, sicher, dass sie meine Andeutung verstehen würde.

»Unzucht?« Sie sah angemessen schockiert drein.

Ich nickte. »Meine Herrin stellte sich auf die Seite des Herrn gegen mich. Ich war damals stur und dumm und rannte fort. Ich verlief mich hoffnungslos im Wald und wurde von einem Stamm der Pentucket gefunden. Seitdem lebe ich in ihrer Gemeinschaft. Das heißt, in dem, was davon übrig ist. Mein Mann wurde vor Pocumtuck getötet und mein Sohn . . .«

»Ihr habt unter ihnen geheiratet!«

Sie konnte mich nicht mehr länger ansehen. Ihre Hand fuhr zu ihrem Mund, als ob sie sich gleich übergeben müsse. Dies war für sie weitaus schockierender als die Vergewaltigung eines Dienstboten durch seinen Herrn. Über ihrem zerrissenen und schmutzigen Kragen rötete sich ihr Hals.

»Ja.«

»Aha.« Sie sah mich immer noch nicht an. »Und der Junge? Er ist doch nicht . . . nicht vom Blut, ich meine, er ist so blond. Er kann doch nicht eingeboren sein?«

»Nein.« Ich musste über ihre unterdrückte Fassungslosigkeit lachen. »Er ist nicht mein Sohn.«

Ich erzählte ihr, woher er kam.

»Er wird zurückgebracht werden, so Gott will. Wie wir alle.«

»Er hat keine Verwandtschaft, soweit ich weiß. Wenn

die Zeit kommt, wird es seine Wahl sein, ob er bleiben oder gehen will.«

»In die Zivilisation zurückzukehren oder bei Wilden zu leben?« Sie sah mich an, als wolle sie fragen: Welche Wahl könnte es da geben? »Ihr habt keine anderen Kinder?«

»Ich hatte eine Tochter.« Ich schwieg für einen Moment, unsicher, ob meine Lippen die Worte formen konnten. »Sie ist tot.«

»Ich habe auch Töchter. Euer Verlust tut mir Leid.«

Ihr Ausdruck des Mitgefühls war einigermaßen ehrlich, doch dahinter verbarg sich der Gedanke, dass jede Tochter von mir besser tot wäre. Das konnte ich in ihren Augen lesen.

»Wurden sie gefangen genommen?«, fragte ich sie.

Sie schüttelte den Kopf. »Ihr Vater hatte sie in eine sichere Stadt gebracht. Ich sollte nachfolgen, aber . . .« Sie machte einen Moment Pause, um über das nachzudenken, was geschehen war und was sie gesehen hatte. »Er ist Captain beim Militär. Captain Peterson. Ihr habt vielleicht von ihm gehört?«

Ich schüttelte den Kopf.

»Nun, er ist sehr berühmt unter unseren Leuten . . .« Stolz schwang in ihrer Stimme mit. »Meine Mädchen . . .«, fügte sie hinzu und nahm den Faden wieder auf, »meine Mädchen waren in Sicherheit, als die Wilden angriffen. Dafür danke ich Gott. Ich fürchte, sie hätten nicht überlebt.«

»Wurdet Ihr schlecht behandelt?«

»Nicht direkt und ich wurde auch nicht beleidigt, aber das Leben unter ihnen ist grausam und hart.«

»Nicht mehr als für sie selbst auch.«

»Das ist wohl wahr.« Sie blickte hinunter auf ihre abgebrochenen Nägel und die schmutzigen Hände. »Ich bete zu Gott um Kraft, dass ich es überlebe.«
Dann eilte sie davon, denn ihr Herr rief sie. Er war kein ungerechter Mann, aber sie hatte Angst vor ihm. Ich schickte ihr Essen und frische Kleidung und tat, was ich konnte, damit ihr Herr nicht zu streng mit ihr war, denn manche Gefangenen wurden schlecht behandelt, obwohl sie das oft genug selbst zu verantworten hatten.
Sie besuchte mich erneut und diesmal brachte sie einen Teil einer zerrissenen Bibel mit, die sie von einem der Indianer getauscht hatte. Sie zitierte in großem Ernst Ezechiel, Kapitel 18, Vers 27.
»Wenn sich der Gottlose kehrt von seiner Ungerechtigkeit, die er getan hat, und tut nun recht und wohl, der wird seine Seele lebendig erhalten.«
Ich erklärte ihr, dass meine Seele nicht gerettet werden müsse. Ich betrachtete mich nicht als gottlos und hatte meines Wissens immer versucht das zu tun, was recht und wohl war.
Sie schaute mich an, als hätte ich eine Gotteslästerung ausgesprochen, und danach sah ich nicht mehr viel von ihr.
Sie machte keinen weiteren Versuch, sich mir zu nähern, aber ich merkte oft, dass sie mich beobachtete. Besonders hatte sie es jedoch auf Ephraim abgesehen. Sie hielt ihn an, bat ihn um die eine oder andere unbedeutende Besorgung und verwickelte ihn dann in ein Gespräch. Als ich ihn danach fragte, sagte er, sie hätte ihm aus der Bibel zitiert und gefragt, ob er stark in seinem Glauben geblieben sei.

»Und was hast du geantwortet?«
»Ja, soweit ich in der Lage dazu bin.«
»Wollte sie noch mehr wissen?«
Ephraim antwortete nicht. Er hätte es mir vielleicht verschwiegen, aber er war ein ehrlicher Junge und seine helle Hautfarbe machte es schwer für ihn, sein Erröten zu verbergen.
»Was hat sie sonst noch gesagt?«
»Sie hat mich gefragt . . .« Er zögerte, errötete noch heftiger und senkte die Stimme dann zu einem Flüstern. »Sie fragte, ob du Hexerei betreiben würdest. Sie hätte so etwas gehört, hätte jemand darüber sprechen hören.«
Ich hatte das Gefühl, als geriete die Welt um mich herum ins Wanken.
»Und was hast du geantwortet?« Ich versuchte meine Stimme leicht zu halten, obwohl viel von der Antwort abhing, die er gegeben hatte.
»Ich antwortete: Natürlich nicht! Ich sagte ihr, dass du eine Heilerin bist und dafür verehrt und respektiert würdest. Ich erzählte, dass du mein Leben und das Leben vieler anderer gerettet hättest. Sie sagte: ›Du meinst, das Leben von Indianern?‹ Ich sagte, sie möge sie Heiden nennen, aber du sähst keinen Unterschied zwischen ihnen und den Christen.«
»Aha. Hat sie noch irgendetwas gefragt?«
»Ja, das hat sie. Sie fragte mich, ob du betest.«
»Und was hast du darauf geantwortet?«
»Ich sagte, das tätest du selbstverständlich, aber auf deine eigene Weise.« Er machte eine Pause. »Was ja auch gar nicht anders geht, nachdem du so lange von der Kirche und normalen Gottesdiensten weg bist.«

Er sah mich an. »Habe ich etwas falsch gemacht? Habe ich etwas Falsches gesagt, Mary?«
»Ich bin sicher, das hast du nicht.« Ich fuhr über sein seidiges, weiches Haar. »Keine Sorge.«
»Wenn ja, dann habe ich es nicht gewollt.« Er runzelte die Stirn, jetzt ernstlich beunruhigt. »Und es tut mir wirklich Leid. Aber ich habe nur die Wahrheit gesagt.« Seine Stirn glättete sich, als ihm ein neuer Gedanke kam. »Und das kann ja nicht schaden, oder?«

27 Schlechte Zeiten

Bis zur Erntezeit war der Krieg vorbei. Naugatuck und Black Fox waren unter den letzten Kriegern, die ins Dorf zurückkehrten. Sie kamen voller Staub und waren müde von der langen Reise. Sie waren dünn und halb verhungert, ihre Mokassins waren durchgelaufen und die Füße blutig, aber sie waren am Leben. Das ganze Dorf versammelte sich, um sie zu begrüßen, und es war fast unmöglich, in dem Gedränge näher zu kommen. Endlich teilte sich die Menge und mein Sohn kam zu mir. Die Monate des ängstlichen Wartens verwandelten sich in einen Moment reinster Freude und ich brauchte ihm nicht zu sagen, wie glücklich ich war ihn wiederzusehen.
Er wurde dann von mir weggeführt, ging mit den anderen Männern in die Schwitzhütte, um gereinigt und für die Feier gekleidet zu werden. Ich schickte ihm die frische Kleidung, die ich während der Zeit des War-

tens angefertigt hatte, und gesellte mich zu den anderen Frauen. Wir sammelten alles, was wir finden konnten, um ein angemessenes Willkommensfest bereiten zu können.

Es hatte in den letzten Monaten wenig Grund zum Feiern gegeben und jetzt waren alle ohne Ausnahme eingeladen. Es nahmen jedoch nicht alle die Einladung an. Mrs Peterson blieb an ihrem eigenen Feuer. Auf dem Höhepunkt der Festlichkeit bemerkte ich, dass jemand anders ebenfalls fehlte. Ephraim war verschwunden. Ich dachte, er sei bei den anderen Jungen, die in wildem Spiel umherrannten, doch ich fand ihn nicht bei ihnen. Ich fand ihn bei Mrs Peterson. Er sagte, er hätte sich fehl am Platz gefühlt, nachdem Black Fox nun zurück war.

Er kehrte zwar an jenem Abend mit mir zurück, doch er begann mehr und mehr Zeit mit der englischen Frau zu verbringen. Sie hieß ihn überaus herzlich willkommen und machte viel Aufhebens um ihn. Vielleicht fühlte er sich zurückgesetzt durch meine Freude, meinen Sohn wiederzuhaben. Vielleicht war er selbst unsicher in Black Fox' Gesellschaft. Mein Sohn war als ein erprobter Krieger zurückgekommen und ein großer Ruf war ihm vorausgeeilt. Obwohl er sein Versprechen hielt und dem Jungen gegenüber nicht unfreundlich war, zeigte er auch keine Freundschaft, und ich hätte es verstehen können, wenn Ephraim ihn gefürchtet hätte.

Jetzt, nachdem der Krieg vorbei war, war Wannalancet nach Dover gerufen worden, um sich mit einem Major Richard Waldron zu treffen und um formell ein Friedensabkommen zu unterzeichnen. Dabei sollten auch jene Gefangenen übergeben werden, die in letzter Zeit in seine Obhut gekommen waren. Es war Ephraims Entscheidung, ob er mit ihnen gehen wollte oder nicht. Ich würde traurig sein ihn gehen zu sehen, trauriger, als ich ihn wissen lassen wollte, doch ich hatte gesagt, er könne wählen, wenn die Zeit gekommen sei. Ich hatte ihm mein Wort darauf gegeben.

Trotzdem dachte ich immer noch, dass er vielleicht bei mir bleiben würde. Doch als der Tag kam, ging er mit Mrs Peterson fort. Es gab niemand, der auf ihn Anspruch erhob, nachdem er angegeben hatte keine lebenden Verwandten in der Kolonie zu haben. Aber Mrs Peterson würde sich um ihn kümmern. Obwohl ich uns wohl kaum Freundinnen nennen konnte, versprach sie mir das.

Sparks Fire riet Black Fox und Naugatuck nicht zu dem Treffen zu gehen. Er war der Meinung, dass Wannalancet den Engländern zu viel Vertrauen entgegenbrachte. »Wir alle sind jetzt ihre Feinde.« So sah er es.

Und es war gut so, dass er dies so sah und dass unsere Söhne seine Warnung befolgten, denn viele, die mitgingen, kamen nie zurück. Obwohl Wannalancet in gutem Glauben handelte, wurde er getäuscht. Er ging, um Frieden mit den Engländern zu schließen – von Nation zu Nation –, doch Major Waldron wollte etwas anderes. In seinen Augen beherbergte Wannalancet geflohene Krieger und war deshalb ein Feind. Hunderte wurden getötet und noch mehr gefangen genommen, um als Sklaven verkauft zu werden, entweder hier oder nach Indien.

Es war eine wütende Truppe von Kriegern, die in die

Lager zurückkam. Wannalancet fühlte sich betrogen. Vorher war er neutral gewesen, aber dieser Tag machte die Engländer zu seinen Feinden.

Nun, da Black Fox bei mir war, errichtete ich ein neues Wigwam abseits vom Langhaus. Sparks Fire kam oft, um an unserem Feuer zu sitzen, mit Black Fox über den Krieg zu reden, eine Pfeife zu rauchen und Neuigkeiten vom Ratsfeuer zu bringen. Er war bei uns, als eines Abends, kurz bevor die Nacht anbrach, jemand an der Klappe des Wigwams um Erlaubnis zum Eintritt bat. Es war einer von Sparks Fires Männern. Er schob sich durch die Tür mit etwas in seinen Armen. Ich dachte zuerst, er trüge einen Hund oder ein verletztes Tier. Dann sah ich den Kopf. Das blonde Haar war kurz geschoren, aber ich wusste, dass es Ephraim war. Seine Füße waren blutig, die Mokassins zerfetzt; seine Arme und Beine waren zerkratzt und aufgerissen von Ästen und Dornen; sein Gesicht war geschwollen von Insektenstichen.
Ich bat den Krieger ihn abzulegen und schnitt die filzige Kleidung von seinem Körper. Sparks Fire trug ihn in die Schwitzhütte und dort säuberten die Männer ihn. Er wurde in Felle eingewickelt, zurückgebracht und schlafen gelegt.
Er schlief bis zum Abend des nächsten Tages. Dann erwachte er mit einem Bärenhunger, war aber immer noch so schwach, dass seine Hände zitterten und der Hornlöffel gegen das Holz der Schüssel klapperte. Ich fütterte ihn selbst und öffnete sein Bündel, um frische Kleidung für ihn zu suchen.
»Du hast mein Bündel aufgehoben?«

»Ich habe nichts von deinen Sachen weggeworfen.«
»Gut! Weil ich nämlich bleiben möchte.«
»Was ist geschehen?«
»Es hat mir nicht gefallen. Hat mir nicht gefallen, wie sie mit mir umgingen.«
»Mrs Peterson?«
»Sie nicht mal so sehr. Ihr Mann. Der Captain.«
»Hat er dich nicht gut behandelt?«
»War nicht nur das.« Er drehte sich von mir weg und in seinen Augen standen Tränen. »Da waren auch noch andere Dinge.«
Ich wartete, bis er sich wieder gefasst hatte und weitererzählen konnte.
»Als ich gesehen habe, wie es war, hab ich meine Meinung geändert. Ich wollte mit Wannalancet wieder zurück, aber sie ließen mich nicht. Diese Frau, Mrs Peterson, fing an ein mächtiges Aufhebens um mich zu machen. Sie schrubbte mich ab und nicht gerade sanft, obwohl ich ganz sauber war. Sie steckte mich in Jungenkleidung. Ich hatte ganz vergessen, wie Wolle auf der Haut kratzt, und die Stiefel drückten an meinen Füßen. Ich bat um meine alte Kleidung, wenigstens meine Mokassins, aber es war, als hätte ich um etwas Schmutziges gebeten.
Sie fingen an Gebete über mich zu sprechen und mir Predigten zu halten. Ich hatte vergessen, wie hart die Holzbänke sind und welche Lügen die Pastoren auf der Kanzel erzählen. Mrs Peterson, sie war nicht so schlimm, aber ihr Mann, der hatte ganz bestimmte Vorstellungen, wie ein Junge sich verhalten müsse, und die passten überhaupt nicht zu mir.
Er fängt an, über Disziplin und Ordnung zu reden

und die ganze Zeit hat er eine Gerte in der Hand und schlägt zu seinen Worten mit der Gerte in seine andere Hand. Ich schau zu den Mädchen, seinen Töchtern. Sie hören mit gesenkten Köpfen zu und wagen es nicht, ihm in die Augen zu sehen, genauso wenig wie in meine.

In der Nacht liege ich im Bett und wäge alles gegeneinander ab. Mein Pa war nicht so und es ist lange her, seit mir jemand gesagt hat, was ich tun soll, oder mich herumkommandiert hat, wenn ich gar keinen Grund dafür sehe. Mrs Peterson sagt, ich bin kein Dienstbote, aber mir kommt es schon so vor. Also schleiche ich mich hinaus, als die Nacht am schwärzesten ist. Ich kann im Dunkeln sehen und mich ohne Lärm bewegen. Ich finde meine Kleidung, die, die du gemacht hast, draußen auf dem Misthaufen. Sie stinkt, aber ich zieh sie trotzdem an, weil ich denke, dass das wenigstens meinen Geruch verbirgt, wenn sie mir Hunde nachschicken. Bei Tageslicht bin ich schon auf dem Weg nach Norden. Ich hatte mir gut gemerkt, wie wir gekommen waren, genau so, wie Sparks Fire es mich gelehrt hatte.

Ich war auch nicht allein. Eine ganze Armee war unterwegs. Engländer, Männer auf Pferden. Ich hab gesehen, was sie gemacht haben. Sie haben die Indianer niedergeschossen wie Hunde. Manche waren Nashua, glaub ich, den Zeichen nach, die sie trugen. Aber manche davon kannte ich. Waren immer hier und nie auf Kriegspfad, aber die Soldaten haben nicht danach gefragt, einfach geschossen. Manche schossen sie sogar in den Rücken. Solche Feiglinge sind das. Kein Mann würde das tun. Sie haben auch

Skalps genommen! Was sind das denn für Weiße, die so was tun?«

»Woher weißt du, dass es kein anderer Stamm war?«

»Oh nein, die waren schon weiß. Ich habe die Hufspuren gesehen im Schlamm und Blut und später am Abend bin ich an ihrem Lager vorbeigekommen. Habe auf meinem Weg noch ein Dorf gesehen, das niedergebrannt war. Ich bin schnell vorbeigelaufen, hab mir keine Pause gegönnt. Ich hatte Angst, was ich hier vorfinden würde. Ich hatte Angst, ihr könntet weg sein, ich hatte Angst . . .« Er biss sich auf die Lippen und versuchte seine Tränen zurückzuhalten. »Ich bin froh, dass es nicht so ist, das ist alles. Ich bin zurückgekommen, weil alles, was ich an Familie habe, hier ist.« Er sah mich an. »Du bist die einzige Mutter, die ich jemals gekannt habe. Und . . .« Er blickte jetzt zu Sparks Fire, seine Augen glitzerten. »Und ich dachte, nachdem mein Pa tot ist, könnte ich mir meinen selbst aussuchen, und das ist ganz bestimmt nicht Captain Peterson.«

Sparks Fire lächelte und streckte die Hand aus, um dem Jungen über das stoppelige Haar zu fahren.

»Jeder Mann wäre froh einen solchen Sohn zu haben. Naugatuck wird stolz sein dich Bruder zu nennen.«

»Auch ich wäre stolz.« Black Fox hatte die ganze Zeit zugehört, während er sich auf seiner Schlafstelle ausruhte. Er erhob sich von seinem Platz im Schatten und kam auf den Jungen zu. »Du hast dich als tapferer und schlauer Krieger gezeigt. Du hast viel erduldet, um zurückzukommen, und du bist hier, weil du dein Volk gewählt hast. Du bist jetzt einer von uns.«

Er zog sein Skalpiermesser heraus und prüfte die

scharfe Klinge, während er sich neben Ephraim kauerte. Der Junge zuckte nicht einmal zusammen, als das Messer durch seinen Daumen schnitt. Black Fox schnitt sich selbst auf die gleiche Weise und band dann ihre Hände mit seinem Stirntuch zusammen, sodass ihrer beider Blut sich vermischte.

»Nun sind wir von einem Blut. Wir sind Brüder, du und ich.«

Ephraim öffnete den Mund, aber es kamen keine Worte heraus. Stattdessen rannen Tränen seine Wangen hinab. Black Fox wartete, bis der Sturm der Gefühle sich gelegt hatte, dann hob er den Jungen hoch und trug ihn zu seinem Schlafplatz.

Sparks Fire schüttelte Tabak aus seinem Beutel und zündete seine Pfeife wieder an. »Unsere Feuer im Süden wurden mit Blut erstickt. Wir können nicht zurückgehen.«

»Wir können auch nicht hier bleiben.« Black Fox kam zurück. Ephraim schlief jetzt. »Ich kenne diesen Peterson. Ephraim hat gut daran getan, ihm zu entkommen, doch er ist rücksichtslos und gibt sich nicht gern geschlagen. Er wird den Jungen holen wollen.«

»Wannalancet spricht davon, nach Norden zu gehen, ins Land der Franzosen.«

»Nach Kanada?«, fragte ich.

»Manche seiner Leute sind bereits dort – an einem Ort, den die Franzosen St. François nennen.« Er streckte die Hand aus und nahm einen Zweig vom Feuer, um seine Pfeife anzuzünden. »Die Franzosen mögen die Engländer nicht. Zwischen ihnen gibt es keinen Frieden.«

»Wir müssen uns ihnen anschließen.« Black Fox setzte sich ans Feuer.

Sparks Fire verzog das Gesicht. »Der Ort ist voll von Schwarzroben, sie bevölkern ihn wie Flöhe einen Hund.«

»Schwarzroben?« Ich hatte den Ausdruck noch nie gehört, doch mich überkam eine plötzliche Kälte, als ob ein Schatten über die Sonne gezogen wäre.

»Jesuiten.« Er lachte, aber es lag keine Fröhlichkeit darin. »Gegen die sind deine Puritaner nur wie eine Horde fetter Rebhühnern.«

»Wohin sollen wir sonst gehen?« Black Fox konnte seine Ungeduld nur schwer verhüllen.

»Das muss jeder selbst entscheiden. Es ist schwer, das Land der Geburt zu verlassen, das Land der Väter und Großväter. Ich dachte, es wäre auch das Land meiner Kinder und Kindeskinder, aber so soll es nicht sein. Wir werden herausgerissen wie die Bäume im Wald. Es ist, als ob ein großer Wind unsere Wurzeln löste.«

Seine Augen wurden dunkel. Er setzte sich auf die Fersen, schlang die Arme um die Knie, legte den Kopf auf die Vorderarme und blieb so für eine lange Zeit. Schließlich erhob er sich und verließ uns ohne ein weiteres Wort.

Ganze Tage gingen vorbei und Sparks Fire blieb in seinem Zustand der Melancholie. Er wich jeglicher Gesellschaft aus, ging am See entlang oder fuhr mit dem Kanu hinaus, vom ersten Licht bis zum Einbruch der Nacht. Black Fox war dafür, aufzubrechen, doch ich bat ihn noch etwas zu bleiben. Sparks Fire war mir ein guter Freund gewesen. Ich würde ihn jetzt nicht im Stich lassen.

Am dritten Tag kam Naugatuck zu mir. Er machte sich Sorgen um seinen Vater.

»Er sucht nach einer Entscheidung«, erklärte ich ihm.
»Kannst du ihm nicht helfen?«, fragte der junge Mann. »Du bist mächtig im Geist, sagt Black Fox.«
»Die Zukunft ist mir genauso verschlossen wie dir oder allen anderen. Sparks Fire sucht die Einsamkeit, weil er auf ein Zeichen wartet.«
Er nickte. Die Kupferscheiben, die an seinen Ohren baumelten und um seinen Hals lagen, schimmerten im Licht des Feuers.
»Das tut auch sein Volk. Andere Clans gehen fort. Lasst uns hoffen, dass die Geister bald zu ihm sprechen, oder er könnte feststellen, dass er der Einzige ist, der noch am See geblieben ist.«
Eine Woche verging, dann kam Sparks Fire zu mir, gerade als die Sonne aufging. Ich wusste sofort, dass etwas geschehen war. Sein Schritt war leicht, nicht mehr schwer und schleppend, und als er die Klappe zu meinem Wigwam aufschlug, funkelten seine Augen wieder in ihrem alten Feuer.
Ich bot ihm an mit uns zu frühstücken, dann schickte ich Ephraim hinaus. Ich konnte Sparks Fires Gesicht ansehen, dass er das Zeichen erhalten hatte, das er gesucht hatte. Wir saßen schweigend da, bis er bereit war mir zu erzählen, was er gesehen hatte.
»Letzte Nacht, als ich am See entlangging, hörte ich die wilde Gans rufen. Später träumte ich, ich stünde am gleichen Ort, und als ich aufsah, sah ich eine große Reihe Gänse über den Himmel fliegen wie lang gezogene Pfeilspitzen. Im Traum konnte ich ihre Sprache verstehen. Sie erzählten mir von einem See und dem Ort des Feuersteins.«
Ich runzelte die Stirn und wiegte nachdenklich den

Kopf. Träume sind von größter Wichtigkeit; aber ich verstand nicht, was dieser bedeuten sollte.

»Was bedeutet das?«

»Wir werden nach Missisquoi gehen, dem Ort, den die Abenaki *Mazipskoik* nennen, den Ort des Feuersteins. Sie haben eine Siedlung dort, an dem großen Wasser, dass sie *Bitabagw* nennen, dem See, den die Franzosen Champlain genannt haben.«

»Hast du es Naugatuck gesagt?«

Sparks Fire nickte. »Ich habe ihm von meinem Traum erzählt und ein solcher Plan war auch das, was er vorhatte.«

Black Fox meldete sich nun zu Wort. »Er und ich werden den Winter mit Jagd und Fallenstellen verbringen, damit wir Felle zum Tausch bekommen. Um den Kampf fortzusetzen, werden wir Pulver und Musketen brauchen, und um sie zu bekommen, müssen wir zu den Franzosen am Mount Royale.«

28 Alison Ellman

Alison liebte Montreal. Es war doppelt fremdartig, weil es sowohl kanadisch als auch französisch war, und das gefiel ihr. Es schien ihr, als hätte sie das Institut seit Monaten nicht mehr verlassen, geschweige denn Boston. Es war gut, wieder einmal fortzukommen. Sie hatte sich in einem Hotel in der Innenstadt einquartiert. Sie musste zugeben, dass sie ihren Aufenthalt genoss, auch wenn ihre Nachforschungen nicht allzu gut verliefen. Sie hoffte auf örtliches Wissen, doch ihr Bekannter hatte nicht allzu viel versprechend geklungen. Sie hatte sich mit ihm zum Essen verabredet, vielleicht hätte er bis dahin etwas für sie gefunden. In der Zwischenzeit konnte sie den Tag mit Spaziergängen verbringen und sich am alten Hafen und in der Stadt etwas umsehen.

»Dein Mädchen ist ein absolutes Rätsel.« Das war es, was ihr Freund Glen ihr sagte, als sie ihn in einem der Lokale in der Altstadt traf. »Wenn sie hier war, gibt es keine Spur von ihr.«

Alison schenkte sich ein Glas Wein ein und versuchte ihre Enttäuschung zu verbergen.

»Aber sie hätte hier sein können?«

»Das ist möglich.« Glen nahm einen Bissen von seinem Steak. »Besonders wenn sie in den König-Philips-Krieg verwickelt wurde. Es war eine ziemlich gewalttätige Schlacht. Die Stämme von Neu-England wurden dort unten ziemlich vernichtend geschlagen und viele von ihnen kamen tatsächlich nach Norden. Einige brachten weiße Gefangene mit.«

»Aber sie war ja keine Gefangene.«

»Eine weiße Frau bei einem Indianerstamm? Sie wäre auf jeden Fall aufgefallen.«

Glen aß seine Pommes auf und tupfte sich mit der Serviette über die Lippen.

»Ich werde sehen, ob ich etwas mehr für dich herausfinden kann. Ich habe einen Kollegen am UQAM. Er könnte etwas wissen. Das ist eher sein Gebiet. Ich habe in seinem Büro nachgefragt. Er ist im Moment auf einer Konferenz, aber er soll in ein oder zwei Tagen zurück sein.«

Es gab nichts, was sie tun konnte, außer warten. Alison beschloss, dass sie genauso gut hinauf nach Quebec fahren konnte. Sie hatte Freunde dort und hatte sich vorgenommen sie zu besuchen. Sie könnte bei ihnen übernachten und dann in den Archiven der Bibliotheken nachsehen, ob es irgendwelche Hinweise auf Mary gab.
Aber Alison kehrte mit leeren Händen nach Montreal zurück und war ziemlich entmutigt. Als sie in ihr Zimmer kam, blinkte ein Knopf am Telefon. Sie lief hinunter zur Rezeption.
»Mademoiselle Ellman? Wir haben hier ein Fax für Sie.«
Alison stand auf, dann setzte sie sich wieder, dann stand sie wieder auf. Sie ging im Zimmer auf und ab, das Fax in der Hand. Mary war hier gewesen! Vielleicht war sie die gleichen Straßen entlanggegangen, die Alison genommen hatte. Glens Freund hatte ihm einen Hinweis auf eine weiße Frau gegeben, eine Engländerin, die mit einem eingeborenen Stamm reiste, der nach dem König-Philips-Krieg aus Neu-England geflohen war. Er hatte sogar eine mögliche Route angegeben, die der Stamm genommen haben könnte, um hierher zu gelangen.
Alison stand am Fenster und versuchte Marys Gegenwart zu beschwören. Normalerweise mochte sie es, im Herzen einer Stadt zu sein, doch jetzt verstärkten die Geräusche, die aus den Straßen zu ihr hochdrangen, ihre Unruhe nur. Mary war ein Rätsel, da hatte Glen Recht. Was er herausgefunden hatte, bestätigte das nur. Es warf mehr Fragen auf, als es beantwortete. Wie war sie hierher gekommen? Was war die ganze

Zeit über mit ihr passiert? Wohin ging sie danach? Die Lösung für Marys Rätsel lag nicht in dieser modernen Stadt; auch nicht in Büchern, Bibliotheken oder Museen. Sie lag bei Agnes.
Alison setzte sich aufs Bett und dachte über Agnes und ihre Bedeutung nach. Sie hatte keinen Kontakt mehr aufgenommen. Alison wusste nicht einmal genau, wo sie sich im Augenblick aufhielt, doch sie würde sie finden müssen. Es war Zeit, dass ihrer beider Nachforschungen zusammengeführt würden.

29 Looking Glass Lake

Agnes erwachte, ohne eine Ahnung zu haben, wo sie war oder selbst, wer sie war. Aber umso genauer konnte sie sich an ihre Visionen erinnern. Die Bilder kamen schnell zurück. Es war, als ob sie ganz in der Erinnerung einer anderen zu Hause wäre – von ihrer eigenen war kaum mehr etwas übrig.
Sie wusste, dass sie etwas tun musste.
Tante M saß am Tisch beim Fenster. Sie kam herüber, sobald sie sah, dass Agnes wach war.
»Alles in Ordnung mit dir? Möchtest du irgendetwas? Kann ich dir etwas zu essen machen?«
Tante M wusste, dass sie herumflatterte wie eine alte Henne, aber sie war so froh, dass Agnes wieder bei Bewusstsein war. Einige Male waren Tränen unter Agnes' Lider hervorgetreten, als ob ihre Erlebnisse zu viel für sie seien. Tante M war dann stark versucht ge-

wesen sie zu wecken, aber natürlich wäre ein solcher Eingriff viel zu gefährlich gewesen.

»Es geht mir gut.«

Tante M lächelte erleichtert.

»Nun ja, nicht direkt gut.« Agnes runzelte die Stirn, ihr Geist war immer noch umwölkt, ihre Gedanken verschwommen. »Es gibt etwas, wofür ich dich brauche.«

»Oh, und was ist das?«

»Ich möchte, dass du mir zuhörst.«

Ihre Tante nickte. Sie verstand. Als Agnes wieder sprach, war es, um die Geschichte zu erzählen, die sie erfahren hatte. Ihre Tante hörte geduldig zu – mit der Gelassenheit eines Menschen, der lange Erfahrung darin hat, das gesprochene Wort in Erinnerung zu behalten. Als Agnes fertig war, griff Tante M nach den Landkarten und breitete sie aus.

»Sie müssen etwa hier losgegangen sein.« Sie deutete mit ihrem breiten Zeigefinger auf einen See auf der Karte. »Und dann sind sie hier entlanggegangen.«

Sie stand vom Tisch auf und suchte in einem Behälter nach einem Stift. Die Spitze quietschte, als sie damit eine dicke schwarze Linie auf der Karte zog. Sie markierte die Route und gab gleichzeitig Kommentare dazu ab. Aber noch während Tante M sprach, sah Agnes die Reise vor ihrem geistigen Auge Gestalt annehmen. Noch immer war sie halb in ihrer eigenen Welt, halb in der anderen versunken.

Sie machten sich auf die Reise zur Zeit der fallenden Blätter. Kanus wurden mit allem beladen, was sie hatten, mit allem, was sie für den vor sich liegenden Win-

ter brauchen würden: Nahrung, Töpfe, Kleidung, Felle und Decken, Matten, um Unterkünfte zu bauen. Die Männer arbeiteten daran, die Kanus aus Birkenrinde bereitzumachen, dichteten die Fugen erneut mit Schwarzfichtenwurzeln und Harz ab, damit sie auch wirklich wasserdicht waren. Sie zogen die Seiten hoch, um Extraladungen aufnehmen zu können, und schmückten jedes Kanu vom Bug bis zum Heck, indem sie die Rinde bemalten oder Zeichen hineinkratzten, die schützen und bewahren sollten. Sie bestrichen die Paddel mit Harz, das mit Farbe gemischt war, dann kratzten sie auch dort Symbole hinein.
Die Alten, die Kinder, Hunde und Gepäck kamen in die Mitte der Kanus. Frauen und Männer saßen vorne und hinten. Einer im Bug und einer im Heck, um zu lenken und zu steuern, zwei in der Mitte, um zu paddeln. Sie lenkten ihre Kanus mit großer Geschicklichkeit, ob sie nun mit dem Strom entlangglitten oder gegen die Strömung ankämpften. Während sie paddelten, sangen sie, berichteten in ihren Liedern die Geschichten des Stammes von den ersten Anfängen bis zu diesem letzten Auszug und jeder Schlag des Paddels erzählte dem Fluss von ihren Träumen.
Tante M zählte die Namen der Flüsse und Bergketten auf und Agnes sah das Wasser zwischen großen, hoch aufragenden Klippen schäumen, über Felsen stürzen und um Felsblöcke wirbeln. An manchen Stellen wurden die Flüsse schmal und seicht, bis sie völlig austrockneten. Dann mussten alle aussteigen und die Kanus und das Gepäck tragen, bis sie einen Strom fanden, den sie wieder befahren konnten.
Die Reise wurde zu einer Serie von aufblitzenden Bil-

dern: Dämmerung, die den östlichen Himmel färbt, die Sonne, die hinter den Bäumen versinkt und das glitzernde Wasser mit dunklen Streifen zeichnet. Rotes Lagerfeuer auf einer Landzunge im Fluss oder am Ufer eines einsamen Sees, wo Enten und Gänse auf ihrem Weg nach Süden ausruhen. Männer auf der Jagd, kaum zu erkennen in den Schatten des Waldes. Frauen, die nach Beeren und Nüssen suchen und die Herbstfrüchte als Vorrat für den bevorstehenden Winter verstauen.

Agnes fühlte selbst das Bedürfnis, sich zu beeilen Nüsse, Samen, Blätter, Wurzeln und Rinde zu sammeln, bevor das Land erfror und von Schnee bedeckt wurde. Sie sah die schaukelnde Flotte dem Lauf von großen und kleinen Flüssen folgen, bis sie eine Stelle erreichte, an dem zwei Ströme sich vereinten. Von hier ab nahm die Geschwindigkeit noch zu. Sie reisten unter blauem Himmel, aber die Wälder verwandelten sich, überhängende Bäume schüttelten ihr Laub auf sie herab wie Gold. Sie reisten hinauf in unbekannte Berge und Frost überzog den Boden und die vorübergehenden Unterkünfte mit einer weißen Kruste.

»Ich denke, sie sind ungefähr hier«, sagte Tante M leise. Ihr Stift ruhte an einer großen Gabelung, wo ein Fluss sich mit einem anderen vereinte.

Der Weg war steil und schwierig. Alles musste getragen werden, oft tagelang, bis sie den Ursprung eines weiteren Flusses erreichten. Den Winooski. Das war der Fluss, den sie gesucht hatten. Er führte hinab bis zum See.

Tante M deutete auf den Lake Champlain. Es war ein See von schmaler, sich windender Form, ein lang gezogener blauer Fleck auf der Karte. Agnes fühlte die Geschwindigkeit des Flusses unter sich. Es war eine atemberaubend schnelle Fahrt hinunter zum See, aber er hieß nicht länger Champlain, sondern *Bitabagw* – die Tür zum Land.

30 Missisquoi – der Ort des Feuersteins

Das Dorf der Abenaki, das die Franzosen Missisquoi nannten, war zu einer Stadt angewachsen. Die Bevölkerung hatte zugenommen durch Stämme wie unseren, die vor dem Krieg im Süden flohen. Die Indianer sind großzügig und haben eine Tradition des Teilens, sie helfen einander in schwierigen Zeiten. Die Abenaki hatten ihre Hand allen gereicht, die sie benötigten, und jetzt stieg Rauch aus einer Vielzahl von Herdfeuern auf und lag in Schwaden über einem Lager, das aus Menschen vieler verschiedener Stämme und Nationen bestand. Auch wir fanden Pennacook, die vor uns gekommen waren, und schlossen uns ihnen an.

Es waren auch andere hier außer den Indianern: Franzosen. Ich stellte fest, dass sie ganz anders waren als meine eigenen Landsleute.
Als Sparks Fire mich fragte: »Wie anders?«, antwortete ich ihm: »So unterschiedlich wie Pennacook und Irokesen.«
Die Ersten, die ich kennen lernte, wurden in ihrer eigenen Sprache *coureurs du bois* genannt. Sie waren

Trapper und Fellhändler und konnten auf den ersten Blick fast mit den Indianern verwechselt werden, mit denen sie Geschäfte machten. Ihre Haut war tief gebräunt und sie trugen ihr Haar lang. Sie kleideten sich in Leder. Nur ihre Schuhe und Bärte unterschieden sie von den Menschen, die sie *les sauvages* – die Wilden – nannten. Indianische Männer trugen Mokassins und zupften sich das Haar aus den Gesichtern, weil sie Bärte hässlich fanden. Die französischen Trapper unterschieden sich allerdings auch noch auf eine andere Weise: Indianische Männer baden jeden Tag, selbst im Winter, indem sie das Eis auf dem See oder Fluss aufbrechen und ihre Körper mit Sand abschrubben. Aber viele der Händler stanken ganz furchtbar.
Manche davon waren gute Männer, die die indianische Lebensweise ehrlich bewunderten und ihr nachstreben wollten. Andere jedoch missverstanden, was sie sahen, und nahmen langes Haar und die Freiheit in der Kleidung als Ausrede, um sich Ungepflegtheiten, ja sogar Liederlichkeiten hinzugeben. Sie schätzten die Freiheit der indianischen Mädchen als moralische Lockerheit ein und tranken zudem reichlich starken Alkohol. Sie tranken bis zum Exzess und verführten andere dazu. Manche der Indianer waren nur zu gerne geneigt dem Alkohol nachzugeben und sagten, er brächte ihnen die Visionen näher. Das alles war falsch, aber diejenigen, die bereits Geschmack an französischem Brandy gefunden hatten, waren nicht mehr zu halten.
Die Trapper waren anders als alle, die ich vorher kennen gelernt hatte – Weiße oder Indianer. Ich ging ihnen aus dem Weg, doch Ephraim wurde schnell in ih-

ren Bann gezogen. Er hörte ihren Unterhaltungen gerne zu, soweit er ihnen folgen konnte. Sie waren weiter ins Landesinnere gereist als jeder andere weiße Mann und erzählten, was sie dort vorgefunden hatten: Seen so groß wie das Meer, endlose Prärien und weite Flüsse, die ihnen zufolge alle bis zum westlichen Ozean führten. Damals schon entstand wohl sein Wunsch, einer von ihnen zu werden. Ich hielt ihn nicht davon ab, in ihr Lager zu gehen, aber das bedeutete, dass ich ihn manchmal suchen musste.

Es war bei einer solchen Suche, dass ich zum ersten Mal den Mann traf, den sie Le Frenais nannten. Ich fand Ephraim unten am See, vor einem ihrer Zelte, in denen sie tranken. Ich rief ihn zu mir und er erhob sich folgsam, aber plötzlich zwängte sich einer von ihnen zwischen uns. Es war ein Mann, der neu war im Lager. Er hatte seine Rückkehr aus der Wildnis gefeiert, wie viele der Trapper es taten, indem sie bis zum Umfallen tranken und sich jeder Frau näherten, die ihnen über den Weg lief.

»Wer bist du?«

»Wer bist du?«, erwiderte ich.

Über meine Dreistigkeit verblüfft, stolperte er zurück.

»Komm her, du wilde . . .«

Er wollte mich packen, wurde jedoch von einem seiner Kumpane zurückgehalten. Die Männer um ihn herum kamen aus verschiedenen Stämmen, manche sogar aus Neu-England.

»Sie ist Yenguese.« Der Mann, der seinen Arm hielt, sprach Algonquin und sah aus, als käme er aus dem Süden. Pocumtuck vielleicht. Oder Nashua. »Sie reist mit einem Pennacook-Stamm.«

»Gefangene?« Er schüttelte die Hand ab und drehte sich wieder zu mir.
»Ich bin keine Gefangene.« Ich sprach in der allgemeinen Sprache der Einheimischen. Ich konnte noch kein Französisch.
»Wer ist dein Herr? Was will er für dich? Ich will dich und den Jungen nehmen. Ich könnte eine Frau wie dich gebrauchen. Den Jungen auch. Die Engländer zahlen gut für die Rückgabe ihrer Gefangenen.«
»Ich bin keine Gefangene«, wiederholte ich. »Genauso wenig wie der Junge. Es gibt keinen Preis für uns.«
»Ich habe genug.« Er schwankte vor mir hin und her. »Felle, Gewehre, Gold.«
»Nichts. Das habe ich bereits gesagt.«
»Noch besser.«
Er lachte, sah mich lüstern an und wollte mich packen, wie er es wohl bei anderen eingeborenen Frauen gewohnt war. Ich stieß ihn fort. Er war so betrunken, dass er sein Gleichgewicht verlor. Er rutschte im Schlamm aus und fiel auf sein knochiges Hinterteil, die Knie gebeugt wie die eines Fohlen. Sein Sturz löste viel Gelächter unter seinen Kumpanen aus. Sie machten keine Anstalten, ihm aufzuhelfen, als er sich bemühte hochzukommen, und er rutschte nur noch tiefer in den Schlamm. Je schmutziger er wurde, desto lauter lachten sie, bis er alle um sich verfluchte und schließlich seine Flüche gegen mich richtete.
Ich sah auf ihn hinab. »Sei vorsichtig, wen du verfluchst«, sagte ich auf Englisch. »Es kommt oft dreifach zurück.«
In meinem Geist sah ich ihn als Schwein. Er wollte aufstehen, aber ich ließ ihn auf alle viere fallen, ließ

ihn auf dem matschigen Boden kriechen und schnüffeln. Um ihn herum verdoppelte sich das Gelächter, bis die Indianer und Franzosen sich die Tränen aus den Augen wischten. Als er wieder aufstehen wollte, sah ich ihn als Hund. Er erhob sich auf seine Beine, die Hände gekrümmt wie Pfoten, und stieß ein hohes, sich überschlagendes Gekläffe aus.

Er sah mich entsetzt an; der Nebel seiner Trunkenheit lichtete sich und er wurde von Furcht und Panik gepackt. Er sah sich mit aufgerissenen Augen Hilfe suchend um, aber um ihn herum wichen die Männer zurück. Der Übermut erstarb und alle Augen wandten sich mir zu. Ich hörte »Jongleuse«, ihr Wort für Hexe, obwohl ich die Bedeutung damals noch nicht kannte. Keiner der Männer wollte mir in die Augen sehen und einer von ihnen bekreuzigte sich.

Ich ließ Le Frenais wieder auf den Rücken fallen und erlaubte einem seiner Kumpane ihm aufzuhelfen. Er taumelte mit Hilfe seiner Freunde davon und ich ging zurück an mein eigenes Feuer.

Der Zwischenfall machte mir Sorgen. Ich wusste, dass ich mir einen Feind gemacht hatte. Aber Le Frenais wurde aus meinen Gedanken gedrängt, als der Winter härter wurde. Es waren zu viele Leute überall zusammengepfercht. Krankheit herrschte bereits im Lager und traf sowohl Indianer als auch Weiße. Meine heilenden Kräfte wurden dringend gebraucht.

Einer der Ersten, die erkrankten, war der Priester – die Schwarzrobe. Er war ein Jesuit, ein Mitglied des Ordens von Jesus, deren Mission es war, die Heiden zu bekehren. Sie wurden Schwarzroben genannt, weil sie lange schwarze Kutten mit Kapuzen trugen. Enthalt-

sam und Anhänger des Zölibats, bescheiden, aber unnachgiebig, fromm und inbrünstig fast bis zum Märtyrertum, waren diese Franzosen so grundverschieden von Le Frenais und seinen Kumpanen, wie ein Bär sich von einem Wolf unterscheidet.
Dieser Priester war mit dem Kanu aus Mount Royale gekommen und hatte sich mit all seinen Habseligkeiten auf dem Rücken vom See hochgekämpft. Er hatte ein Gotteshaus und einen Altar aufgebaut, um Gottesdienste für diejenigen abzuhalten, die bereits den katholischen Glauben hatten, und gleichzeitig andere zu überzeugen, die ihren eigenen Glauben bewahrten. Er hatte eine kleine Kapelle gebaut, die sich von anderen Gebäuden dadurch unterschied, dass zwei Stangen daran angebracht waren, die ein Kreuz formten.
Ich weiß nicht, wie viele Seelen er gerettet hatte, aber er wurde geduldet. Da erging es ihm zumindest besser als seinen Glaubensbrüdern, die versucht hatten in England zu missionieren. Meine Großmutter hatte mir von dem Schicksal erzählt, das einst ein Jesuit erlitten hatte, der im örtlichen Rathaus untergebracht war. Als seine Anwesenheit entdeckt wurde, war er aus seinem Versteck gezerrt und ohne Umschweife gehängt worden.
Ich ging diesem hier aus dem Weg. Ich hatte allen Grund, Priester jeglicher Art zu meiden, doch White Deer hatte Verwandte unter den Abenaki und einige von ihnen waren zum katholischen Glauben übergetreten. Sie waren es, die zu mir kamen, weil sie Angst um ihn hatten. Er war krank, aber er erlaubte ihnen nicht ihn zu behandeln und aß auch nicht das Essen, das sie ihm brachten. Zweifellos fürchtete er Hexerei,

dabei brachten sie ihm lediglich eine Kräutermischung gegen seine Krankheit. Sie hofften, dass er auf mich hören würde, weil ich doch eine Yenguese war und von der anderen Seite des Meeres kam.
Ich teilte ihre Überzeugung, dass er auf mich hören würde, nicht; aber dennoch erklärte ich mich einverstanden zu ihm zu gehen.
Er saß auf einem einfachen Bett und schrieb in ein kleines Buch, das er ständig bei sich trug.
Nach dem, was ich gehört hatte, war er erst vor kurzem aus Frankreich gekommen. Seit er hier war, hatte er sich einen Bart wachsen lassen, wohl im Versuch, sich Würde zu verleihen, aber der kümmerliche dunkle Flaum konnte kaum seine Jugend verbergen. Ich schätzte ihn auf Mitte zwanzig und er war gut aussehend, obwohl die Krankheit sein Gesicht gezeichnet hatte. Seine braunen Augen waren eingesunken, die Haut grau und dünn, doch die Augen funkelten, als er mich ansah. Ich schrieb dies dem Fieber zu, das seinen Körper schüttelte, da mir noch nicht klar war, welcher Missionseifer ihn tatsächlich erfüllte.
Ich sagte ihm, wer ich sei und was mich zu ihm führte.
»Ich habe von Euch gehört.« Er stützte sich auf einen Ellbogen und betrachtete mich mit einem Ausdruck, in dem sich sowohl Neugier als auch Verwirrung widerspiegelten. Er sprach Englisch, doch langsam, als ob er sich jedes Wort ins Gedächtnis rufen müsse.
Obwohl das Haus aus Rinde war, wie es die Abenaki bauen, war es mit Dingen aus Frankreich möbliert: ein Tisch, eine geschnitzte Truhe, Metallschüssel und Becher, ein reich besticktes Altartuch. Ich stand einen Augenblick da und sah mich um. Solche Dinge hatte

ich seit langer Zeit nicht mehr gesehen; sie waren mir vertraut und doch fremd. Die Wirkung war eigenartig, als ob eine Welt in der anderen versteckt sei.

»Ich hörte, dass Ihr krank seid.« Ich trat zu seinem Bett.

»Ich behandle mich selbst.« Er deutete auf die Lanzette – ein spitzes, zweischneidiges Messerchen – und die Schüssel auf dem Tisch. Er schwächte seinen Körper noch zusätzlich, indem er ihn zur Ader ließ.

»Ihr tötet euch selbst, scheint mir wahrscheinlicher. Ihr tätet besser daran, die Heilmittel zu nehmen, die die Frauen Euch anbieten.«

»Ich traue ihren Heilmitteln nicht und ich habe keinen Appetit auf ihr Essen. Es stößt mich ab.«

»Ihre Heilmittel sind so vorzüglich wie alles, was Ihr in Paris finden könntet. Was das Essen betrifft, so werde ich es selbst zubereiten – wenn Ihr versprecht es auch zu Euch zu nehmen.«

Ich behandelte seine Krankheit und bereitete ihm das Essen. Sein Name war Luc Duval. Er kam aus der Normandie und stammte aus einer wohlhabenden Familie, aber er hatte immer schon zur Kirche gewollt. Er hatte seine Berufung gefunden, inspiriert von einem seiner Lehrer, der ein Jesuit gewesen war. Dieser Mann hatte eine gewisse Zeit in England als katholischer Missionar verbracht. Luc Duval hatte Englisch von ihm gelernt und war bestrebt mehr zu lernen; im Austausch brachte er mir etwas Französisch bei. Er bemühte sich außerdem die allgemein gebräuchliche Sprache der Stämme zu lernen. Wir mühten uns ab uns zu verständigen, manchmal sprachen wir in drei Sprachen zugleich, doch nach und nach wurden uns

die fremden Sprachen geläufiger und unser Umgang miteinander wurde ebenfalls ungezwungener.
Als seine Kraft zurückkehrte, kam auch seine Neugier. Er wollte mehr über mein Leben wissen und wie ich hierher gekommen war. Er fragte, wie ich unter die Wilden gefallen sei.
»Ich halte sie nicht für Wilde«, erwiderte ich.
»Ich habe viel von ihrer Barbarei gehört, ihren Riten und ihrer Grausamkeit.«
»Unsere eigenen Riten mögen anderen Augen ebenfalls merkwürdig erscheinen. Zum Beispiel die Taufe.«
»Warum? Es ist der Weg zur Errettung.«
»Die Indianer nennen es Wassermagie und für sie ist es mit dem Tod verknüpft, denn bei Sterbenden sehen sie den Ritus am häufigsten vollzogen.«
Er runzelte die Stirn, unfähig eine solche Fehleinschätzung eines Sakraments zu verstehen, das für ihn nicht anzuzweifelnde Wahrheit war.
»Was ist mit ihrer Grausamkeit?«
Ich sah ihn an. Wer waren wir, dass wir über Grausamkeit sprechen konnten? Waren sie etwa grausamer, als wir zueinander oder zu unseren Feinden waren? Noch während wir sprachen, verrottete Metacoms Kopf auf einem Pfosten in Plymouth. Im Land dieses Jesuiten oder in meinem, wie viele hatten da gelitten? Wie viele waren gestorben? Auf den Straßen abgeschlachtet, auf Scheiterhaufen verbrannt, gehängt, gestreckt und gevierteilt, gefoltert und gequält, mit Eisen verbrannt oder ausgepeitscht.
»Grausamkeit gibt es überall«, sagte ich knapp.
»Sie leben in Verwahrlosung. Wie konntet Ihr wählen unter ihnen zu leben?«

»Ich empfinde das nicht so.«
»Die Unbequemlichkeit, der Rauch . . .«
Ich lachte, da mir die Hütte meiner Großmutter einfiel, die aus nur einem Raum bestanden hatte und in der wir uns ein Bett teilen mussten. »Ich bin nicht so hochwohlgeboren wie Ihr. Mein Heim hatte kaum Annehmlichkeiten und war weit davon entfernt, ohne Rauch zu sein. Warum seid Ihr hierher gekommen, wenn Ihr das Leben so unbequem findet?«
»Ich kam, weil es meine Pflicht ist«, antwortete er schlicht. »Ich habe keine Angst vor dem Tod. Ich folge den Fußstapfen der Märtyrer nach. Mein Vorbild ist Vater Jogues, der von den Irokesen getötet wurde, und Vater Gerard, mein Vater Oberer, der in den Händen eines Mohawkstammes viel erleiden musste. Nur aus Hingabe kann wahre Ehre und Herrlichkeit entstehen. Nur durch Leid können wir von dem Leiden Christi am Kreuz erfahren.«
Ich hatte keine Antwort darauf. Was er sagte, war noch bei weitem merkwürdiger als jeder Glaube, dem ich bei den Indianern begegnet war. Kein Wunder, dass sie den Schwarzroben mit Misstrauen begegneten.

Seine Gesundung brachte auch seinen Missionseifer zurück.
»Ich kam, um zu taufen, um Seelen zu retten und zu Gott zu bringen, doch überall werde ich abgelehnt, obwohl die Kirche die Rettung ist, der Weg in den Himmel.«
Ich versuchte zu erklären, dass ein christlicher Himmel bedeutete, Verwandte und Freunde zurückzulassen, nicht nur auf dieser Erde, sondern für die Ewig-

keit. Er konnte nicht sehen, wie einsam das wäre und warum die meisten hofften, nach dem Tod den langen Weg nach Westen zu nehmen.
»Ich mache nur wenig Fortschritte. Es ist wahr. Vielleicht können sie meine Botschaft nicht verstehen.« Er sah mich plötzlich an. »Aber Ihr . . .«
Sein Blick war fast schüchtern, doch das verhüllte nicht das Funkeln in seinen Augen. Ich war so verloren wie jeder, den er Heide nannte. Er war ein Eiferer, so überzeugt von der Rechtmäßigkeit seines Handelns wie Reverend Johnson oder Cornwell oder irgendeiner der Puritaner, die ich kennen gelernt hatte. Ganz sicher würde ich nicht eine Tyrannei gegen eine andere eintauschen.
»Ich bin nicht von Eurer Religion und werde es auch nie sein. Eure missionarische Tatkraft ist bei mir verschwendet.«
Von dieser Zeit an fühlte ich mich in seiner Gegenwart nicht mehr wohl; aber je mehr ich ihm aus dem Weg ging, desto mehr suchte er meine Gesellschaft. Eines Tages erwischte er mich am See.
»Mary, ich muss mit Euch sprechen.«
»Weswegen?«
»Warum kommt Ihr nicht mehr zu mir?«
»Ihr seid wieder gesund. Ihr braucht mich nicht mehr.«
»Ich dachte, wir seien Freunde.«
»Freunde suchen nicht in die Seele des anderen zu blicken.«
»Was ist, wenn sie fürchten, dass ein Freund, den sie hoch schätzen, in Gefahr ist, für immer verloren zu sein?«

»Was meint Ihr damit?«
»Ihr seid nach der Heiligen Mutter genannt. Warum wollt Ihr ihren Namen verleugnen und einen anderen annehmen? Es ist nicht nur, weil Ihr Protestantin seid; ich fürchte, Ihr seid einem noch größeren Irrtum verfallen. Ich weiß, dass Ihr unter diesen Menschen respektiert seid, und ich dachte, dass man Euch Eurer heilenden Kräfte wegen verehre, doch jetzt erfahre ich, dass es mehr als das ist. Sie sehen Euch als eine Medizinfrau, als eine Hexe. Selbst die Franzosen hier teilen diesen Glauben. Erst heute kam einer von ihnen zu mir, um sich die Beichte abnehmen zu lassen und um einen Fluch zu lösen, von dem er sagte, Ihr hättet ihn damit belegt.«
Er meinte Le Frenais. Im Leben hatte er sich von mir fern gehalten, aber in meinen Träumen hatte er begonnen mich zu verfolgen.
»So etwas ist abscheulich.« Duvals Gesicht verzog sich in Widerwillen. »Entsetzlich.«
»Dann hört nicht darauf.«
»Ihr leugnet es nicht?« Er sah mich entsetzt an.
»Was gibt es zu leugnen? Was ich glaube, ist meine Sache.«
»Ich werde für Euch beten.«
»Ihr werdet nicht der Erste sein, der das tut.«
»Ich sehe, dass Gebete nicht genügen werden.« Die Traurigkeit in seinen Augen konnte den Missionseifer nicht ersticken. Trotz seiner Jugend war sein Glauben absolut und er war fest entschlossen. »Ich werde dies nicht zulassen. Ich werde Euch retten. Ich werde Euch unterweisen . . .«
Ich wollte nicht gerettet werden. Ich wollte einfach

von ihm wegkommen. Zu Anfang hatte ich ihn als eine anregende Gesellschaft empfunden, doch inzwischen war er mir nur noch lästig.

Meine Träume waren unruhig. Manchmal floh Le Frenais vor mir über ein Feld von undurchdringlicher Weiße. Manchmal flog ein großer Vogel über mir, warf seinen Schatten über mich und verwandelte alles in Schwärze. Manchmal war mein Pfad von Nebel umhüllt und versperrt von einer großen Palisade mit mannshohen Pfosten. Ich fragte Sparks Fire, was diese Träume seiner Meinung nach bedeuten konnten, doch er war gereizt und ruhelos. Er litt unter Heimweh und zudem machte ihm der alte Bruch in seinem rechten Oberschenkel, wo die Knochen nicht mehr richtig zusammengewachsen waren, äußerst schmerzhaft zu schaffen.

Ich dachte, ich wäre sicherer in der Wildnis, und zog in Betracht, mit Black Fox und Naugatuck auf die Winterjagd zu gehen. Aber dem Schicksal kann man nicht entkommen. Es war klar, dass Sparks Fire einen Winter im Wald nicht überleben würde. Sein schlimmes Bein würde ihn mehr zu einer Last machen als zu einer Hilfe und außerdem brauchte sein Volk ihn hier. Dann kam White Deer schüchtern zu mir und erzählte, dass sie ein Kind unter dem Herzen trug. Was immer meine Zweifel waren, ich würde meine Angst beiseite schieben und an andere denken müssen. Doch als Black Fox und Naugatuck auf ihre lange Jagd gingen, bat ich sie zumindest Ephraim mitzunehmen. Ich wollte nicht, dass er Ärger bekam oder schlechte Gewohnheiten annahm. Er besuchte noch immer gern die französischen Händler, obwohl ich ihm dies jetzt verbot.

Ich versuchte Schwierigkeiten zu vermeiden. Ich ging meiner eigenen Wege und hielt mich fern von der kleinen, mit Rinde verkleideten Kapelle und den stinkenden Quartieren der Händler am See. Doch eines Nachmittags, als die Tage kurz waren und die Nacht frühzeitig hereinbrach, führte mich mein Weg in die Nähe des Ufers. Die Gestalt eines Mannes ragte in der Dunkelheit auf und plötzlich erkannte ich Le Frenais. Ich wollte einen Schritt um ihn herum machen, aber er versperrte mir den Weg. Ich roch den Alkohol in seinem Atem, doch obwohl er kaum mehr geradeaus sehen konnte, bewegte er sich erstaunlich.

»Rühr mich an und es wird dir schlimm ergehen!«

Er sah mich gierig an und zeigte mit einem Grinsen seine kaputten braunen Zähne.

»Ich werde dir eine Lektion erteilen. Komm her, du Hexe!«

Ich konnte in seinen Augen sehen, was er vorhatte und dass er dies schon seit geraumer Zeit im Kopf hatte. Er war eine schwache und verachtenswerte Kreatur, aber er war ein Mann und er wusste, wie er sich am besten an einer Frau rächen konnte.

Es war niemand da, der mir helfen konnte. Ich wand mich aus seinem Griff und floh, denn ich wusste, was er tun würde, wenn er mich erwischte. Ich rannte auf den See hinaus, der jetzt ein weites Eisfeld war, viele Fuß dick. Die Nacht brach herein und damit kam der Schnee. Ein große graue Masse fiel mit unglaublicher Schnelligkeit auf uns herab. Ich hätte fast glauben

können, dass Hobbomok, der dunkle Geist der tiefen Wasser, der Nacht und des Nordostwindes, zornig gegen uns wütete.
Bald tanzten weiße Flocken überall um uns herum, ließen die Welt in einer wirbelnden Wolke verschwinden. Die Furcht vor Le Frenais verlor sich in meinem Bedürfnis, Schutz zu suchen. Schneegestöber wie dieses lassen die Welt ohne jedes Merkmal zurück. Es ist leicht, jeglichen Richtungssinn zu verlieren und nur wenige Meter vom sicheren Hafen entfernt zu sterben. Ich stolperte über ein umgestürztes Kanu am Ufer und verbarg mich darunter, wartete darauf, dass der Sturm nachließ. Als ich schließlich wieder hervorkroch, waren Land und See unter einem tiefen Schneemantel nicht mehr voneinander zu unterscheiden.
Es war kein Anzeichen von Le Frenais zu sehen, kein Zeichen von irgendjemand, als ich mich auf den Heimweg machte.
Le Frenais war verschwunden. Manche sagten, er hätte einen Schlitten genommen, um auf Jagd zu gehen, doch seine Ausrüstung war immer noch in seiner Hütte. Es wurde nicht viel um ihn getrauert, doch sein Verschwinden war geheimnisvoll. Manche sagten, er sei auf dem Eis gesehen worden, kreischend und schreiend, wie er vor einem dunklen Verfolger davonlief. Es gab eine Weile Gerede, doch der Winter verstärkte seinen Griff und jeder kümmerte sich um sein eigenes Überleben. Le Frenais war bald vergessen.

Fischer sahen ihn zur Zeit der Eisschmelze zwischen den Schollen treiben. Sie erkannten ihn an dem Kreuz um seinem Hals, das er angefangen hatte zu tragen –

das Kreuz, das Duval ihm gegeben hatte. Sie brachten ihn zur Kirche, damit der Priester ihn beerdigen und das Kreuz über ihn schlagen könnte, aber die kleine Kapelle war verlassen. Duval war vor kurzem nach Mount Royale gerufen worden und so taten seine Kameraden für ihn, was sie konnten.

31 Mount Royale

Niemals hatte ich ungeduldiger auf die Rückkehr des Frühlings gewartet, auch wenn das erste Geschenk des aufbrechenden Eises am See Le Frenais' aufgedunsener, von Fischen angefressener Körper war. Vielleicht hätte ich es als ein Omen nehmen sollen, aber das tat ich nicht. Ich lenkte meine Gedanken auf andere Dinge. Der Wechsel der Jahreszeit würde die Jäger zurück ins Lager bringen.

Ein Winter birgt viele Gefahren und wir hatten nichts von ihnen gehört, seit sie uns verlassen hatten. Sparks Fire und ich hielten jeden Tag Ausschau, beide versuchten wir unsere Besorgnis vor dem anderen zu verbergen. Dann, an einem Tag, der den kommenden Sommer schon erahnen ließ, erreichte uns ein Bote. Kanus waren gesichtet worden. Wir eilten zur Anlegestelle und diesmal wurden wir nicht enttäuscht. Black Fox und Naugatuck kamen sicher zurück an Land, ihr Boot war so hoch mit Fellen beladen, dass kaum mehr Platz war für Ephraim. Das Herz ging mir über bei ihrem Anblick. Nach dem Winter in den Wäldern des Nordens sahen sie dünn aus und Ephraim schien ein gutes Bad zu brauchen, aber sie waren gesund und dafür war ich dankbar.

Sie hatten gute Arbeit geleistet; ihr Fang wurde von allen bewundert. Wir kratzten zusammen, was wir vom Winter übrig hatten, und feierten ihre Rückkehr bis spät in die Nacht. Wir lauschten ihren Geschichten und sogen ihre Gegenwart in uns auf. Black Fox und Naugatuck waren bescheiden angesichts der allgemeinen Bewunderung und voll des Lobs für Ephraim. Die beiden jungen Männer lachten, als Ephraim schließlich das Erzählen übernahm und erklärte, wenn er nicht gewesen wäre, dann wären sie mit leeren Händen zurückgekommen. Er schenkte mir eine Kette mit den Klauen eines Bären, von dem er schwor, er hätte ihn selbst getötet. Black Fox hörte plötzlich auf zu lachen und sagte, das sei wahr – Ephraim hätte sich als tapferer und furchtloser Jäger erwiesen. Sie hatten begonnen ihn Luchs zu nennen, wegen seines gescheckten Haares und seiner Fähigkeit, sich unbemerkt im Wald zu bewegen.

Black Fox sprach mit Stolz und Freude erfüllte mein Herz, die beiden zusammen zu sehen. Sie waren jetzt echte Brüder, zeigten das vollkommene Vertrauen und die tiefe Kameradschaft, die zwischen denen wächst, die sich gegenseitig ihr Leben anvertraut haben.

Sie waren mit vielen Fellen zum Verkauf zurückgekommen, aber sie merkten bald, dass den Händlern in Missisquoi nicht zu trauen war. Sie hatten gehört, dass sie einen besseren Preis bekämen, wenn sie ihre Felle nach Mount Royale brächten. Ich war einverstanden mit ihnen zu gehen, denn selbst dort mochten die Händler versuchen, sie zu betrügen. Ich konnte immerhin die Sprache verstehen und die Schrift lesen, die aufs Papier gesetzt würde. Außerdem war es eine Erleichterung, das überfüllte Winterlager verlassen zu können, das das Tauwetter des Frühlings rasch in einen stinkenden Schlammsee verwandelte.

Wir ließen Sparks Fire, White Deer und den Rest des Stammes zurück, damit sie das Lager abbrechen konnten. Es war bereits beschlossen worden, dass wir, sobald die Felle getauscht waren, mit den eingetauschten Gütern zur Heimat der Pennacook im Süden zurückkehren würden. Nicht alle wollten die Reise machen. Manche hatten bereits beschlossen bei den Abenaki zu bleiben. Sparks Fire trauerte lange darüber, aber jeder hatte die Freiheit, zu entscheiden, und er selbst war entschlossen zurückzukehren.

Wir fuhren im Kanu und folgten dem Wasserweg, bis wir zu der Stadt kamen, die die Franzosen gerade zwischen Fluss und Berg bauten. Sie war anders als jede Stadt, die ich je gesehen hatte. Sie war mit dicken Palisaden umzäunt, als ob man jeden Augenblick eine Attacke erwarte. Und obwohl die meisten der Gebäude darin aus Holz waren, gab es auch einige aus Stein, was die Stadt noch mehr wie eine Festung aussehen ließ. Die Gefahr von außen war durchaus ernst zu nehmen. Die Stadt wurde von den Irokesen bedroht und die Soldaten mussten immer wachsam sein.

Die Einwohner waren ebenso wachsam, was Angriffe spiritueller Art betraf. Ein großes Holzkreuz blickte von den Hängen des Berges herab und Kirchen wurden am Hafen sowie entlang der neu angelegten Straßen gebaut. Nonnen und Priester liefen auf den Straßen, zwischen Abenteurern, Soldaten, Händlern, Trappern und Indianern vieler verschiedener Stämme. Abgesehen von den Nonnen waren nur wenige Frauen zu sehen und noch weniger Kinder. Dies schien eine Stadt von Männern.

Die Fellhändler hatten ihre Lagerhäuser unten am Fluss und waren ebenso große Betrüger wie die in Missisquoi. Die Tauschwaren, die sie anboten, waren armselig und beinhalteten keine Gewehre, Munition oder Pulver. Der Händler vor uns hob seinen Arm, lächelte mit höhnischer Zufriedenheit und behauptete, es seien noch viel mehr Felle nötig für sein Angebot. Black Fox und Naugatuck starrten mit undurchdringlichem Gesichtsausdruck auf ihn hinab. Ich betrachtete diese beiden jungen Männer, die groß und aufrecht dastanden und von einem verfilzten, entstellten, hässlichen Dummkopf mit kaum einem Zahn im Mund beleidigt wurden. Sein Atem stank nach Brandy und nach Tod. Black Fox und Naugatuck hatten für diese Felle ihr Leben aufs Spiel gesetzt und ich würde nicht zulassen, dass sie betrogen wurden.

Ich trat vor und sprach ihn auf Französisch an.

»Jetzt sprechen schon ihre Frauen für sie?« Er drehte sich um wie zu einem Publikum, dann humpelte er vor, um in mein Gesicht zu sehen. »Aber du bist gar nicht eine von ihnen, oder?« Er streckte eine halb behandschuhte, filzige Klaue nach mir aus und berührte mich an der Brust. Dann blickte er zu Naugatuck. »Wie viel?«

»Zu viel für dich, Devois.«

Ein Franzose, der uns beobachtet hatte, machte einen

Schritt nach vorn. Seine Bewegungen waren langsam, fast weiblich in ihrer Geziertheit. Er war nicht für die Wildnis gekleidet und er wirkte auch nicht wie ein Soldat, obwohl er Schwert und Pistole bei sich hatte. Er trug Samt und Spitzen und einen Ohrring. Sein Haar hing gut frisiert in geölten Locken herab und sein kurzer Bart war sorgfältig gepflegt. Als er näher kam, nahm ich den Duft seines Parfmüs wahr. Er sah mich an und lächelte.

»Ihr müsst mit mir kommen.«

Obwohl er nicht aussah wie ein Offizier, wurde er von Soldaten begleitet. Er gab ihnen jetzt ein Zeichen und zwei Soldaten traten mit den Gewehren im Anschlag nach vorne. Naugatuck und Black Fox legten sofort Hand an ihre Waffen. Sie waren bereit zu kämpfen, doch ich hielt sie mit einem Kopfschütteln davon ab. Wir waren hier an einem Ort voller Feinde: Soldaten und Händler, Indianer von verschiedensten Stämmen. Sie riskierten alles zu verlieren, einschließlich ihres Lebens, wenn sie kämpften.

Black Fox stand weiterhin angespannt da, aber schließlich nahm er die Hand von seinem Messer.

»Kluger Junge.« Der Mann lächelte, seine Augen waren von einem dunklen Azurblau. Sie zeigten einen flüchtigen Schimmer von Erheiterung, doch sie blieben so kalt wie Stein. »Nun, ich selbst möchte Euch nicht betrogen sehen.«

Er hob den Finger in Richtung des Händlers und die Tauschwaren wurden verdoppelt und nochmals verdoppelt. Jetzt schlossen sie auch die wertvollen Gewehre ein. Als er zufrieden war, bedeutete er, dass der Tausch abgeschlossen sei.

»Nehmt es, bevor ich meine Meinung ändere.«
Naugatuck und Black Fox standen unbeweglich da. Sie hatten um die Güter handeln wollen, aber die Ware nun sofort zu nehmen, wäre beschämend.
»Sofort! Oder es gibt gar nichts.«
Black Fox hätte sich geweigert, doch ich nickte ihm zu. Es war keine Bestechung. Sie hatten ehrlich um diese Dinge gehandelt. Sie gehörten jetzt rechtmäßig ihnen.
»Dies gehört euch.« Der Franzose sprach jetzt zu Naugatuck. »Verstehst du?«
Naugatuck nickte kurz mit dem Kopf.
»Aber dies nicht.« Der Franzose legte seine Hand nun auf meine Schulter. »Ihr müsst mit mir kommen. Der Junge auch.«
Er sah sich um, doch Ephraim hatte in den Wäldern viel gelernt. Er konnte kommen und gehen so unbemerkt wie jeder Indianerjunge und war nirgendwo zu sehen.
»Egal, wir werden ihn später finden. Kleiner Wilder mit Haaren wie ein Engel, wir können ihn kaum verfehlen, oder? Und nun, Madame, wenn Ihr so weit wärt?«
Sein Ton war höflich, aber voller Drohung. Es war klar, dass ich eine Gefangene war. Soldaten begleiteten uns, sowohl vor uns als auch hinter uns.
Black Fox sprang vor, Naugatuck mit ihm, doch die Soldaten kreuzten die Gewehre und drängten sie zurück. Ich rief Black Fox zu, er solle nichts unternehmen. Ich wollte nicht zusehen, wie mein Sohn erschossen wurde. Naugatuck war ein braver junger Mann, der Sohn meines Freundes, und seine hübsche

junge Frau würde bald sein Kind zur Welt bringen. Ich würde keinesfalls zulassen, dass er sein Blut für mich vergoss. Ich musste mit dem Franzosen gehen, es gab keine andere Wahl.

32 Le Grand

Der Name meines Entführers war Le Grand, aber das war alles, was er mir sagte. Er bot mir keine weitere Information an, weder über sich selbst noch darüber, warum ich gefangen genommen worden war. Ich wurde in eine Kammer geführt und ein Mädchen vom Stamm der Huron brachte Essen und Wasser, damit ich mich waschen konnte, doch als sie ging, wurde die Tür hinter ihr abgeschlossen. Ich ging zum Fenster. Es gab keinen Weg hinaus und Soldaten standen vor dem Gebäude Wache. Ich war wahrlich eine Gefangene. Ein Entkommen wäre nicht einfach.

Diese Nacht schlief ich zum ersten Mal seit siebzehn Jahren zwischen Bettlaken, aber ich träumte vom Wald. Ich war wieder ein Mädchen und Jaybird wollte mich fangen. Ich konnte sein Rufen und sein Lachen durch den Wald schallen hören, während ich vor ihm davonlief. Er kam immer näher und schließlich beschloss ich absichtlich langsamer zu werden, damit er mich fangen konnte. Als ich mich erwartungsvoll umdrehte, lächelte er nur und drehte sich weg. Nun rannte ich ihm hinterher, doch er blieb immer außer meiner Sicht.

Ich kam zu einer Höhle und trat ein in der Hoffnung, ihn dort finden zu können. Lange folgte ich einem sich windenden Labyrinth von Tunneln, bis ich mich in dem Irrgarten völlig verlief. Schließlich fand ich die Kammer der Visionen. White Eagle saß darin und blickte von dem brennenden Feuer vor sich hoch. Als er mich sah, stand er auf und sein Schatten wurde zu einem riesenhaften Vogel an der Wand hinter ihm, die Flügel ausgebreitet wie ein Donnervogel.

Ich wich zurück und fühlte den Schatten großer Flügel über mir. Ich dachte einen Adler zu sehen, doch die Federn waren von einem matten Schwarz und gefranst wie die eines Raben. Ich wehrte mich, doch große Klauen, so scharf wie Rasiermesser, hielten mich fest und der riesige Vogel setzte sich auf mich wie ein Aasgeier. Der lange Schnabel pickte nach mir, riss meine Lederkleidung auf und versuchte mir das Herz aus dem Leib zu reißen.

Schweißgebadet erwachte ich und wusste im ersten Moment gar nicht, wo ich mich befand. In einem Zimmer, in einem Haus! Allein dieser Gedanke war mir fremd, nachdem ich so viele Jahre unter Baumrinde und Matten geschlafen hatte. Ich legte mich zurück und starrte an die mit Holz verkleidete Decke. Ein Feuer brannte im Kamin und ich erhob mich und wollte mich ankleiden. Da stellte ich fest, dass meine Kleidung entfernt worden war, während ich geschlafen hatte.

Als das Mädchen in mein Zimmer zurückkam, sprach ich sie in der allgemeinen Sprache der Indianer an. Ich wusste nicht, ob ich ihr vertrauen konnte, aber ich bat sie Black Fox eine Nachricht zukommen zu lassen. Ich wollte, dass sie ihm sagte, wo ich war, dass ich streng bewacht würde, aber mir kein Leid widerfahren war – bis jetzt.

Sie antwortete nicht, doch sie nickte, als hätte sie verstanden. Ich wollte nicht mehr sagen, aber mein Sohn sollte zumindest wissen, dass ich nicht leicht allein entkommen konnte und dass jegliche Art von direktem Angriff nutzlos war. Alles, was ich tun konnte, war abzuwarten, was auf mich zukommen würde, und alles an Informationen zu sammeln, was ich von dem Franzosen bekam. Ansonsten musste ich darauf vertrauen, dass Black Fox einen Weg fand. Der Gedanke an meinen Sohn tröstete mich, denn er war so schlau wie sein Name verhieß. Wenn irgendjemand mich von hier befreien konnte, dann war er es.

Das Mädchen füllte die Wanne für mich und legte Leinen daneben, damit ich mich abtrocknen konnte. Dann ging sie. In warmem Wasser zu baden war ein sehr großer Luxus und ich muss zugeben, dass ich lange in dem parfümierten Wasser lag. Sie kehrte mit Kleidung für mich zurück: ein Kleid mit Reifrock und Unterrock, Schlitzärmeln und einem engen Mieder. Die europäische Kleidung fühlte sich nach all der Zeit eigenartig an, aber ich musste sie anziehen oder nackt gehen. Meine Mokassins waren verschwunden, genau wie meine Lederkleidung, aber ich würde eher barfuß gehen als meine Füße in die unbequemen Schuhe zu zwängen, die da für mich bereitstanden.

Ich verbrachte den Tag allein, eingeschlossen in meinem Zimmer. Dann gegen Abend kehrte das Mädchen zurück. Sie war gekommen, um mich zu ihrem

Herrn zu bringen, aber sie brachte auch Nachricht von Black Fox. Sie sagte mir, dass Naugatuck zwar nach Missisquoi zurückgekehrt war, Black Fox und Ephraim jedoch in der Nähe geblieben waren. Sie hielten sich versteckt. Le Grands Männer suchten nach Ephraim und es war überall verbreitet worden, dass Le Grand eine Belohnung für ihn bot.

»Dein Sohn sagt, du sollst dir keine Sorgen machen, sie werden ihn nicht finden. Er sagte auch . . .« Sie runzelte die Stirn, als ob sie sich an etwas zu erinnern versuche, was für sie keinen Sinn machte. »Er sagte auch, du solltest dich an Coos und die Herbstjagd erinnern.«

Er war damals nicht mehr als ein Junge von neun oder zehn gewesen. Coos hatte ihm verboten mit ihm und seinen Männern auf die Jagd zu gehen, weil er der Meinung war, dass er zu unerfahren war. Black Fox war ihnen trotzdem gefolgt, hatte sich in ihr Lager geschlichen und nicht nur ihre wertvollsten Felle sondern auch Coos' Messer entwendet. Seine Geschicklichkeit war zu einer richtigen Legende geworden. Ich lächelte bei der Erinnerung daran, aber ich war dennoch voller Sorge um ihn. Dieses Haus war eine Festung, hier hereinzugelangen konnte selbst für Black Fox zu schwierig sein.

Das Mädchen sagte, sie würde in der nächsten Nacht mehr herausfinden, doch sie war unruhig und wagte nicht ihren Herrn warten zu lassen. Sie führte mich mit zu Boden geschlagenen Augen zu ihm.

Monsier Le Grand. Jean Le Grand. Er saß am Stirnende eines langen Tisches in einem großen Zimmer, in dem viele Kerzen brannten. Das Licht schien warm auf poliertes Holz und schimmerte von Gläsern, Kupfer und Silber. Die Wände waren mit Teppichen in kräftigen Farben behängt. Ich hatte noch nie einen solchen Luxus gesehen oder gedacht, dass er in irgendeiner dieser rauen, spärlich ausgestatteten Kolonien existieren konnte. Er lud mich ein mit ihm zu Abend zu essen. Wir aßen von Porzellan, feiner als alles, was ich je gesehen hatte, und tranken aus Gläsern, die hauchdünn geschliffen waren. Trotzdem fand ich das Essen nicht nach meinem Geschmack – gleichzeitig zu gesalzen und zu stark gekocht, und der Wein machte mich schwindelig.

»Ich werde nicht hier bleiben. Ihr könnt mich nicht dazu zwingen.«

Er hob seine beringten Hände. »Ihr werdet feststellen, dass ich das sehr wohl kann.«

»Wer seid Ihr?«

»Ich bin ein Kaufmann, ein Händler, ein Unternehmer, obwohl Eure Landsleute andere Namen für mich haben. Sie nennen mich einen Freibeuter.«

»Ein Seeräuber?«

Er verzog das Gesicht, als fände er diesen Ausdruck beleidigend.

»Ich arbeite für Frankreich, doch ich habe auch schon Schiffe außerhalb des Hafens von Boston angehalten und ihre Fracht anderswo hingeleitet.« Er lehnte sich in seinem Stuhl zurück. »Ihr seid mein Gast hier, bis über Euer Schicksal entschieden ist. Der Gouverneur ist sehr interessiert an Euch. Er war es, der mich bat nach Euch Ausschau zu halten und euch hier zu behalten.«

»Wie habt Ihr von mir erfahren?«

»Wie gesagt: Ich habe nach Euch Ausschau gehalten.

Auch nach dem Jungen. Ein Captain Peterson kam nach Quebec und fragte, ob irgendwelche Gefangenen unter den Stämmen wären, die vom Süden hierher geflohen seien. Ich sehe, Euch ist der Name bekannt.« Er hatte mich genau beobachtet. Ich sah keinen Grund, es zu leugnen. »Er fragte besonders nach Neuigkeiten hinsichtlich einer Frau und einem Jungen, die zusammen reisten, aber nicht miteinander verwandt seien.«

»Und warum interessierte ihn das?«

Le Grand verzog das Gesicht zu einem kleinen Lächeln. »Er schien der Meinung zu sein, der Junge sei in Gefahr.«

»Wie könnte er?« Ich sah Le Grand verblüfft an. »Ich würde ihm genauso wenig etwas antun wie meinem eigenen Sohn.«

»Genau. Euer Sohn ist ein Wilder. Ihr habt Euch mit ihnen eingelassen und ihre heidnischen Gebräuche angenommen, sagt Peterson. Peterson ist ein rechtschaffener Mann und fürchtet um die Seele des Jungen. Er ist äußerst entschlossen ihn aus einer solchen Bedrohung zu retten und zu seinen Verwandten zurückzubringen.«

»Der Junge hat keine Verwandten.«

»Peterson sagt etwas anderes. Da gibt es einen Onkel auf Rhode Island, der ihn zurückhaben will. Er bietet eine hohe Belohnung.« Le Grand lächelte. »Petersons Besorgnis endet nicht bei dem Jungen. Seine Besorgnis betrifft Euch ebenfalls. Eure Lebensweise ist eine Beleidigung für ihn, ja für alle Engländer.«

»Was will er denn von mir?«

»Er will Eure Rückkehr. Was er dann für Euch plant,

kann ich nicht sagen.« Er lachte. »Seht mich nicht so entsetzt an! Ihr befindet Euch auf französischem Gebiet und ein englischer Captain hat hier keine Hoheitsgewalt. Euer Schicksal wurde noch nicht entschieden.«

Trotz seiner Worte raste mein Verstand vor Entsetzen. Wenn ich zurückgebracht würde, wie lange würde es dauern, bis meine ganze Vergangenheit enthüllt würde? Die Kolonie war trotz ihrer Größe ein überschaubarer Ort, wo viele einander kannten. Es gab Menschen, die von meiner Flucht aus Beulah wussten, von Gründen dafür und von dem Verdacht, der damals auf mich gefallen war. Welches Urteil würde über mich gefällt werden, sobald meine Vergangenheit mit dem Leben bei den so genannten Wilden verknüpft wurde?

Ich saß gedankenverloren da. Ein Dienstbote trat ein und flüsterte seinem Herrn etwas in das Ohr. Le Grand nickte sofort, als ob dies eine Nachricht sei, auf die er gewartet hätte. Der Dienstbote zog sich zurück und Le Grand drehte sich zu mir.

»Da gibt es jemand, der mit Euch zu sprechen wünscht. Vater Gerard.«

»Die Schwarzrobe?«

»Er zieht es vor, Jesuit genannt zu werden. Er ist das Oberhaupt des Ordens hier. Er möchte Euch zum Glauben bekehren.« Le Grand betrachtete mich unablässig. »Ich würde sagen, er wird nicht mehr Erfolg haben, als wenn er versuchte die wilden Tiere im Wald zu bekehren, geschweige denn die Wilden selbst, aber diese Jesuiten sind stur. Auch er ist inbrünstig bemüht Eure unsterbliche Seele zu retten. Ihr

dürft Euch geehrt fühlen, Mary. Kommt. Er wartet in der Bibliothek.«
Er erhob sich von seinem Platz und bedeutete mir ihm zu folgen.

Wir betraten ein Zimmer, das mit Regalen gesäumt war, in denen ledergebundene Bücher standen und das mit massiven Lesepulten ausgestattet war. Ein Priester saß an einem Feuer, das hoch in den breiten, gemauerten Kamin hineinflackerte. Die brennenden Holzscheite strahlten große Hitze ab, doch er beugte sich vor, als ob er nicht genug davon bekommen konnte. Sein Stuhl stand so nahe, dass man befürchtete, er würde sich den Saum seiner Robe ansengen. Er hatte graues Haar und einen Bart, sein Gesicht war von tiefen Falten durchzogen, Falten, die auf einen ständigen, lang andauernden Schmerz hindeuteten. Im Augenblick schien er jedoch keine Schmerzen zu haben, obwohl er sich nicht erhob, um mich zu begrüßen. Nahe an seiner Seite lag ein Stock. Die eine Hand hielt er halb verborgen in seiner Robe, offensichtlich zu einer Faust geballt, die andere hing schwer nach unten. Ringe steckten daran und blitzten im Licht des Feuers.
»Ich bin Vater Gerard.«
Er bedeutete mir auf dem Stuhl ihm gegenüber Platz zu nehmen. Ich erkannte nun den Grund des Schmerzes, der in sein Gesicht eingegraben war: Ihm fehlten sämtliche Finger der linken Hand. Was ich für eine Faust gehalten hatte, waren Knöchel, die mit runzliger rosa Haut überzogen waren. Ich hatte so etwas vorher schon einmal gesehen – das Ergebnis einer

Tortur, die die Irokesen durchführten. Jeder Finger war mit der scharfen Kante einer Muschel abgesägt worden. Es brauchte einen sehr tapferen Mann, um diese Qual ohne auch nur einen einzigen Schrei zu erdulden und ich sah den Jesuiten mit neuem Respekt an. Er musste geschwiegen haben – sonst wäre er jetzt nicht hier.

»Ich habe auf dich gewartet, Mary.« Er sprach meinen Namen auf die französische Weise aus. »Wenn du nicht zu uns gekommen wärst, wären wir zu dir gekommen.«

»Woher kennt Ihr meinen Namen?«

»Vater Luc Duval. Seine Notizen machten uns auf dich aufmerksam.« Er hielt ein kleines Notizbuch hoch, das auf seinen Knien gelegen hatte. »Anfänglich war er besorgt um dein Wohlergehen. Eine weiße Frau, die unter den Wilden lebt, das ist nicht, ähm . . .«, er suchte nach dem richtigen Wort, »befriedigend.«

»Ich lebe aus freiem Willen dort«, erwiderte ich schlicht. »Ich will nicht gerettet werden. Wo ist Vater Luc Duval?« Ich sah mich um und erwartete das sauber rasierte, junge Gesicht zu sehen.

»Er ist nicht hier. Er ist zu einer anderen Mission aufgebrochen. Diesmal zu den Irokesen.« Die beiden Franzosen wechselten einen Blick. »Ich fürchte, er sucht das Martyrium. Bevor er ging, wollte er jedoch, dass ich nach dir Ausschau halte. Er bestand darauf.« Seine grauen Augen musterten mich. »Er fürchtet um deine unsterbliche Seele, verstehst du? Gewisse . . . gewisse Ereignisse, die hier beschrieben sind«, er blätterte durch die von Feuchtigkeit gewellten Seiten,

»müssen sehr ernst genommen werden. Wenn sie wahr wären oder bewiesen würde, dass sie wahr sind . . .«

Ich blickte von ihm zu Le Grand.

»Tut mir Leid, ich verstehe nicht.«

Der Jesuit sah mich an und seine dunklen Augen funkelten wie die eines Rabens.

»Lass es mich deutlicher ausdrücken. Es heißt, dass du eine Hexe bist. Dass du einen Mann getötet hast. Einen Mann namens Frenais.«

»Le Frenais«, verbesserte ich ihn.

»Dann kennst du ihn?«, fragte der Priester.

»Natürlich.«

»Und? Ist es wahr? Hattest du deine Hand im Spiel bei seinem Tod?«

»Ich habe ihn nicht angerührt. Das Leben hier ist gefährlich, im Winter noch viel mehr. Ein Fehler, jeder noch so kleine Fehler kann tödlich sein. Le Frenais trank. Der Alkohol macht die Männer dumm und achtlos, was viele Dinge betrifft, einschließlich ihres Lebens.«

»Hmm.« Die dunklen Augen des Jesuiten beobachteten mich ohne Unterlass. »Es heißt, es war mehr an seinem Tod als nur das. Die Indianer sagen, er wurde gesehen, wie er in stürmischer Nacht über das Eis rannte und kreischte, als ob der Teufel selbst hinter ihm her wäre. Und dass er vor einem dunklen Verfolger floh.«

»Warum sollten sie das nicht erzählen? Es ist eine gute Geschichte, die an einem Winterfeuer erzählt werden kann. Die Indianer mögen gute Geschichten. Darin unterscheiden sie sich nicht von uns.«

Der Jesuit klappte das Buch zu. »Ich bin nicht hier, um dich zu verhören, Mary. Ich hoffe, dazu wird es nicht kommen. Die Eingeborenen sind leichtgläubig und abergläubisch. Dein Ruf hat sich unter ihnen verbreitet. Sollen wir etwa zulassen, dass eine weiße Frau unter ihnen lebt, die als Hexe verehrt wird? Das geht nicht. Wir haben auch so schon genug Schwierigkeiten, sie zu bekehren. Es gibt einige«, er blickte zu Le Grand, »die dich an die Engländer ausliefern möchten, doch ich bin nicht sicher, wie das nützen soll. Ich werde arrangieren, dass du bei den heiligen Schwestern bleibst, während ich entscheide, was zu tun ist. Ich weiß, die Schwestern werden ihr Bestes tun, dich zum kirchlichen Glauben zurückzubringen. Hör gut auf ihre Lehren, dein Leben kann davon abhängen.«

Er stand auf und stützte sich mit seiner unverletzten Hand schwer auf seinen Stock. Er humpelte zur Tür und schüttelte jede Hilfe von Le Grand ab. Aus der Art, wie er ging, schloss ich, dass er mit einem Klumpfuß geboren war und dass sein eines Bein viel kürzer war als das andere. Mit einer derartigen Behinderung an einen solchen Ort zu kommen und diese Mühsal auf sich zu nehmen! Diese Jesuiten waren wirklich zäh, so zäh wie die Indianer, die sie zu bekehren versuchten.

»Was hat er gemeint?«, fragte ich Le Grand. »Warum wird mein Leben davon abhängen?«

Ich wusste genau, was gemeint war, doch um zu entscheiden, was ich tun sollte, wollte ich es noch einmal von ihm bestätigt hören.

»Jemand wie Euch zu bekehren würde andere dazu

bringen, sich ebenfalls der Herde anzuschließen. Andernfalls . . .«

»Andernfalls, was?«

Er antwortete nicht direkt. Stattdessen hob er das Notizbuch auf, das Gerard zurückgelassen hatte, und wedelte damit vor meinem Gesicht.

»Sie nennen Euch Loup Garou.«

Ich kannte die Worte. Ich hatte sie in Missisquoi schon gehört.

»Einen Werwolf? Das ist eine Kreatur des reinen Aberglaubens.« Ich war plötzlich all dieser Diskussionen müde. Wie wenig wussten sie doch von solchen Dingen! »Ich gehe nicht nachts umher und erwache nackt in irgendeinem Graben, meine Kiefer voller Blut.«

Er hielt Duvals Buch hoch.

»Sie sagen, Ihr hättet einen Mann durch Hexerei getötet.«

»Wie ich schon zu dem Priester sagte: Das Leben hier ist gefährlich. Da ist keine Hexerei vonnöten.«

»Dann seid Ihr tatsächlich eine Hexe? Und wisst Ihr, was mit ihnen geschieht?« Ich antwortete nicht, sodass er mir die Antwort prompt nachlieferte. »Sie werden verbrannt. Das ist das Schicksal, das Euch erwartet, wenn Ihr Euch nicht bekehren lasst. Es werden Heilige hier gemacht, sowohl bei den Franzosen als auch bei den Indianern. Vielleicht möchte Vater Gerard, dass Ihr deren Gemeinschaft beitretet, als eine hochgeschätzte Bekehrte, oder . . .«

»Oder?«

»Ihr werdet seine ganz persönliche Jeanne d'Arc.«

»Dann werdet Ihr mich ihm aushändigen?«

Ich schloss aus seinem Gesicht, dass er das nicht vorhatte, aber das tröstete mich nur wenig. Es schien, als ob ich vom Regen in die Traufe geriet.

Er setzte sich auf den Stuhl, von dem Gerard sich vorhin erhoben hatte.

»Die Jesuiten sind hier sehr einflussreich, das stimmt, aber ich habe andere Pläne mit Euch. Ich habe ein Schiff hier, das den Hafen bald verlassen soll, und Ihr werdet auf diesem Schiff mit mir reisen.«

»Und was habt ihr mit mir vor? Etwa mich zu Peterson zu bringen?«

»Ich habe es noch nicht entschieden. Euch den Schwestern und den Jesuiten zu überlassen wäre jedoch zweifellos eine Verschwendung. Ich habe einen Freund, der in Boston gefangen gehalten wird, ein Freibeuter wie ich selbst. Die Behörden dort wären sicher interessiert an einem Tausch. Das ist die Idee von Captain Peterson. Aber vielleicht möchte ich ihr auch nicht folgen.«

»Und was dann?«

Er machte eine Pause, als dächte er nach. »Ich wäre bereit den Jungen auszutauschen, sobald wir ihn gefangen haben, und wir werden ihn bald genug haben. Ich habe eine hohe Belohnung für ihn ausgesetzt und die Einwohner von Montreal, seien sie Franzosen oder Eingeborene, würden ihre eigene Großmutter für Gold verkaufen. Aber ich glaube nicht, dass ich Euch an Peterson übergeben werde.«

»Was habt Ihr dann mit mir vor?«

»Ich will Euch mit nach Frankreich nehmen.« Er lächelte und seine Zähne hoben sich weiß gegen seinen schwarzen Bart ab. »Ihr seid eine solche Schönheit,

nachdem all die eingeborene Verkleidung abgefallen ist, und Ihr habt eine solch exotische Vergangenheit. La belle sauvage – die schöne Wilde. Der Hof sehnt sich nach Ablenkungen aller Art. Ihr wärt eine Sensation.« Sein Ton wurde härter, als ich nicht antwortete. »Es ist einfach: entweder ich oder das Kloster. Überlegt es Euch gut.«
»Was, wenn ich keines von beiden wähle?«
»Ihr wisst genau, was übrig bleibt.« Er zuckte seine eleganten Schultern. »Es bleibt immer noch der Scheiterhaufen.«
Ich schlug die Arme um mich, als ob ich die Flammen bereits an meinen Füßen lecken spürte.
Er lächelte. »Aber dazu wird es sicher nicht kommen. Ihr zittert ja.« Er erhob sich, um mehr Holz ins Feuer zu legen, und läutete, um einen Dienstboten kommen zu lassen. »Ich werde etwas Glühwein für uns bestellen. Die Nächte sind zu dieser Zeit des Jahres immer noch recht kalt.«
»Ihr interessiert mich, Mary«, sagte er, nachdem der Wein gekommen war. Er hatte die Ausstrahlung eines Mannes, der viel erlebt hatte und nur von wenig überrascht werden konnte. »Ich habe viele Frauen in meinem Leben gekannt, aber ich habe niemals jemand wie Euch getroffen.« Er rührte das Getränk in dem Krug um, der vor ihn hingestellt worden war, und goss etwas von der dampfenden Flüssigkeit in eine silberne Tasse. »Trinkt dies! Es ist nach meinem eigenen Rezept gemacht. Ich denke, Ihr werdet es mögen.«
Er reichte mir die Tasse und sah zu, wie ich trank. Das Gebräu war wärmend; eine Mischung aus Brandy

und Wein, mit verschiedenen Gewürzen abgeschmeckt – Muskatnuss, Gewürznelke und Zimt. Während ich trank, meinte ich eine Spur von etwas anderem zu schmecken, etwas Schwerem und Kräftigem. Ich sah ihn fragend an.
»Es wird am besten langsam getrunken.« Er lächelte wieder. »Es enthält starken Geist, ich habe es von den Holländern gehandelt, sie nennen es Genever. Und jetzt erzählt mir, wie kam es, dass Ihr bei den Wilden lebt? Ich möchte mehr wissen. Und macht Euch keine Sorgen. In meiner Familie sind wir mit Magie vertraut. Was Ihr mir auch erzählt, es wird diese Mauern nicht verlassen.«
Was immer dieses Getränk beinhaltete, es löste meine Zunge. Ich konnte nicht anders, als ihm alles zu erzählen, alles, was mir widerfahren war. Als ich fertig war, beugte er sich nach vorne, füllte meinen Becher auf und wechselte in eine vertraulichere Anrede.
»Ich wusste, du würdest mich nicht enttäuschen. Wir geben ein gutes Paar ab, du und ich.« Er lächelte und diesmal erreichte das Lächeln auch seine dunkelblauen Augen. »Man nennt mich Loup de la Mer – Wolf des Meeres. Jetzt ist die Reihe an mir, dir von mir zu erzählen.«
Er kam aus einer Adelsfamilie, obwohl er seinen Titel nicht gebrauchte.
»Ich bin das, was man das schwarze Schaf nennen könnte. Mein Bruder ist ein Priester, genau wie Gerard, obwohl er es vorzieht, in Frankreich zu bleiben: Mein anderer Bruder ist am Hofe, aber ich finde das Leben dort langweilig und steif. Ich war Soldat, doch ich bekam es satt, Holländer im Schlamm von Flan-

dern zu töten. Ich suchte Abenteuer und ich fand sie auf See. Ich habe überall Interessen, hier und im Osten und in Westindien.« Er lächelte wieder, diesmal sanfter, als sähe er ein schönes Bild vor seinem geistigen Auge. »Es würde dir dort gefallen, Mary. Es ist so warm, nicht wie in dieser verfluchten Kälte – und so grün, aber das Grün ist hell und es herrscht ein völlig anderes Licht dort, nicht wie in diesen dunklen, düsteren Wäldern. Die Inseln sind voller Farben. Blumen und Früchte wachsen überall, wie im Garten Eden. Vögel in allen Farben fliegen dort, manche so klein.« Er zeigte die Größe einer Walnuss an. »Sie schweben wie Bienen und nehmen den Nektar mit Schnäbeln auf, die so fein sind wie eine Nadel.«

»Das klingt wirklich nach einem wundervollen Ort.«

»Oh, das ist es. Das ist es! Das Meer ist angenehm warm, von einem klaren Aquamarin und mit Sand so weiß wie Leinen. Ich habe ein Haus dort, das ich an einen besonderen Ort weit unten am Strand gebaut habe, wo ich allein sein kann. Ich liebe es, den Ozean zu betrachten.« Er machte eine Pause. »Ich dachte daran, dich nach Frankreich mitzunehmen, aber jetzt glaube ich, ich bringe dich lieber dorthin. Was sagst du, Mary? Wäre das nach deinem Geschmack? Du kannst dort frei leben, so frei, wie du hier gelebt hast. Willst du nicht mit mir kommen?«

Seine Gedanken hatten eine andere Richtung genommen, als ich erwartet hatte. Ich hatte ihn als Abenteurer eingeschätzt, dessen Herz von einer rauen und mitleidslosen Welt in Eis verwandelt wurde. Jetzt sah ich das Feuer in seiner Seele und den Grund für seine Suche. Ich wollte ihm antworten, aber meine eigenen

Gedanken weigerten sich Form anzunehmen. Ich stellte fest, dass die Zunge in meinem Mund dick war. Plötzlich war es schwer, sich zu bewegen. Die Hitze des Feuers und der gewürzte Wein hatten eine kriechende Müdigkeit in meinen Gliedern verbreitet. Ich versuchte aufzustehen und taumelte.

Er war da, um mich aufzufangen, und legte seinen Arm um mich. Mit seiner anderen Hand schob er mein Haar zurück und berührte das Clanzeichen auf meiner Wange.

»Schöne Wilde«, flüsterte er und sein nach Wein riechender Atem lag warm auf meinen Wangen, als er mein Gesicht zu sich drehte.

Ich hatte seit langer Zeit nicht mehr die Berührung eines Mannes auf meiner Haut gespürt. Vielleicht war es der Wein oder welche Droge auch immer er hineingetan hatte. Vielleicht war es die Intensität seines Kusses. Was auch immer es war – ich wehrte mich nicht, als er mich umarmte – und als er mich in seine Kammer führte, ging ich freiwillig mit.

33 Ephraim

Ich erwachte in seinem Bett zwischen Laken aus edelstem Leinen. Ich war allein und am Stand der Sonne erkannte ich, dass es spät war. Le Grand musste gegangen sein, um sich um seine Geschäfte zu kümmern. Ich lehnte mich gegen die Kissen aus feinstem Daunen zurück und versuchte einen Sinn aus dem zu machen, was geschehen war, doch meine Gedanken wollten mir nicht recht gehorchen und meine Sinne waren wie gedämpft. Der Geschmack in meinem Mund verriet mir, dass der erhitzte Wein mit Mohn versetzt gewesen war.

Das Mädchen vom Stamm der Huron kam mit einem Tablett herein, das sie auf einen Tisch neben dem Bett stellte. Ich sprach sie an, doch sie sah mir nicht ins Gesicht und zog sich sofort wieder zurück. Ich stand auf und zog eine Seidenrobe an, die für mich ausgelegt worden war. Meine Kleidung vom Abend vorher war verschwunden, stattdessen lag jetzt viel feinere Garderobe dort, aus Samt und Seide. Der alte Reim kam mir in den Sinn: »Drei in Wollstoff, drei in Lumpen, drei in Samt so fein . . .«

Das Frühstück, das für mich gebracht worden war, schmeckte wie Manna. Warme Brötchen aus Weißmehl, so zart wie Kuchen, Flocken von gelber Butter und ein Krug mit einem dunklen Getränk, das sowohl reichhaltig als auch süß schmeckte. Ich hatte niemals vorher so etwas getrunken, aber ich wusste, es musste Schokolade sein. Das Mädchen kam zurück, um mir mein Bad einzulassen und mein Tablett abzutragen. Ich sprach sie jetzt in Französisch an, dann in der unter Indianern allgemein üblichen Sprache, doch es war, als ob sie plötzlich keine der Sprachen mehr verstünde. Sie eilte aus dem Zimmer und der Blick, mit dem sie mich beim Verlassen des Zimmers ansah, sprach Bände.

Ich verbrachte den Tag in tiefem Nachdenken. Ich hatte niemals vorher einen solchen Reichtum gekannt. Das alles konnte für immer mein sein. Alles, was ich tun musste, war Le Grands Angebot anzunehmen. Ich ging im Haus auf und ab, wog ein Leben gegen das andere ab. Wenn ich nach Zeichen suchte, war eines zumindest klar: Man hatte mir zwar niemals vorher solche Ehrerbietung entgegengebracht, aber ich konnte nicht gehen. Die Soldaten an der Tür würden mich nicht durchlassen. Die Schlinge mochte aus Seide sein, aber es war noch immer eine Schlinge.

Le Grand kehrte gegen Abend zurück und kündigte an, dass wir beim morgendlichen Gezeitenwechsel auslaufen würden. Ich war den ganzen Tag alleine gewesen und die Scham, die das Dienstmädchen bei mir ausgelöst hatte, war mit jeder Stunde, die verging, gewachsen.

Ich war entschlossen ihn abzuweisen, doch ich hatte vergessen, wie charmant er sein konnte, wie nett und wie bezaubernd. Beim Abendessen servierte er mir goldenen Wein in funkelnden Gläsern und danach fütterte er mich mit süßen Leckereien und sprach von unserem gemeinsamen Leben. Ich wurde erneut von seinem Zauber gefangen, sogar ich, die doch selbst etwas von dieser Kunst verstand! Als wir uns schließlich ins Bett zurückzogen, war ich sicher, dass er aus einem Haus der Magier kam.

Wir wurden von einem großen Aufruhr geweckt, der von unten heraufdrang. Eine Stimme rief nach Le Grand. Er zog rasch Hemd und Hosen und seine Stiefel an, während ich eine Seidenrobe überwarf und zum Fenster ging, um zu sehen, was los war.

Zwei Soldaten standen an der großen Eingangstür

und zwischen sich hielten sie einen Jungen, der in Leder gekleidet war. Sie hatten ihn am Genick gepackt wie eine kratzende Katze. Sie waren fast doppelt so groß wie er, doch sie hatten enorme Schwierigkeiten, ihn festzuhalten. Die großen Türen wurden weit geöffnet und Ephraim wurde auf die Fliesen der Eingangshalle geworfen. Ich hörte ein Handgemenge von unten und dann das Geräusch von Füßen auf der Treppe und Ephraim, der nach mir rief. Ich öffnete die Zimmertür und stellte fest, dass er bereits vor mir stand. Plötzlich hielt er mitten im Lauf an.

»Mary!«

»Er kämpft wie eine wilde Katze.« Le Grand kam schwer atmend hinter ihm her. »Meine Männer sind alle voller Kratzer und Risse und blauer Flecke.«

»Luchs, so werde ich genannt«, erklärte Ephraim lächelnd. Er drehte sich trotzig zu Le Grand. »Ich kam aus eigenem, freiem Willen. Eure Männer haben kein Recht, mich so zu behandeln.«

»Man hat dir deinen Namen zu Recht gegeben.« Le Grand zog eine Grimasse und streckte seinen Arm aus. Die Manschette seines Hemdes war zerrissen und sein Arm zeigte tiefe Kratzer, die bereits anschwollen und bluteten.

»Ich muss das hier versorgen lassen. Ich werde gleich zurückkommen.«

Er ging und ließ mich mit Ephraim allein.

»Bist du verletzt?«, fragte ich.

»Kaum der Rede wert.« Er kam ins Zimmer, unfähig den Blick von mir zu wenden.

»Warum starrst du mich so an?«

»Du siehst so anders aus«, sagte er langsam. »Wie eine

Dame. Ich muss dir sagen, Mary, du hast dich wirklich gut gewaschen.«

»Das ist nicht wichtig«, erwiderte ich. »Warum bist du nur hierher gekommen und hast dich so einfach gefangen nehmen lassen?«

»Es war der einzige Weg, zu dir zu kommen. Black Fox schickt mich. Er hat einen Plan.«

Ich konnte mir denken, wie dieser Plan aussah. Manchmal ließen sich Krieger absichtlich gefangen nehmen und in das feindliche Lager bringen. Sobald sie darin waren, würden sie mit den Kriegern draußen zusammenarbeiten, um die Gefangenen zu befreien. Es war eine kluge Idee, aber sie barg auch viele Gefahren.

»Das ist äußerst unvernünftig.«

»Aber Mary . . .«

»Hör mir zu. Es gibt einen Grund für Le Grands Suche nach dir. Du bist selbst geradewegs in eine Falle gelaufen.«

»Wie das?«

»Warum hast du mir nicht erzählt, dass du immer noch Verwandte in der Kolonie hast?«

»Welche Verwandten?«

»Le Grand sagt, ein Onkel suche nach dir.«

»Welcher Onkel? Ich weiß von keinem Onkel.«

»Captain Peterson war in Quebec. Er behauptet, ein Onkel von dir aus Rhode Island fordere deine Herausgabe.«

Ephraim verzog das Gesicht in angestrengtem Nachdenken und schließlich kam die Erinnerung.

»Jetzt fällt es mir ein! Er wurde Quäker. Er und Pa waren zusammen in die Kolonien gekommen. Pa hielt nichts von seinem neuen Glauben und es gab Streit. Pa sprach nie mehr von ihm.« Er zuckte mit den Schultern. »Das ist alles, was ich weiß. Das passierte, noch bevor ich überhaupt geboren war. Was will er denn von mir?« Ephraim setzte sich auf das Bett und sah zu mir hoch. »Er wollte mich nie zuvor.«

»Nun, jetzt will er dich. Wir sollen zurückgebracht werden. Le Grand will dich für einen seiner Freunde, einen Freibeuter, eintauschen.«

»Was ist mit dir?«

»Mit mir hat er andere Pläne.«

Ephraim sah sich um, schaute mich an, das Bett hinter uns, Le Grands Jacke, die über einem Stuhl hing, meine Kleidung, die dort lag. Er versteifte sich wie ein Tier, das plötzlich eine Gefahr wittert, die es vorher nicht aufgenommen hatte.

»Jetzt verstehe ich, warum.«

Er erhob sich, um durch das Zimmer zu gehen und jedes Eck zu inspizieren.

»Und was soll das heißen?«

Er setzte sich auf den Boden und legte den Kopf in seine Hände. »Das Mädchen hat uns benachrichtigt. Deshalb mussten wir so schnell, und ohne weiterzuüberlegen, handeln. Sie sagte, Le Grand wolle dich mitnehmen, aber sie sagte nicht genau, als was.«

Er grinste mich an, aber es war ein abfälliges Grinsen, ein Ausdruck, den die französischen Trapper annahmen, wenn sie über Frauen sprachen. Ich hätte ihm eine Ohrfeige geben sollen, weil er mir gegenüber so beleidigend war, aber seine Verachtung schmerzte mich tiefer, als ich zugeben konnte. Ich verdiente sie. Ich merkte, wie ich rot wurde.

»Black Fox«, fuhr Ephraim fort, »kann nicht hier herein. Das Haus wird zu stark bewacht. Also dachte er, die beste Gelegenheit wäre dann, wenn du zum Hafen gebracht wirst. Er wird dort warten und denkt, sie werden ihn nicht bemerken, weil für sie alle Indianer gleich aussehen. Er hat alles vorbereitet und wollte nach einer Möglichkeit suchen, dich zu befreien. Aber jetzt? Scheint kaum mehr der Mühe wert.« Er blickte hoch zu mir. »Wie konntest du ihm das antun?«

»Er ist jetzt ein Krieger. Ein Mann. Er braucht mich nicht mehr.«

Doch selbst, als ich es sagte, wusste ich, dass es nicht stimmte. Ich hatte keine Antwort auf Ephraims Frage. Es war, als ob ich aus einem Traum aufwachte. Ephraim sagte kein Wort mehr, doch seine blauen Augen sprachen Bände. Ich drehte mich weg, als mir Tränen in die Augen stiegen, und erinnerte mich gleichzeitig an einen anderen Abschied in den Zimmern eines englischen Gasthauses vor vielen, vielen Jahren.

»Ich gehe nicht zurück zu Peterson«, sagte Ephraim schließlich. »Und auch zu keinem Onkel, den ich nicht kenne. Lieber sterbe ich. Ich gehe mit Black Fox oder ich werde umgebracht. Ich sage es dir ganz ehrlich, Mary.«

Wie konnte ich ein solches Herz brechen? Ich dachte an Black Fox, der draußen irgendwo im Dunkeln wartete. Sie hatten alles für mich aufs Spiel gesetzt. Ich bereute jetzt tief, dass ich jemals daran gedacht hatte, bei Le Grand zu bleiben – er musste mich wahrlich verhext haben.

34 Black Fox

Es war kurz vor Sonnenaufgang und Le Grand war bereits zum Hafen unterwegs. Die letzte und wertvollste Fracht sollte geladen werden und er vertraute den linkischen Dummköpfen und Betrügern aus dem Lagerhaus nicht. Er wollte dort sein, um selbst alles zu überwachen. Wir sollten rechtzeitig genug folgen, um die morgendliche Flut zum Auslaufen nutzen zu können.

Häfen sind geschäftige Orte, und wenn ein Schiff auf das Auslaufen vorbereitet wird, gibt es immer ein großes Durcheinander. Am Kai herrschte ein Kommen und Gehen von Passagieren und Matrosen gemischt mit Händlern, die ihre Güter sicher an Bord verstaut wissen wollten. Einige Indianer befanden sich unter der Menge, manche arbeiteten als Träger, manche waren lediglich neugierig. Kanus schaukelten in der Nähe der Schiffe. Ephraim rannte zum Rande des Kais, als sei er voller jungenhafter Aufregung über all den Trubel. Er kam zurück, um mir auf Englisch zu sagen, dass Black Fox' Kanu dort unten im Wasser wartete.

Zwei Soldaten eskortierten uns, doch sie schienen zu wissen, dass ich etwas Besonderes für Le Grand war, und so wurden wir zwar bewacht, aber nicht festgehalten und sie nahmen sich keinerlei Freiheiten heraus. Ich sah mich um, als sei ich erstaunt über die Menschenmenge, und bald entdeckte ich Black Fox in der Ferne. Unter die anderen Indianer gemischt, trug er einen Stapel Felle, als wolle er sie verkaufen. Er brauchte nicht näher zu kommen. Er benutzte die lautlose Signalsprache der Wälder, die Jäger benutzen, wenn sie keinen Laut machen dürfen. Ephraim signalisierte zurück und Black Fox löste sich aus der Menge und ging zu seinem Boot.

Von Le Grand war nichts zu sehen. Die Soldaten, die uns bewachen sollten, waren langsam und träge von einem nächtlichen Trinkgelage. Sie standen gähnend und gelangweilt da, unterhielten sich miteinander und tranken Brandy, um die Kälte zu vertreiben, die vom Fluss aufstieg. Ich trat näher zu ihnen und sprach ganz leise und beruhigend, wie man mit einem Paar Pferden spricht. Sie waren bereits benommen vom Alkohol, von der Kälte und der frühen Morgenstunde. Es war leicht genug, sie weiter einzulullen, bis sie nicht mehr auf uns achteten.

»Wie hast du das denn gemacht?«, fragte Ephraim, als wir uns unter die Menge mischten.

»Zauberei.« Die beiden Soldaten saßen auf einem Fass und starrten einfach vor sich hin, so regungslos wie Statuen. »Sprechzauber. White Eagle hat ihn mich gelehrt.«

Wir stahlen uns durch die Menge davon. Der Trubel hatte sich eher noch verstärkt und jeder kümmerte sich um seine eigenen Geschäfte, sodass niemand darauf achtete, wohin wir gingen. Nebel stieg vom Fluss hoch. Ich hoffte, dass er unsere Flucht verschleiern würde, während wir entlang der Kaianlagen huschten, bis wir einen verlassenen Anlegesteg fanden. Dort verbargen wir uns hinter tropfenden Pfosten, die so eng beieinander standen wie ein Wald, und warteten darauf, dass Black Fox in seinem Kanu zu uns stieß.

»Ich werde nie mehr davon sprechen«, sagte Ephraim, als wir uns versteckten, »nicht wenn du mir eines erklärst.«
»Und das wäre?«
Ich wusste, wovon er sprach.
»Warum hast du es getan, Mary? Warum hast du überlegt bei ihm zu bleiben, statt zu Black Fox und mir zurückzukommen?«
»Das hatte nichts mit dir oder mit Black Fox zu tun. Ich kann es nicht erklären, nicht richtig. Außerdem«, ich blickte in seine großen Kinderaugen, »bist du noch zu jung. Eines Tages wirst du es verstehen.«
»War es eine Art Krankheit?« Ephraim wollte noch nicht aufgeben. Er mochte keine Rätsel.
Ich lachte kurz auf. »Das könnte man sagen. Vielleicht benutzte er eine Art Magie.«
»Und das hat funktioniert? Sogar bei dir?« Ephraim starrte mich an, die Augen voller Erstaunen.
»Ja.« Ich lächelte wehmütig und meinte immer noch den Geschmack davon im Mund zu haben: eine Mischung aus Bitterkeit und Süße, wie seine Schokolade. »Es hat funktioniert. Sogar bei mir.«
Die Flut hatte jetzt beinahe den höchsten Punkt erreicht und das Wasser schlug sanft gegen unsere Füße. Bald wäre es Zeit zum Auslaufen. Ich fragte mich, ob Le Grand mein Fehlen schon bemerkt hatte. Er war ungeduldig abzureisen; so viel wusste ich. Er würde nicht auf den nächsten Gezeitenwechsel warten wollen, wenn das Schiff bereits beladen und bereit war abzulegen. Es gab wichtige Geschäfte, deretwegen er sofort abreisen wollte.
Würde er alles für mich aufs Spiel setzen? Ein Kano-

nenschlag war zu hören, wie als Antwort. Ich hoffte, er signalisierte das Ablegen des Schiffes, doch Stimmen erschallten entlang des Piers und kamen näher. Sie riefen meinen Namen. Er suchte nach mir.
Ich schaute zurück und sah ihn oben an der Reling des Schiffes, wie er seinen Männern befahl durch die Menge am Hafen auszuschwärmen. Seine Matrosen kletterten die Takelage hoch in den Ausguck und ihre scharfen Augen suchten die Küste nach irgendeinem Zeichen von uns ab. Sie blickten auch auf den Fluss hinaus. Le Grand war nicht dumm. Er hatte ihnen bestimmt gesagt, dass sie nach einem Indianerkanu Ausschau halten mussten. Ein paar kleine Boote wurden klargemacht, sie waren auch hinter Black Fox her.
»Sieh doch!«
Ephraim deutete auf einige Männer, die den Kai entlangrannten, sie wirkten wie eine Reihe von Gespenstern im grauen Nebel. Sie folgten dem Weg, den wir genommen hatten. Bald würden wir das Hämmern ihrer Stiefel auf dem hölzernen Steg hören. Eine weitere Gruppe kam aus der anderen Richtung auf uns zu und die ganze Zeit zwang uns die hereinbrechende Flut, immer weiter hochzuklettern zum Flussufer. Ich blickte auf den Fluss hinaus, spähte durch die Nebelschwaden in der Hoffnung, Black Fox auf uns zupaddeln zu sehen. Es war nichts von ihm zu entdecken. Vielleicht hatten sie ihn gefasst oder er war gezwungen einen Umweg zu fahren, um seinen Verfolgern zu entkommen. Vielleicht hatte ihn die starke Strömung in die Mitte des Flusses getrieben. Wir waren gefangen. Wenn wir blie-

ben, liefen wir Gefahr, im steigenden Wasser zu ertrinken; wenn wir aus der Deckung kamen, würden sie uns ganz sicher finden.

35 Kaniatarakaronte – Die Tür zum Land

Ein Ruf kam vom Wasser her. Der Schrei eines Seevogels. Ephraim antwortete mit dem gleichen Ruf und ein Kanu kam in Sicht. Wir stiegen rasch ein, jeder nahm ein Paddel, denn wir wurden bereits verfolgt. Black Fox lenkte das Kanu hinaus in den Hauptstrom. Kanus und Boote verfolgten uns, manche waren uns dicht auf den Fersen, andere wurden erst von den Stegen entlang der Küste ins Wasser geschoben.
Wir spielten Katz und Maus, rein und raus aus den Nebelfetzen, doch die anderen Boote holten uns nach und nach ein, bedrohten uns aus verschiedenen Richtungen. Benutze den Zauber, der zur Hand ist, das hatte White Eagle mich gelehrt. Ich sammelte die Nebelschleier zu einer mächtigen, undurchdringlichen Nebelwand. Nun waren die Warnrufe und Flüche von Männern zu hören, als deren Boote unvermeidbar zusammenstießen. Wir nahmen Kurs auf den Hauptfluss und hofften, dass die schnell fließende Strömung uns aus der Gefahrenzone bringen würde. Die Rufe und Schreie wurden nach und nach schwächer. Die Stadt und der Hafen wichen hinter uns zurück, wurden ersetzt durch drohende Klippen und die schweigende, brütende Gegenwart der Wälder.

Black Fox steuerte eine kleine Bucht an und ich legte die fremde Kleidung ab und zog die vertraute Lederkleidung an. Das Kleid, das Le Grand mir gegeben hatte, ließ ich am Kiesufer zurück. Der Reifrock mit den Unterröcken und dem Mieder lag am Rande des Wassers und sah von weitem so aus wie eine ertrunkene und ans Land geschwemmte Frau.
Wir paddelten nun gegen den Strom und kamen nur mühsam voran, während wir nach einem Wasserweg suchten, der uns nach Süden zum Lake Champlain brächte. Wir hatten vor, die Länge des großen Wasserweges entlangzufahren und dann nach Osten abzubiegen. Wir wollten dem Weg folgen, den Sparks Fire, Naugatuck und der Rest des Stammes eingeschlagen hatten, um zurück in die Heimat zu gelangen. Doch das Schicksal hatte etwas anderes für uns vorgesehen. Wir würden unsere Freunde unter den Pennacook niemals wiedersehen.
Wir befanden uns weit draußen auf dem See, winzig wie Ascheflecken auf einem Spiegel, als ein Sturm über uns hereinbrach. Ein heftiger Wind kam plötzlich auf und wir konnten keinen Unterschied mehr ausmachen zwischen Luft und Wasser. Der See war so schwarz wie der Himmel. Es war, als ob die beiden Elemente sich vereint hätten. Wellen so hoch wie im Ozean türmten sich auf und drohten unser kleines Boot zu verschlingen.
Wir ruderten auf das Ostufer zu, aber es war, als ob eine große Hand uns nach Westen drückte. Wir waren machtlos. Der Sturm glich einem heulenden Untier, das über den See auf uns zudrängte. Der Regen fiel in solchen Strömen, dass wir weder Land noch Himmel

noch Wasser sehen konnten. Black Fox murrte vor sich hin, dass Hobbomok wirklich böse sein musste. Es war, als ob eine große Seeschlange erwacht sei und sich erhebe, um uns gänzlich zu verschlingen.

Wir verloren alles. Selbst unsere Kleidung war uns fast vom Leibe gerissen worden, als wir am Ufer lagen. Wir mussten wie tot dagelegen haben, verstreut zwischen Holzstämmen und Blättern, bedeckt mit Schlamm aus dem See.

Ich erwachte von Stimmen, die rau an meinem Ohr klangen und in einer Sprache redeten, die ich nie vorher gehört hatte. Ich wurde mit einem Stock oder dem Schaft einer Lanze in die Rippen und in den Rücken gestoßen und dann drehte ein Fuß mich um. Die Sohle war weich, es waren Mokassins. Wer immer diese Leute auch waren, es waren Indianer. Ich öffnete vorsichtig ein Auge und sah Perlenschmuck, den ich nie vorher gesehen hatte. Sie trugen Beinkleider aus verzierter Hirschhaut bis zu den Knien, eine Tunika aus grobem rotem Tuch, das von den Holländern getauscht sein durfte, und einen langen, gefransten Lendenschurz. Einer war mit einem breiten, reich verzierten Gürtel ausgestattet und einer weiten, gewebten Schärpe, die an der Schulter lose verknotet war.

Sie hatten außerdem eine beachtliche Auswahl an Waffen bei sich: Kriegskeulen, Tomahawks und Skalpiermesser. Einer trug eine Lanze. Er lehnte sich darauf, während er auf uns hinuntersah.

Ihre Gesichter waren bemalt, rot, gelb, blau und weiß, aber ich kannte die Muster nicht. Ihre Haar-

tracht war mir ebenfalls unbekannt – zwei von ihnen hatten eine Frisur wie eine Kappe, mit drei Federn geschmückt.
Sie traten zur Seite und unterhielten sich leise. Der Ton klang eher nach Neugier als nach Feindseligkeit. Ich hatte vorher noch nie einen von ihnen gesehen, aber ich wusste, zu welchem Stamm sie gehörten, und ich kannte ihren Ruf. Es waren Krieger der Irokesen, wahrscheinlich Mohawks, die gefürchtetsten von allen. Selbst die Namen oder Schimpfworte, die für sie gebraucht wurden – *Irokesen, Mingo, Mohawk, Maquas, Schlangen, hinterhältige Kannibalen* –, sprachen von dem Schrecken, den sie verbreiteten. Aber ich wusste, es würde uns nichts geschehen. Zumindest nicht im Moment. Sie würden uns nicht töten, solange wir in diesem hilflosen Zustand dalagen, denn das wäre feige.
Nach einer kurzen Besprechung kamen sie zurück. Einer von ihnen packte Ephraim am Haar. Nicht um ihn zu skalpieren. Einen Skalp auf solche Weise zu nehmen, wäre wie Aas zu essen. Er bewunderte die Farbe. Zwei gingen mit hölzernen Eimern zum See, um Wasser zu holen und es über uns zu schütten. Ich konnte nicht ewig bewusstlos daliegen. Ich schauderte bei dem zweiten Wasserguss und setzte mich auf.
Sie gossen noch mehr Wasser über Black Fox, zerrten ihn auf die Füße und schlugen ihn so hart ins Gesicht, dass seine Nase blutete. Ich rief ihnen zu, sie sollten aufhören, und zwar in allen Sprachen, die ich zur Verfügung hatte.
Daraufhin kam einer von ihnen zu mir.
»Français?«

Ich schüttelte den Kopf. »Englisch.«
»Kiohensaka?« Seine Augen weiteten sich in Überraschung. »Er?« Er fragte auf Französisch und deutete auf Black Fox, der auf dem Boden lag und mit aller Kraft versuchte sich zu wehren. Einer der Krieger schlug ihn wieder, während ein anderer seine Hände fesselte.
»Pennacook. Er ist mein Sohn.«
»Der andere?«
Er deutete auf Ephraim, der immer noch halb bewusstlos dalag.
»Ebenfalls mein Sohn.«
Er nickte zum Zeichen, dass er verstanden hatte, und stand dann in einer geschmeidigen Bewegung auf. Er deutete auf sich und seine Männer.
»Haudenosaunee. Irokesen. Kahniakehaka. Mohawk. Ihr werdet mit uns kommen.«

36 *Alison*

Hau-den-o-sau-nee.« Alison sprach die Worte laut für sich aus. »Menschen des Langhauses. *Kah-nia-keh-aka.* Volk des Feuersteins.«
»Kann ich Ihnen helfen?«
»Oh.« Alison sah von der Tafel auf, die sie studiert hatte. »Ja, ich hätte gerne das hier.« Sie nahm einen Traumfänger von einem Ständer neben sich. Die Indianer fertigten diese kleinen, mit Perlen und Federn besetzten Netze, damit sie ihrem Besitzer gute Träu-

me bescherten. »Und ich versuche jemanden zu finden.«

»Und wer soll das sein?«, fragte die Frau, während sie die Ware einwickelte und den Preis eintippte.

»Ein Mädchen. Ihr Name ist Agnes Herne.«

»Das macht dann zehn Dollar.«

Alison reichte ihr das Geld. »Kennen Sie Agnes vielleicht?«

»Vielleicht.« Die Frau sah vorsichtig aus. »Was möchten Sie denn von ihr?«

»Sie ist eine Studentin von mir«, erklärte Alison schnell. »Sie hilft mir bei einigen Nachforschungen und ist hierher gekommen, um ihre Tante zu interviewen.«

»Das dürfte dann Miriam sein. Hat den Laden da drüben.« Sie deutete mit dem Daumen zum Fenster. »Ist aber nicht da. Hat die ganze Woche schon geschlossen.«

»Wo ist sie denn?«

»Schwer zu sagen.« Die Frau schüttelte den Kopf. »Miriam ist ganz ihre eigene Herrin. Sim müsste es aber wissen. Das ist ihr Sohn.«

»Wo kann ich ihn denn finden?«

»Ich könnte Ihnen sein Haus zeigen. Aber dort ist er wahrscheinlich im Augenblick nicht. Er ist bestimmt im Casino.«

Alison bedankte sich bei der Frau und verließ ihren Laden. Das Casino befand sich ein Stück weiter oben in der gleichen Straße. Das neonrosa Schild wirkte im hellen Sonnenlicht richtiggehend blass, aber man konnte es trotzdem nicht übersehen. Es war das höchste Schild weit und breit.

Sim kam an die Empfangstheke, um sie zu treffen. Er schien gar nicht überrascht über ihren Besuch, aber als sie ihm sagte, dass sie Agnes sehen wollte, erklärte er ihr, dass seine Schicht im Casino gerade erst begann. »Vielleicht könnte ich sie anrufen«, überlegte er laut. »Sie hat mein Handy, allerdings hat sie es wahrscheinlich nicht eingeschaltet.«

»Ich habe ein Auto. Sagen Sie mir einfach, wo es ist, dann fahre ich selbst hin.«

Sim schüttelte den Kopf. »Es ist besser, wenn ich Sie hinbringe. Sie müssen die Holzfäller-Straßen nehmen. Da können Sie sich leicht verfahren."

»Dann warte ich. Wann sind Sie denn fertig?«

»Ich kann eine Pause machen. Sagen wir gegen Mittag?«

»In Ordnung.«

»Was werden Sie bis dahin unternehmen?«

Alison blickte sich um. »Ich war noch nie vorher in einem Casino. Es sieht aufregend aus.«

»Hey, hören Sie . . .« Sim runzelte die Stirn. »Seien Sie vorsichtig. Sie könnten Haus und Hof verlieren. Das ist mein Ernst! Spielen Sie lieber nur an den Maschinen. Versuchen Sie es nicht bei den größeren Sachen . . .«

»Ich komme schon klar.«

»Na gut. Bis später dann.«

Als sie sich wiedertrafen, strahlte Alison. Sie hatte einen ganzen Beutel von Münzen einzulösen.

»Ziemlich eindrucksvoller Laden, den ihr da habt«, sagte sie, während sie ihre Dollars zählte.

»Er ist im Vergleich zu anderen noch klein, aber wir

werden uns vergrößern und es gibt genug Platz, um zu expandieren. Im Augenblick sind wir dabei, die Möglichkeiten für Spiele im Netz zu erkunden.«

»Also ist das Casino etwas Gutes?«, fragte Alison, während sie hinaus auf den Parkplatz gingen.

»Die meisten Leute denken das.«

»Ihre Mutter eingeschlossen?«

Sim runzelte die Stirn und kratzte sich mit dem Daumen an der Wange.

»Sagen wir, sie hat ein paar Einwände.«

»Hört sich so an, als sei sie eine ziemlich starke Persönlichkeit.«

Sim grinste. »Das könnte man wohl so sagen.«

»Agnes scheint sehr von ihr angetan.«

»Ja, sie stehen sich ziemlich nahe.«

»Agnes sagte, Sie beide wären zusammen aufgewachsen und dass Sie wie ein Bruder für sie sind.«

Sim lächelte erfreut. »Das hat sie gesagt?«

»Ja, das hat sie gesagt.«

»Ihre Mutter hat sie mehr oder weniger zu uns abgeschoben. Es war eine Schande. Sie war tief verletzt und deshalb hatte sie in der Schule ständig Streit und wollte mit niemandem reden. Ich musste auf sie aufpassen, verstehen Sie?«

»Und ihre Mutter?«

»Oh, Agnes will jetzt nicht mehr viel mit ihr zu tun haben, aber meine Mutter meint, man müsse ihr einfach nur Zeit lassen. Dina, Agnes' Mutter, sei schließlich selbst nicht mehr als ein Kind gewesen, als sie Agnes bekam. Sie denkt, wenn Agnes erst älter ist, wird sie das auch verstehen.«

»Was denken Sie denn?«

»Hm ... kann schon sein. Agnes hatte eine harte Zeit, sie ist vorsichtig geworden.« Er machte eine Pause. »Aber Sie mag sie jedenfalls.«

»Oh.« Alison war eigenartig erfreut darüber. »Woher wollen Sie das wissen?«

»Das merke ich einfach. Es ist eine Ehre für Sie. Sie vertraut nicht vielen Leuten, besonders keinen Weißen. Man lernt, dass man das besser nicht tun sollte.«

»Was? Selbst jetzt noch?«

»Selbst jetzt noch.«

Sim hielt ihr die Tür auf, als Alison sich ans Steuer ihres Wagens setzte. »Ich hab den schwarzen Pick-up dort drüben. Fahren Sie mir einfach nach.«

37 Looking Glass Lake

»Junge, diese Alison! Die lässt wirklich nicht locker. Sie hat in der ganzen Reservation nach Sim gesucht. Jetzt bringt er sie hierher.«

»Woher weißt du das? Schamanenkunst?«

»Nein, eigentlich nicht.« Tante M lachte und hielt das Mobiltelefon hoch. »Während du geschlafen hast, habe ich mir dieses Ding angeschaut und versehentlich auf einen Knopf gedrückt. Da hat es verrückterweise angefangen zu klingeln. Es war Sim. Er bringt sie hierher.«

»Wann werden sie denn hier sein?«

»Schon bald. Ich hätte mir allerdings einen besseren Zeitpunkt gewünscht. Am liebsten würde ich sie gleich wieder wegschicken.«

»Wieso denn?« Agnes wollte Alison sehen. Sie wollte wissen, was sie herausgefunden hatte, und außerdem wollte sie ihr auch erzählen, was mit ihr geschehen war.

»Weil es noch nicht zu Ende ist und ich mag keine Unterbrechungen. Wir müssen den ganzen Weg gehen, so weit sie uns bringen will, und ich denke, wir sind noch nicht angekommen, oder? Ich möchte nicht, dass du hier bist, wenn sie kommen.«

»Warum nicht?«

»Das stört deine Konzentration. Sie werden jetzt nicht mehr lange brauchen. Ich denke, ich werde sie gleich wieder wegschicken. Du gehst am besten erst mal für ein Weilchen hinaus.«

Agnes verließ gehorsam die Hütte. Sie hatte es schon vor langer Zeit aufgegeben, Tante M ergründen zu wollen. Außerdem hatte sie selbst im Augenblick die Rolle eines Lehrlings angenommen, sozusagen eines Hexenlehrlings, und als solcher musste sie tun, was man ihr sagte. Sie nahm den Pfad, der oberhalb der Hütte entlangführte. Von hier oben aus hatte sie einen guten Blick auf die Straße und konnte sehen, wer kam oder ging. In der Ferne war das Brummen eines Automotors zu hören, dann kam ein anderer dazu. Das mussten sie sein. Agnes ging schneller, um weiter vorne besser sehen zu können. Vielleicht würde sie trotzdem nach unten gehen, nur um hallo zu sagen. Sie konnten ja weitermachen, wenn Alison wieder fort war. Im Augenblick schien sowieso nichts zu passieren.

Ihre Beine fühlten sich eigenartig schwer an und ihr Rücken schmerzte, als ob sie tagelang gelaufen sei.

Plötzlich fühlte sie sich unglaublich schwach, als ob selbst ein einziger Schritt schon zu viel für sie wäre. Sie sank zu Boden, lehnte sich mit dem Rücken gegen einen Baumstamm und schloss die Augen.

38 Die Mohawk-Festung

Sie hatten uns mit Wurzeln der Schwarzfichte gefesselt und dann mit einer Schlinge zusammengebunden, die sie aus wildem Wein gemacht hatten. So marschierten sie mit uns weiter durch den Wald, zwei vor uns und zwei hinter uns. Sie schlugen ein schnelles Tempo ein und es war schwer, mit ihnen mitzuhalten. Wir waren äußerst unsanft von ihnen aus der Bewusstlosigkeit geweckt worden und hatten seit einer Nacht und einem Tag nichts gegessen. Black Fox war so unermüdlich wie die Krieger der Mohawk, doch Ephraim ging es noch schlechter als mir. Er war am Ende seiner Kräfte. Er schwankte, seine Schritte waren unsicher, sein Gesicht bleich, schweißüberströmt, die Haut um den Mund blau angelaufen. Er konnte jeden Moment in Ohnmacht fallen. Eine solche Schwäche würde ihn als nutzlos disqualifizieren. Sein Leben wäre verwirkt. Ich sank zu Boden, den Rücken gegen einen Baum gelehnt, und schwor, dass ich nicht weitergehen konnte. Obwohl ich wusste, dass dies mein Ende bedeuten konnte, musste ich sie zum Anhalten bringen.

Unsere Entführer zogen sich in einiger Entfernung

zurück, um sich zu beratschlagen. Einer hätte uns am liebsten sofort getötet, doch der Anführer widersprach ihm. Es war bereits kurz vor Einbruch der Dämmerung, also war die Pause nicht unangebracht. Er befahl den anderen ein Lager zu bereiten. Sie ließen uns an einen Baum angebunden zurück wie Tiere, um sicherzugehen, dass wir nicht fliehen konnten.

Sie brachten uns Wasser und fütterten uns mit getrocknetem Maismehl, das ein wenig angefeuchtet war, um es essbar zu machen. Es war das übliche Essen auf dem Kriegspfad und das Gleiche, was sie selbst aßen. Obwohl es lediglich Trockennahrung und nicht gerade viel war, war es zumindest nahrhaft und gab uns etwas Kraft und Stärke zurück.

Ephraim kroch zu mir herüber. »Kannst du nicht einen Zauber anwenden wie bei den Soldaten?«

Ich schüttelte den Kopf und deutete auf die Amulette, die sie um den Hals trugen. Es würde bei ihnen nicht wirken.

Wir marschierten noch drei Tage so weiter. In der vierten Nacht machten wir nur kurz Rast und gingen weiter, sobald sich am östlichen Himmel der leiseste Schein der Dämmerung zeigte. Wir befanden uns in der Nähe ihres Heimatdorfes und dieser Tag war etwas Besonderes für sie. Sie hatten es eilig, nach Hause zu kommen. Der Weg war beschwerlich und bestand aus morastigem Untergrund, der mit Binsen und rauen Grasbüscheln durchsetzt war. Sie drängten uns weiter, zogen das Tempo an, schlugen uns mit den Keulen, stießen uns mit den Lanzen und schimpften auf jeden, der stolperte. Wir gingen nur zögernd weiter. Unterwegs zu sein war besser als anzukommen.

Es war nicht vorherzusehen, was sie vorhatten, und wenn der Tod auf uns wartete, würde es kein schneller Tod sein.
Der Tag versprach heiß zu werden, doch Nebel kräuselte sich über dem sumpfigen Boden. Der Weg, den wir jetzt nahmen war unheimlich, wir passierten ein Totengelände, wo Kleidung von den Bäumen hing wie zerlumpte Banner und der hohläugige Schädel eines großen gehörnten Tieres über alles wachte.
Hinter diesem Gelände befand sich das Dorf. Es lag höher, eine große umzäunte Siedlung, deren wuchtige Palisaden aus den geschärften Stämmen großer Bäume bestanden, die sich schräg überkreuzten. Ich taumelte und wäre stehen geblieben, wenn ich nicht so grob vorwärts gestoßen worden wäre. Genau diesen Ort hatte ich bereits in meinen Träumen gesehen und jeder Anblick, der sich mir nun bot, jedes Geräusch, das ich vernahm, war schicksalsschwer – von den Kieseln auf dem Pfad bis zum gereizten Knurren unserer Wächter und dem leisen Tappen ihrer Mokassins.
Späher auf hohen Plattformen sahen uns näher kommen und verkündeten den Indianern innerhalb der Festung unsere Ankunft. Der Weg führte durch eine doppelte Reihe von Pfählen, durch die wir uns in die Siedlung schlängeln mussten. Bevor wir sie betraten, konnte ich Trommeln schlagen hören und Gesang und das Stampfen von tanzenden Füßen. Wir waren anscheinend mitten in einer Zeremonie angekommen, doch sobald wir auftauchten, verstummte jeder Laut.

39 Zu Hause

Das ganze Dorf war versammelt. Unsere Entführer lösten unsere Fesseln, sodass endlich Gefühl zurück in unsere Glieder strömte. Jetzt brauchte man keine Flucht mehr zu befürchten.

Kleine Kinder wagten sich aus der drängelnden Menge, um Steine nach uns zu werfen und uns Beleidigungen zuzurufen. Sie zeigten besonderes Interesse an Ephraim, waren fasziniert von seinem blonden Haar, seiner Andersartigkeit. Aber wenn sie auf eine Reaktion warteten, wurden sie enttäuscht. Er wusste, was erwartet wurde und wie er sich benehmen musste. Er stand mit verschränkten Armen da und nahm den gleichen in die Ferne gerichteten Blick wie sein Bruder Black Fox an. Black Fox rüstete sich bereits innerlich für das, was passieren konnte. Er musste zeigen, dass sein Mut jeder Probe Stand hielt. Schwäche zu zeigen oder gar um Gnade zu flehen, das würde bedeuten, dass sie ihm seine Seele nehmen konnten und seine Kraft würde auf sie übergehen. Er musste in der Lage sein, allem zu widerstehen. Sie konnten ihn der qualvollsten, ausgeklügeltsten Marter unterziehen, die man sich ausdenken konnte, um seine Stärke zu prüfen. Sie konnten uns der Marter unterziehen und ihn zusehen lassen. Sie konnten uns alle zu einem Ort bringen, wo der Tod uns noch wie ein gütiger Freund schiene. Es konnte bis zu drei Tage dauern, bis wir sterben würden.

Die Männer, die uns gebracht hatten, traten zurück, damit wir genauer betrachtet werden konnten. Drei

Frauen traten aus der Menge und musterten uns, wie ein Herr einen Dienstboten auf einem Arbeitsmarkt mustern würde. Die Frauen trugen ihre Clanabzeichen auf den Wangen: Schildkröte, Wolf, Bär. Dies waren die Clanmütter, die Herrscherinnen der Langhäuser. Sie würden über unser Schicksal entscheiden.

Die Frauen standen vor uns. Eine von ihnen drehte meinen Kopf und bemerkte das Wolfszeichen auf der linken Seite meines Gesichts. Es war das gleiche wie ihres. Sie sah mir in die Augen und lächelte.

Die anderen Frauen befahlen Black Fox und Ephraim sich auszuziehen und traten dann in offensichtlicher Bewunderung zurück beim Anblick der kräftigen Geschmeidigkeit von Black Fox, staunten über den auffallenden Kontrast von Ephraims weißer Haut und der Bräune seines Gesichts und seiner Hände. Schließlich drehten sich die Frauen um und auf ein Nicken von ihnen hin trat die Menge zurück und begann zwei Reihen zu formen.

Die Frauen gingen durch den sich bildenden Korridor und kehrten zu ihren Langhäusern zurück. Es waren eindrucksvolle Gebäude aus Rinde und Lehm, größer, als ich sie je vorher gesehen hatte, mit zehn oder fünfzehn Feuerplätzen – groß genug, um zwanzig bis dreißig Familien aufzunehmen. Zeichen über der Tür kennzeichneten sie als Clanhäuser.

Die drei Frauen stellten sich mit den anderen Anführern an die Türen der verschiedenen Häuser. Die Frauen waren es, die entschieden, was mit Gefangenen passieren sollte. Die Siedlung musste Verluste erlitten haben, denn wir sollten weder gemartert noch

getötet werden. Wir sollten adoptiert werden. Doch zuerst mussten wir Spießruten laufen.
Die Menge stand jetzt in zwei Reihen da: Männer, Frauen, Kinder, alle hielten sie Peitschen, Keulen, Stecken, alles, was sie zur Hand hatten und womit sie uns schlagen konnten.
Wir mussten zur Tür des Hauses gelangen. Zu zögern, zu versagen, zu fallen würde uns für unwert erklären.
Black Fox lief als Erster. Keulen und Stecken schlugen nach ihm, doch sie schlugen in die Luft, da er nach rechts und links auswich und geschickt über ausgestreckte Füße und Beine sprang, die ihn zum Stolpern bringen wollten. Er war hindurch, noch bevor die meisten von ihnen gemerkt hatten, dass er bereits vorbei war. Der Mann, der uns gefangen genommen hatte, lächelte in offensichtlicher Bewunderung. Er winkte Black Fox zum Haus der Schildkröte. Die Männer, die an der Tür standen, traten vor, um ihn zu begrüßen, schlugen ihn auf den Rücken und umarmten ihn wie einen Bruder.
Als Nächstes war Ephraim an der Reihe. Er stand neben mir, starrte mit geradem Rücken vor sich hin und ignorierte die neuerlichen Hänseleien der mit Mist werfenden Kinder, doch seine Beine zitterten wie die eines jungen Pferdes vor dem ersten Rennen.
»Ich werde auf dich aufpassen«, flüsterte ich.
Er nickte und rannte los, so flink wie Black Fox. Aber er war jünger und von dem langen Marsch und dem Sturm auf dem See geschwächt. Bald musste er schwere Schläge auf Rücken und Schultern einstecken, und das machte ihn noch langsamer. Als ein

Schlag auf den Schenkel sein Bein unter ihm wegknicken ließ, brach er fast zusammen. Doch er stolperte gebückt weiter und steckte dabei Schläge von links und rechts ein. Ich dachte schon, er würde es alleine schaffen. Da streckte ein kleiner Junge, das Gesicht voller hinterlistiger Bosheit, seinen Fuß aus. Ephraim würde darüber stolpern und geradewegs mit dem Gesicht in den Schlamm fallen. Ich starrte zum Ende der Reihe. Alles verlangsamte sich. Das Kind, das den Fuß ausstreckte, geriet aus dem Gleichgewicht, stolperte und fiel vor Ephraim zu Boden, der aufgeschreckt über ihn sprang und weitertaumelte. Er hatte jetzt nur noch ein kurzes Stück zu gehen und der Junge auf dem Boden lenkte die anderen so ab, dass sie ihre Schläge falsch austeilten. Sie schlugen in die Luft oder gegen ihre eigenen Stecken – und da war Ephraim hindurch und taumelte auf die Häuser zu!

Er wäre Black Fox gefolgt, doch die Clanmutter des Wolfshauses trat auf ihn zu. Sie nahm ihn in die Arme und trug ihn beinahe zu ihrer Tür.

Ihr Blick wanderte zurück zu mir. Es war jetzt an mir, zwischen der Reihe der Leute hindurchzugehen. Frauen müssen nicht Spießruten laufen. Alle senkten ihre Waffen und traten zurück, um mich hindurchzulassen.

Wir wurden gebadet, bekamen zu essen und neue Kleidung. Wir hatten uns als würdig erwiesen und waren jetzt *Kahniakehaka*. Volk des Feuersteins. Adoption ist unter vielen Stämmen üblich, um diejenigen zu ersetzen, die durch Krankheit oder Krieg verloren waren.

Ich sah bald, warum wir in den Stamm aufgenommen worden waren. Die Krankheit war unübersehbar im Langhaus des Wolfclans. Es war Mittag, dennoch lagen Menschen auf den Schlafplätzen; sie rissen sich im Fieberwahn die Kleidung vom Leibe oder lagen völlig ermattet da. Ich trat näher und sah, dass ihre Hände und Gesichter mit nässenden Wunden und aufbrechenden Blasen bedeckt waren. Sie hatten die Fleckenkrankheit, das, was die Engländer Pocken nannten.
Die Clanmutter beobachtete alles von ihrem Platz am Feuer in der Mitte aus und ihr Gesicht war voller Sorge und Kummer. Eine solche Krankheit kann ein ganzes Dorf töten.
Sie sprach zu einer kleineren Frau, die von ihrem Platz aufsprang und zu mir trat.
»Sie nennen mich *Wahiakwas, Picking Berries,* ich bin Pennacook wie du. Ich wurde bei einem Überfall auf mein Dorf vor vielen Jahren entführt. Ich wurde zu dieser Jahreszeit hergebracht, im Mond der Erdbeeren, und von den Kahniakehaka adoptiert.« Sie blickte auf all die Körper, die auf den Matten lagen. »Die hier wurden krank, als ein Händler kam. Er war Holländer. Einer von denen, die sie *Asseroni* nennen, Messermacher. Sie wussten nicht, dass er krank war, sonst hätte man ihn niemals eingelassen, aber jetzt . . .«
»Wie lange?« Ich sah sie an. »Wie lange ist es her, seit er hier war?«
»Nicht lange. Eine Woche vielleicht . . .«
»Wie viele sind jetzt krank?«
»Vier oder fünf in jedem Haus.«
Es war spät, aber vielleicht konnte man noch verhindern, dass die anderen sich ansteckten.

»Sag der Clanmutter, ich möchte mit ihr sprechen.«
Die Clanmutter brachte mich zum Häuptling. Er musste meinem Plan zustimmen.
Er stand am Eingang seines Hauses und erwartete meine Ankunft. Sein Gesicht war bemalt, sein Kopf mit Wieselfellen und einem Federschmuck aus Adlerfedern bedeckt, überdies war er reich geschmückt mit Wampumgürteln. Er war nicht groß, die Männer, die ihn umringten, überragten ihn. Doch sie hielten respektvollen Abstand, denn er strahlte große Autorität aus.
Er hörte schweigend zu, als ihm mein Plan dargelegt wurde.
»Warum?«, fragte er Picking Berries. »Warum will sie das tun?«
»Sie sind krank und ich bin eine Heilerin«, antwortete ich statt ihrer. »Dein Volk ist jetzt auch mein Volk.«
»Gut.« Er sah zu den Kriegern, die ihn flankierten. »Es soll geschehen.«

Das Haus wurde weit weg von der Siedlung gebaut, außerhalb der Palisaden. Die Kranken wurden auf Tragen zu mir gebracht und ich bat die Träger mir noch frische Blumen zu pflücken, so viele sie finden konnten. Ich wollte, dass ein frischer und gesunder Duft im Haus war. Weiter beauftragte ich sie, die Heilkräuter, Rinden und Wurzeln, die ich brauchte, im Wald zu sammeln. Dann sagte ich ihnen, sie sollten mich alleine lassen und nur kommen, um weitere Kranke zu bringen. Essen und frisches Wasser sollte außerhalb des Zaunes abgestellt werden, den zu errichten ich befohlen hatte.

Ich hatte bereits fünfzehn Patienten, einschließlich einiger Kinder. Ich kümmerte mich um sie, so gut ich konnte, und hoffte, dass die Aufgabe nicht zu viel für mich werden würde.
Ich machte ein Feuer und stellte einen Topf darauf, um eine entzündungshemmende Kräutermischung zu kochen, mit der ich ihre Wunden baden wollte. Ich machte mich daran, Wurzeln und Kräuter zu schälen oder zu zerstampfen, stellte Salben und Sud her, um das Fieber zu senken und das Blut zu reinigen. Während ich arbeitete, sang ich ein altes Lied in meiner eigenen Sprache: »So zeitig, zeitig im Frühjahr . . .« Es war eines der Lieder, die meine Großmutter immer in ihrer Hütte gesungen hatte. Ich fühlte ihren Geist um mich und ich rief sie an mir jetzt ihre Kraft zu schicken.
Das Licht verblasste mit Einbruch der ersten Nacht, als ich vor meinem Feuer saß, auf allen Seiten umgeben von den Schreien der Kranken und dem Stöhnen der Sterbenden. Plötzlich merkte ich, wie die Luft im Haus sich veränderte. Die Türklappe wurde zurückgeschlagen und jemand trat ein. Ich hörte das Klappern einer Schildkrötenrassel und ein Gesicht wurde vom Schein des Feuers beleuchtet, angesichts dessen jede normale Frau davongerannt wäre. Ich dachte tatsächlich, dies sei ein Geist, eine irdische Manifestation eines Gottes. Mein Herz klopfte heftig in meiner Brust und ich gebot ihm energisch sich zu beruhigen. Ich war keine normale Frau. Ich war Powwow. Ich war eine Hexe.
Ich wartete, blieb ganz still und sah zu, wie die Gestalt mich umkreiste, wie eine Raubkatze ihre Beute um-

kreisen mag. Der Körper und die Kleidung waren die eines Mannes, der Mantel war von höchst ausgefallener Art – Stoff, Leder und Fell, alles zusammengenäht und mit Muscheln, Kupferstücken und Eisen verziert. Der Mantel klimperte, während der Mann um mich herumtanzte. Der Kopf aber, dessen Gesicht mir zugewandt war, war riesig und wirkte verzerrt. Er hatte gezackte Haare wie Rabenschwingen, seine Augen waren riesige Höhlen und seine Haut hatte die Farbe von Blut.

Ich griff in meinen Beutel und bot ihm Tabak an, dann machte er mit einer weit ausholenden, katzenartigen Bewegung einen Schritt von mir weg und begann zwischen meinen Patienten umherzugehen. Er tanzte die Reihen entlang und sang, schüttelte die Rassel über ihnen, hob die Hände über ihre Körper. Selbst die Ruhelosesten unter ihnen beruhigten sich, als er vorbeitanzte, und als er zurückkam, schien die ganze Hütte voller Frieden und Ruhe.

Er trat auf mich zu und blieb vor mir stehen. Ich konnte die Macht, die er ausstrahlte, fühlen wie die Hitze eines Feuers.

Er nahm die Maske ab und zeigte ein Gesicht, das beinahe ebenso hässlich und verzerrt war wie die Maske selbst. Es war das Gesicht eines Mannes, doch ein Auge war geschlossen und hing nach unten. Eine breite Narbe, die von einem Tomahawk oder einer Axt herrührte, spaltete diese Seite seines Gesichtes von der Stirn bis zum Kiefer und schnitt durch das Zeichen des Bärenclans, das er auf seiner Wange trug. Die andere Seite war heil. Das dunkle Auge funkelte vor Klugheit, doch die Haut war von tiefen Pockennarben übersät.

»Ich bin *Satehhoronies, Tall Sky,* das bedeutet *Hoher Himmel,* denn ich kann so weit sehen wie ein Vogel, der hoch oben am Himmel fliegt.« Er drehte sein blindes Auge zu mir. Ich verstand, was er meinte: Man braucht keine Augen, um zu sehen. »Ich bin *Ronaterihonte,* Hüter des Glaubens. Ich bin auch Medizinmann, wie du Medizinfrau bist.« Er hob die Maske, die er in den Händen hielt. »Dies ist es, wozu ich werde, wenn ich die Zeremonien vollziehe. Dies ist es, was mir die heilende Kraft bringt. Es ist geschnitzt aus lebendem Lindenholz und hat viel *Orenda,* was du Manitu nennen würdest.«

Er sprach in der Sprache, die von den Stämmen von Neu-England benutzt wird. Als ich ihn ansah, beantwortete er meine Gedanken.

»Ich spreche viele Sprachen.« Er wiederholte den Satz auf Englisch, dann auf Französisch und in einer Sprache, die, wie ich annahm, Holländisch sein musste. Dann lächelte er und sein Gesicht wurde fast schön, zeigte, wie es ausgesehen haben musste, bevor es so von Krankheit und Krieg zerstört worden war. »Ich bin gekommen, um dir zu helfen.« Seine Finger strichen über seine Wange, über die Narben. »Wie du sehen kannst, hatte ich diese Krankheit bereits.«

»Diejenigen, die sie bereits hatten, werden meist nicht mehr krank.«

»So ist es. Und du? Denn diese Krankheit tötet auch Weiße.«

»Als ich ein Kind war, litt ich unter einer abgemilderten Art. Windpocken nannte meine Großmutter sie. Sie gab sie an mich weiter.«

»Sie gab sie dir?«

Ich nickte. »Sie nahm etwas Flüssigkeit aus einer der Blasen auf den Händen eines Milchmädchens, dann machte sie einen kleinen Schnitt in meine Haut. Jeder, der an dieser Krankheit gelitten hatte, würde niemals die schlimmere bekommen, das ist es, was sie sagte.«

»Darin könnte Weisheit liegen.« Er erhob sich vom Feuer und streckte mir seine Hand entgegen. Sein Griff war warm und stark. »Es ist etwas Gutes, was du tust, Mary.«

»Woher kennst du meinen Namen?«

»Ich weiß viel.« Er sah geheimnisvoll und fast unnahbar aus. Doch dann lächelte er sein schiefes Lächeln. »Ich hätte sagen können: durch Zauberei. Aber in Wirklichkeit hat der Junge es mir erzählt. Du hast jetzt jedoch einen neuen Namen, weißt du das?«

»Wie nennen sie mich?«

»Sie nennen dich *Katsitsaioneh, Bringing Flowers,* was bedeutet: *Die, die Blumen bringt.* Und nun komm, es gibt viel zu tun!«

Er blieb und half mir dabei, gegen die Krankheit anzukämpfen. Ich glaube, ohne ihn wäre ich selbst irgendwann unter den Toten gewesen, die er täglich aus dem Haus trug. Er half mir die Kranken zu heilen und er tröstete die Sterbenden. Wenn sie von uns gegangen waren, bestattete er sie mit allen nötigen Zeremonien. Aber dennoch kamen immer mehr Kranke.

Eines Tages fragte er mich wieder nach der Weisheit meiner Großmutter. Ich wiederholte ihm, wie sie mich infiziert hatte, und er saß eine lange Zeit nachdenklich da.

»Vielleicht können wir das Gleiche tun. Wir nehmen etwas Wundflüssigkeit von denen, die fast gesund sind, und geben es in die Haut der anderen im Stamm.«

»Was, wenn sie sterben?«

Er blickte mich traurig an, »dann werden alle sterben. Ich werde mit meinen Brüdern und Schwestern sprechen. Dann können wir im Rat besprechen und darüber abstimmen.«

Ich dachte nicht, dass sie einer solch drastischen Maßnahme zustimmen würden, und es wurde auch lange am Ratsfeuer diskutiert. Aber schließlich wurde es beschlossen.

Keiner von uns wusste, ob unsere Behandlung helfen würde. Anfänglich schien es die Lage noch zu verschlimmern, doch schließlich wurden die Krankheitsfälle weniger und weniger. Bis eines Tages keiner mehr zu uns gebracht wurde. Eine Woche verging, dann zwei. Unsere verbleibenden Patienten erholten sich. Nach Monaten unablässiger Arbeit hatten wir tatsächlich nichts mehr zu tun.

Wir kamen heraus, als die Blätter nicht länger grün waren, und die Menschen hießen uns lauthals willkommen und feierten uns, uns beide.

40 Medizinhütte

Alle meine Patienten waren fort. Das Haus, das für sie gebaut worden war, war leer. Ich machte mich daran, es zu reinigen, verbrannte die Lagerstätten und kehrte es aus. Dann verbrannte ich Wacholder und Tabak, um die Luft zu reinigen. Es gab jetzt keine Blumen mehr, also sammelte ich Fichten- und Kiefernzweige wegen ihres kräftigen, frischen Geruchs. Während ich so arbeitete, kam mir die Idee: Ich würde nicht mehr zu den anderen ins Haus des Wolfclans innerhalb der Palisade ziehen. Ich würde hier bleiben. Die Kranken würden zu mir kommen. Ich würde sie pflegen, genau wie die frommen Schwestern es – der Erzählung meiner Großmutter nach – vor langer Zeit getan hatten. Bis König Henrys Männer sie vertrieben hatten und ihr Kloster mitsamt der Krankenstation und allem zu Ruinen verfallen war.

Ich erklärte Satehhoronies, was ich vorhatte. Er dachte eine Weile nach, dann sagte er: »Die Menschen respektieren mich, aber sie fürchten mich auch.« Er strich über die Maske, die neben ihm lag. »Sie fürchten das hier.« Dann fuhr er sich über sein vernarbtes Gesicht. »Und sie fürchten auch dies.« Er schüttelte seine Schildkrötenrassel. »Sie fürchten dies, *Ohtonkwa,* den Geist, aber du fürchtest nichts. Ich werde bei dir bleiben.«

Ich suchte keine Gesellschaft. Picking Berries kam oft, um mich zu besuchen. Sie brachte andere Frauen mit und wir saßen dann zusammen und arbeiteten miteinander. Sie zeigten mir, wie sie mit Birkenrinde und gefärbtem Elchhaar umgingen. Ich zeigte ihnen, wie man mich gelehrt hatte zu sticken – mit Stahlnadeln, die von den Holländern getauscht worden waren –, und wir arbeiteten zusammen und machten gewöhnliche Gebrauchsgegenstände schön.

Das Erste, was ich fertigte, war eine Schachtel für meine besonderen Habseligkeiten. Das Zweite war ein Messerfuteral für Ephraim, das er bei seiner Namenszeremonie tragen sollte. Ephraim kam mich oft besuchen. Er unterhielt sich gern mit Satehhoronies, denn der Medizinmann war in seinem Leben schon weit gereist und Ephraim liebte es, wenn er von all den Orten erzählte, wo er gewesen war.

Satehhoronies wählte Ephraims neuen Namen. Er sollte *Kaheranoron* genannt werden, *Rare Corn Stalks*, was so viel bedeutete wie *Seltener Kornhalm.* Der Name hatte einem Krieger gehört, der in die Geisterwelt gegangen war, und die Namenszeremonie wurde beim Fest des reifen Mais abgehalten. Es war ein wichtiger Anlass, der nicht nur Ephraims Aufnahme in den Stamm und den Clan bestätigte, sondern auch seinen Übergang ins junge Mannesalter. Es war Zeit für ihn, die Seite seiner Mutter zu verlassen. Ich hätte mir um ihn Sorgen gemacht, denn er hatte keinen Vater, jetzt, nachdem Sparks Fire nicht mehr bei uns war. Doch Black Fox würde da sein. Er würde ihm helfen.

Black Fox hatte ebenfalls einen neuen Namen. Er war jetzt *Tekaionhake, Two Rivers, Zwei Flüsse.* Ein Name, den er von einem anderen bekommen hatte, der aus *Kaniatarakaronte* gekommen war, der »Tür zum

Land«, dem Namen für das Gebiet um Lake Champlain. Er wurde für seine Stärke und Tapferkeit sehr bewundert.
Ephraim wurde jeden Tag größer, genau wie die Kornhalme seines neuen Namens, und auch er wurde kräftig, geschickt in der Jagd und der Kriegskunst. Ich betrachtete ihn mit dem Stolz einer Mutter und spürte gleichzeitig auch die Trauer einer Mutter, obwohl ich es nicht zeigte. Ich wusste, er würde nicht den Kriegspfad wählen, und dafür war ich dankbar, aber ich wusste auch, dass er nicht hier bleiben würde. Der Rhythmus des Dorflebens war zu langsam für ihn. Er suchte das Abenteuer, und je älter er wurde, desto ruheloser wurde er.
Im Frühling gingen verschiedene Gruppen von Kriegern nach Kahnawake, dem Mohawkdorf außerhalb von Mount Royale. Sie gingen Biberfelle einsammeln von den Leuten, die dort lebten, um sie in Albany zu verkaufen, weil die Preise der Holländer höher waren. Sie gingen jedes Jahr – und tatsächlich war es eine solche Gruppe gewesen, die uns halb ertrunken am Ufer des Sees gefunden hatte. Ephraim konnte es kaum erwarten, mit ihnen gehen zu können. Er kam gesund und unversehrt zurück, aber ich wusste, dass das Jahr kommen würde, in dem die Krieger zurückkehren würden und er nicht mehr bei ihnen wäre. Er hatte niemals die Geschichten vergessen, die er in Missisquoi an den Lagerfeuern der Trapper gehört hatte. Es war nur eine Frage der Zeit, bis er loszöge und sich ihnen anschlösse. Die Sehnsucht nach weiteren Horizonten und fernen Himmeln lag bereits in seinen Augen.

»Ich werde wieder nach Norden gehen, Mary.« Er kam, kurz bevor die Gruppe loszog. Er sprach mich immer noch mit meinem englischen Namen an, wenn wir alleine waren.
»Und diesmal wirst du nicht zurückkommen?«, fragte ich und konnte mir bereits denken, wie seine Antwort ausfallen würde.
Er antwortete nicht sofort.
»Weißt du noch, als ich dir das hier gab?« Er berührte die Schnur mit den Bärenklauen, die ich immer noch um meinen Hals trug. »Ich war so stolz. Ich wollte so gern ein Sohn für dich sein, alles tun, was Black Fox tun konnte ...«
»Du warst immer ein Sohn für mich. Und ich bin stolz auf dich.«
Ich griff hinauf, um sein Gesicht zu berühren. Er war jetzt groß und seine Wange war mit feinen blonden Stoppeln behaart. Sein Körper war bereits der eines Mannes, aber er hatte noch immer das breite Lächeln eines Jungen.
»Ich werde dich noch stolzer machen, Mary. Ich will zu den Franzosen. Ich habe gehört, dass sie weit in den Westen reisen.« Seine Augen strahlten bei dem Gedanken an dieses Abenteuer. »Ich werde den Seen folgen, einem nach dem anderen, bis zum letzten, der so groß ist wie das Meer. Ich habe auch mit Satehhoronies gesprochen und er sagt, dass es große Berge dahinter gibt, die kein weißer Mann je bestiegen hat, und weite Ebenen, Wälder und Flüsse. Vielleicht werden sie einen Fluss nach mir benennen oder einen See oder eine große Bergkuppe. Oder vielleicht benenne ich etwas nach dir.« Er lächelte wieder auf mich hinab, aber

der Blick aus seinen blauen Augen war bereits entrückt. »Jedenfalls ist es das, wohin ich gehen will, Mary. *Voyageurs*, so werden sie genannt, und das ist es, was ich sein will.«

»Dann musst du deiner Bestimmung folgen. Bevor du gehst, habe ich noch etwas für dich.«

Ich hatte gewusst, dass dieser Tag kommen würde, und ich hatte einen Schulterriemen für ihn gemacht, passend zu seinem Messerfuteral. Er zog ihn über den Kopf und über seine Brust. Er hielt ihn hoch und betrachtete die Muster, die ich hineingearbeitet hatte – Muster, die unser gemeinsames Leben zeigten: Wolf, Luchs, Fuchs im Wald, am See und in den Bergen, umgeben von fließendem Wasser, Blumen und hohen Kornhalmen.

»Danke!«, sagte er. »Danke, Mary. Ich werde ihn immer tragen, so habe ich dich bei mir.«

Ephraim verließ mich und schloss sich der französischen Expedition nach Westen an. Er wurde ein Voyageur. Sooft seine Reisen ihn in diese Gegend führten, kam er zu Besuch. Dann kam er beladen mit Geschenken und voller wundersamer Geschichten. Er blieb einen Monat, vielleicht mehr, aber dann wurde er wieder ruhelos und musste seine Reisen wieder aufnehmen. Er lebte niemals wieder ein wahrhaft sesshaftes Leben.[7]

Mir war noch ein Sohn geblieben. Black Fox, der jetzt Tekaionhake hieß. Er hatte nicht vor die Siedlung zu verlassen. Seine Blicke folgten bereits einer jungen Frau, *Kanehratitake, Carrying Leaves – Die, die Blätter trägt*. Es war offensichtlich, dass es bald eine Hochzeit geben würde. Ich machte mich an die Vorbereitun-

gen, tauschte roten Stoff von den Holländern, gerbte Häute zu zartester Weiße und färbte andere zu samtener Schwärze. Dann begann ich die Kleidung für ihn zu nähen und zu besticken. Ich fertigte alles selbst an, denn ich wollte, dass mein Sohn der schönste Bräutigam aller Zeiten wäre. Die Braut war Tochter des Häuptlings und entsprechend groß war die Feier. Tekaionhake zog zu seiner Frau ins Langhaus ihrer Mutter. Sein Leben war jetzt fest im Stamm verwurzelt.
Tekaionhakes junge Frau hatte kein leichtes Leben. Sie fürchtete um ihn, wie ich es getan hatte und es immer noch tat, denn er ging weiterhin gern auf Kriegspfad. Er war tapfer bis zum Übermut und erntete auch in diesem Stamm, der für seine Kriegsführung berühmt war, große Bewunderung. Er wurde geehrt – und sollte künftig noch mehr geehrt werden. Denn Krieg sollte kommen zwischen Frankreich und England und diese beiden Nationen verwickelten auch die Indianer in ihre Kämpfe. Tekaionhake kämpfte mit dem Rest seines Stammes auf der Seite der Engländer, dem Volk, das seinen Vater getötet hatte. So merkwürdig kann das Leben sein.
Der Krieg hielt uns in Atem und Satehhoronies und ich, wir behandelten alle – ganz gleich, ob es Kranke, Verwundete, Krieger oder Gefangene waren. Unsere Hütte wurde berühmt. Nicht nur unter den Haudenosaunee, sondern auch unter anderen Nationen. Viele kamen aus allen Himmelsrichtungen – Junge, Alte, Männer, Frauen, Indianer, Afrikaner und Europäer. Sie kamen, um zu lernen, von uns und voneinander. Wir lehrten sie alles, was wir an Heilmethoden kannten. Alles, worum wir sie baten, war, dass sie in Frie-

den kamen und all den Hass und Streit wie Waffen vor der Tür ablegten.
Das ist die Art und Weise, wie ich mein Leben lebte.

41 Looking Glass Lake

Agnes fühlte sich erleichtert. Das Gefühl der Erleichterung war selbst körperlich spürbar. Sie erhob sich, als die Sonne hinter dem Wasser unterging, und machte sich auf den Weg zur Hütte. Ihre Schritte waren schneller und leichter, als sie in den letzten Tagen je gewesen waren.
Sims Truck war verschwunden, aber Alisons Auto stand immer noch da. Licht fiel aus der halb geöffneten Tür auf die Veranda. Sie konnte Tante M am Tisch sitzen sehen. Ihr gegenüber saß Alison. Sie waren in eine Unterhaltung vertieft und die Petroleumlampe warf ein weiches Licht auf ein Durcheinander von Papieren und Karten, die zwischen ihnen ausgebreitet waren. Agnes zögerte, blieb einen Augenblick stehen und sah von draußen hinein. Bis jetzt hatten nur sie und ihre Tante M Kenntnis von dem, was geschehen war. Aber Tante M half ihr in ihrer Unentschlossenheit. Sie erhob sich von ihrem Stuhl und kam zur Tür.
»Komm herein, Agnes. Es wird kalt und ich möchte die Tür schließen.«
Agnes setzte sich an den Tisch und begann mit dem letzten Teil von Marys Geschichte. Alison hörte mit größter Aufmerksamkeit bis zum Ende zu, unter-

brach Agnes nur ab und zu, um das Band in dem kleinen Rekorder zu wechseln, den sie mitgebracht hatte.

»Sie gründeten einen geheimen Medizinbund, der für Männer und Frauen offen war, für jeden Stamm und jede Nation, selbst für Weiße«, schloss Agnes. »Und das ist alles. So hat sie ihr Leben gelebt.«

Alisons Finger schwebten über dem Aus-Knopf. Sie blickte zu Tante M, als wolle sie sie fragen, ob dieser geheime Medizinbund auch heute noch existierte. Etwas in Tante Ms Augen verriet ihr jedoch, dass dies eine Frage zu viel sein könnte.

»Alison sollte dir nun erzählen, was sie in Montreal herausgefunden hat.« Tante M hatte gespürt, dass die Frage im Raum stand, und wollte sie meiden. Geheime Medizinbünde waren etwas, worüber sie nicht sprechen wollte.

»Oh, na ja . . .« Alison lachte. »Ich dachte wohl, es sei eine tolle Sache, aber es ist praktisch nichts im Vergleich zu dem, was Sie beide entdeckt haben.« Sie blickte zu Agnes. »Werden Sie es für mich aufschreiben?«

»Sicher, warum nicht?«

»Das ist wunderbar.« Alison lächelte. »Sie könnten es doch niederschreiben als ›Marys Geschichte, wie sie Agnes Herne übermittelt wurde‹. Kurz bevor Sie hereinkamen, wollte Ihre Tante mir übrigens die Schachtel zeigen.«

»Oh, ja. Die Schachtel.«

Tante M stand auf und zog eine Truhe unter dem Bett hervor. Sie öffnete sie und holte etwas heraus, trug es in ihren Handflächen zurück, als trüge sie ein Nest voller Vogeleier.

Sie stellte es in die Mitte des Tisches. Eine Schachtel aus Birkenrinde mit Verzierung aus Elchhaar. Agnes erkannte sie sofort.

»Könnte es Marys Schachtel von damals sein?«, fragte Alison mit leiser Stimme.

Tante M schüttelte den Kopf. »Sehr wahrscheinlich nicht.« Sie lächelte, als Alison ein wenig enttäuscht aussah. »Ich denke nicht, dass es darauf ankommt.« Sie drehte die Schachtel in ihren Händen. »Die Muster sind das, worauf es ankommt, nicht das Material. Sie bleiben bestehen, werden aufs Neue hineingearbeitet von jeder Frau, die die Schachtel anfertigt.«

»Darf ich mal sehen?« Agnes beugte sich über den Tisch.

Der Verschluss am Deckel bestand aus einem kleinen schwarzen Fuchskopf. Das hatte sie beim ersten Mal gar nicht bemerkt, damals war es für sie einfach ein Verschluss gewesen. Er war immer noch schwierig, zu öffnen. Agnes zog den geschnitzten Kopf aus der Schlinge aus geflochtenem Gras und hob den Deckel an.

»Oh, meine Güte!« Alison schnappte nach Luft.

Agnes hatte all diese Dinge seit ihrer Kindheit nicht mehr gesehen. Sie hatte auch nicht danach gefragt, als sie zu diesem Besuch gekommen war. Es hatte Dinge gegeben, die wichtiger waren. Vorher hatte sie diese Sachen nicht sehen wollen. Jetzt schon. Sie beugte sich vor und sah genauer hin. Sie schienen kleiner, menschlicher und abgenutzter, als sie sie in Erinnerung hatte. Aber deshalb waren sie nicht weniger besonders.

»Nimm sie ruhig heraus«, sagte Tante M. »Wir sind nicht in einem Museum.«

Agnes schüttelte den Kopf zu einem Nein. Sie wollte sie nicht berühren. Allein sie anzusehen genügte schon.
Alison wollte sie ebenfalls nicht berühren. Sie hatte das Gefühl, dass es ihr nicht zustand – nicht, bevor Agnes sie nahm. Doch es fiel ihr schwer, die Hände ruhig zu halten.
»Es könnten tatsächlich ihre Sachen sein«, sagte sie und ihre Stimme wurde vor Aufregung ganz hoch. »Dieses Stück Papier könnte genau der Beweis sein, der benötigt wird. Und der halbe Schilling an dem Halsband?« Sie reckte ihren Hals. »Die Sachen müssen einfach übereinstimmen! Ich müsste sie mit zurücknehmen, um das zu überprüfen . . .«
Alison drehte sich zu Tante M, plötzlich besorgt, da ihr einfiel, was Agnes ihr anfänglich gesagt hatte. Sie wollte nicht den Anschein erwecken, als sähe sie irgendetwas als selbstverständlich an. »Das heißt natürlich nur . . . na ja, nur wenn Sie nichts dagegen haben. Wenn Sie Ihre Erlaubnis geben.«
»Es liegt nicht an mir, die zu geben.« Tante M zuckte mit den Schultern.
»Entschuldigung?« Alison sah jetzt völlig verwirrt aus.
»Ich habe die Erlaubnis nicht zu geben. Ich bin nicht die Eigentümerin.« Sie nickte zu Agnes. »Sie ist es, die Sie fragen müssen.«
»Oh nein, Tante M!« Agnes hob abwehrend die Hände.
»Ich akzeptiere kein Nein.« Sie schob die Schachtel ihrer Nichte zu. »Du sollst sie haben. Du hast sie verdient. Sie gehört jetzt dir.«
»Nein, das tut sie nicht.« Agnes lächelte, schloss vor-

sichtig den Deckel und schob die Schachtel über den Tisch. »Jedenfalls für eine ganze Weile nicht. Ich möchte, dass Alison sie jetzt mitnimmt, um sie zu prüfen, und dass sie dann in die Ausstellung aufgenommen wird.«

Alison streckte die Hand aus und ihre Hände trafen sich beim Geben und Nehmen. Alison war voller freudiger Erwartung gewesen, als sie gesehen hatte, wie die Schachtel geöffnet wurde. Sich jetzt vorzustellen, dass sie in ihre Obhut gegeben wurde, überwältigte sie. Den ganzen Tag hatte sie gesprochen, geredet und Fragen gestellt. Jetzt wusste sie nicht mehr, was sie sagen sollte. Alles, was sie tun konnte, war Agnes anzusehen und ihr zuzulächeln.

»Haben Sie immer noch Ihren kleinen Kassettenrekorder an, Alison?«, fragte Tante M. »Die Geschichte ist nämlich noch nicht zu Ende, wissen Sie. Also . . .« Sie setzte sich wieder auf ihrem Stuhl zurecht und faltete die Hände auf dem Tisch. »Tekaionhake, ihr Sohn, der früher Black Fox hieß, hatte eine Tochter. Sie wurde *Ojijiagauh* genannt, *Little Flower* – das heißt *Kleine Blume* –, denn sie war ihrer Großmutter sehr ähnlich. Sie hatte ihr Aussehen, ihre Art und ihr Lachen. Sie wurde zu einem hübschen jungen Mädchen und ging den Weg der Medizinfrau.

Als Katsitsaionneh, Bringing Flowers, schließlich zur Ruhe gebettet wurde, ließ ihre Enkelin über ihrem Grab einen weißen Vogel fliegen, wie es in jenen Tagen der Brauch war, um ihren Geist in den Himmel zu tragen. Als sie den Vogel fliegen ließ, kam ein Eichelhäher aus dem Wald geflogen. Die beiden Vögel flogen zusammen fort, höher und immer höher, bis sie nur noch Pünktchen im großen Blau des Himmels waren und nicht mehr gesehen werden konnten. Das war die Geschichte, die mir erzählt wurde. Das ist die Geschichte der Großmütter.«

Agnes hörte der Erzählung ihrer Tante zu und es war, als ob ein Kreis sich schlösse. Die Geschichte, die sie als Vision erlebt hatte, und diejenige, die gerade erzählt worden war, waren jetzt eins. Und obwohl dies ein befriedigender Schluss hätte sein können, vermittelte er ihr plötzlich das Gefühl tiefer Einsamkeit. Nachdem Mary sie verlassen hatte, fühlte sie sich beraubt und sogar noch verwirrter als vorher. Sie runzelte die Stirn und blickte Hilfe suchend zu ihrer Tante.

»Manchmal ist es schwer.« Tante M stand auf. »Es ist schwer für uns, unseren Platz zu finden und zu wissen, wo in der Welt wir hingehören. Ich sehe das so . . .«

Tante M öffnete eine andere Schachtel und holte einen Wampumgürtel heraus. Er war etwa sechzig Zentimeter lang und zehn bis fünfzehn Zentimeter breit und bestand aus vielen kleinen weißen und lilafarbenen Perlen, die ein sich wiederholendes Muster bildeten.

»Schon einmal so etwas gesehen?«, fragte sie Alison.

»Nur im Museum, aber ich weiß, wie wichtig sie sind.«

Alison wusste, dass diese Gürtel etwas Besonderes waren, sogar etwas Heiliges. Gesetze und Übereinkünfte wurden in sie hineingearbeitet. Die Wampumgürtel hielten die Geschichte des indianischen Volkes fest.

»Ich bin froh, dass Sie das wissen.« Tante M sah ihr in

die Augen. Sie hatte eine Abneigung gegen die Art und Weise, in der die Wampumgürtel seit Jahren missachtet wurden. Erst von den Europäern, die Wert mit Geld verwechselten, dann von den respektlosen Sammlern.

»Wampumgürtel wurden von uns niemals als Geldmittel benutzt. Sie tragen das Wort, die Regeln, das Gesetz. Sie sind ein lebender Teil von uns. Jede einzelne Perle ist sehr klein.« Sie deutete mit Zeigefinger und Daumen die Größe an. »Allein zählen sie nicht viel.« Sie öffnete die Hand und drehte sie um. »Alleine fallen sie und werden verstreut. Wenn man sie jedoch zusammensetzt, bekommt man etwas anderes. Zusammen ergeben sie etwas Großes. Zusammen bewahren sie die Welt.« Sie blickte hinüber zu Agnes. »Ich sehe es so: Du und ich, Mary und die Menschen in ihrem Leben, die Menschen, über die Alison etwas herausgefunden hat, Alison selbst – wir alle sind wie die Perlen an diesem Gürtel. Einzeln betrachtet sind wir nicht viel. Aber zusammen erzählen wir die Geschichte.«

Geschichtliche Anmerkungen

1) Elias Cornwell (?1630–1713)

Reverend Elias Cornwell schrieb leidenschaftlich gern. Seine Dokumentensammlung beinhaltet viele Publikationen, einschließlich Gebetsheften und Predigten, wobei für uns natürlich die Tagebücher besonders interessant sind. Sie umfassen mehrere Bände und umspannen das ganze Leben des Predigers von seiner Zeit in Cambridge bis zu seiner erfolgreichen Karriere als hoch respektierter Geistlicher in Boston. Die Einträge, die sich auf seine Zeit in Beulah beziehen, sind interessant, weil sie eine völlig andere Perspektive auf Marys Flucht aus Beulah eröffnen. Außerdem bieten sie zusätzliche Informationen über das Schicksal der anderen Menschen, die in ihre Geschichte verwickelt waren und über das Schicksal der Siedlung selbst. Die relevanten Passagen sind nachfolgend angefügt.

Auszug aus Elias Cornwells Tagebüchern Band 6–7

1. November 1660
Ich muss gewisse schmerzliche und entsetzliche Ereignisse berichten, die sich in letzter Zeit hier in Beulah zugetragen haben. Sie betreffen die Waise Mary Newbury. Dieses Mädchen, ich zögere sie so zu nennen, beschmutze ich doch damit – wie sie selbst – alle Frauen, nicht zuletzt die makellosen Jungfrauen und Blüten unserer Gemeinschaft, welche sie so grausam benutzt hat, dieses Mädchen wurde von uns mit wahrhaft christlicher Nächstenliebe willkommen geheißen. Gänzlich unwissend nährten wir eine Schlange an unserem Busen, eine

Dienerin von Satanas selbst. Nur Gott weiß, welche Verheerung sie angerichtet hätte, wäre sie nicht entlarvt worden. Aber Er wacht immer über uns, wie ein Vater, und ich glaube wahrlich, dass Er Seinen Diener Obadiah Wilson zu uns sandte als einen heiligen Engel, um uns gnädig vor dem Bösen zu bewahren.

2. November 1660
»Der Gottlose flieht und niemand jagt ihn.« (Sprüche 28.1)
So geschah es auch mit ihr: Sie ist aus dem Ort geflohen. Und obwohl wir einen ganzen Tag weit und fern alles durchsucht haben, wurde keine Spur von ihr entdeckt.
Die Männer kamen zurück von der Suche. Das Wetter ist selbst für dieses raue Klima bedrohlich geworden und überwältigt uns mit großer Kälte und Schnee, der zu schnell fällt, als dass man irgendetwas sehen könnte. Es bestand Gefahr, dass die Suchmannschaften Männer oder Hunde oder beides verlören. Sie haben nichts gefunden. Keine Spur. Manche sagen, Mary selbst brachte den Schnee, um ihre Flucht zu verbergen und ihre Spuren zu verwischen. Andere wiederum sagen, es gäbe gar keine Spuren zu finden, weil sie geflogen sei, wie nur ihre Art es könne.

3. November 1660
Es ist weiterer Schnee gefallen und der Wind heulte die ganze Nacht. Bei Tageslicht ließ der Sturm zumindest nach, doch der Schnee liegt bis zu den Dachrinnen der Häuser. Ich erachte es als fruchtlos, die Suche fortzusetzen, doch Reverend Johnson schickt die Männer wieder hinaus und befiehlt ihnen jeden Hund mitzunehmen, den sie haben. Er ist entschlossen sie nicht entkommen zu lassen.

4. November 1660
Die Männer kommen zurück und berichten noch immer kein

Zeichen von ihr gesehen zu haben. Es ist, als ob sie sich in Luft aufgelöst habe, und es häufen sich die Erzählungen, dass sie auf einem Stecken davongeritten sei oder von Teufeln weggetragen wurde. Die Menschen mit weniger Phantasie neigen dazu, zu glauben, dass sie unter dem Schnee begraben liegt, erfroren im Wald, oder dass sie von Wölfen oder anderen wilden Kreaturen, die in seiner Tiefe hausen, gefressen wurde. Ich bete inbrünstig, dass es so sein möge und dass diese falsche Kreatur, diese Ausgeburt des Satans, tatsächlich zu Grunde gegangen ist.

(...)

Dass ich jemals zärtliche Gedanken in ihre Richtung hegte! Das Blut gefriert mir in den Adern, wenn ich nur daran denke. Reverend Johnson, weise in so vielem, war auch hierin weise. Denn er hat mich gewarnt, als ich versuchte sie zu schützen und an ihre Unschuld glaubte, indem er mir aus den Sprüchen zitierte, Kapitel 5, Verse 3–5:

»Denn die Lippen der Hure sind süß wie Honigseim und ihre Kehle ist glatter als Öl.

Aber hernach bitter wie Wermut und scharf wie ein zweischneidiges Schwert.

Ihre Füße laufen zum Tod hinunter; ihre Gänge führen ins Grab.«

Dies waren seine Worte, aber ich war zu blind, um zu sehen. Ich muss eingestehen, dass ich ein dummer Narr war mich von ihren Listen fangen zu lassen, aber ich darf mich nicht zu harsch schelten. Ich wurde auf gemeinste Weise hinters Licht geführt. Denn ihre Worte waren honigsüß und gewinnend war ihr Lächeln. Sie war in der Tat so verführerisch und heimtückisch wie die Schlange selbst. Ich bin wahrhaftig einem entsetzlichen Schicksal entkommen und danke Gott inbrünstig mich vor dieser wahrhaftigen Lilith bewahrt zu haben – vor diesem weiblichen Dämon.

2. Dezember 1660

Ein Tauwetter kam, rasch und unerwartet, und nahm den größten Teil des Schnees mit. Darauf folgte ein beißender Frost, der die Straßen gefror und das Reisen erleichterte. Obadiah Wilson ist ungeduldig zu gehen, denn er weiß, dass seine Arbeit hier getan ist.

5. Dezember 1660

Obadiah Wilson wurde überredet noch ein wenig länger zu bleiben. Es herrscht Besorgnis über eines der gepeinigten Mädchen. Hannah Vane geht es weiterhin schlecht. Es wird befürchtet, dass andere in unserer Mitte immer noch mit des Teufels Werk zugange sind und es auf das unglückliche Mädchen abgesehen haben, um es zu schwächen und seinen Geist zu verderben.

Meine eigene Sorge gilt Obadiah selbst. Denn dies ist die Jahreszeit für Rheuma und Erkältungen und er wird immerfort von Husten geschüttelt und spuckt tagaus, tagein Blut.

20. Dezember 1660

Der Frost hält an und hat alles in seinem eisernen Griff. Wieder finde ich Wahrheit in den Sprüchen 28. 1. »Der Gottlose flieht und niemand jagt ihn.« Denn Martha Everdale und Jonah Morse sind gegangen. Obwohl dies nicht die Jahreszeit dafür ist, reisen sie an einen andern Ort. Obadiah Wilson lächelt zwischen seinen Hustenanfällen. Kein Rauch ohne Feuer, sagt er, und Hexen arbeiten selten allein.

6. Januar 1661

Vielleicht hatte Obadiah Wilson Recht, denn die kleine Hannah hat sich etwas erholt. Wilson sagt, dies sei ein sicheres Zeichen, dass das Böse von uns gegangen ist, und ich bete, dass es so sein möge. Er selbst bereitet sich auf seine Abreise vor. Seine Arbeit hier ist getan, aber er wird an anderen Orten gebraucht, wenn der Teufel nicht wieder in unserem schönen Neu-England an Macht gewinnen soll. Obwohl dies eine schlechte Zeit zum Reisen ist, sind die Straßen fest und es gibt nur wenig Schnee. Ich habe angeboten mit ihm nach Salem zu gehen, denn ich glaube nicht, dass er die Strapazen der Reise übersteht, wenn er alleine reist. Sein Husten hat sich nicht gebessert. Er ist kaum mehr als Haut und Knochen und in letzter Zeit schüttelt ein heftiges Fieber seinen Körper und rötet seine Wangen. Er benötigt die Dienste eines Doktors und wir haben keinen hier – auch keinen Apotheker mehr und niemand, der in Kräuter- oder Heilkunde bewandert ist. Wenn er nicht bald Hilfe sucht, fürchte ich, dass es zu spät sein wird.

9. Februar 1661
Obadiah Wilson wurde von uns genommen, Gott schenke seiner Seele Frieden. Er starb gestern, geschüttelt von einem Husten, der nicht aufhören wollte. Er starb an einem Blutsturz, erstickte grausam an seinem eigenen Blute.

1. März 1661
Endlich wendet sich das Jahr: Tauwetter hat nun eingesetzt und kündet den Frühling an. Die erkrankten Mädchen haben sich erholt. Reverend Johnson hat sich der Schwestern Deborah und Hannah Vane angenommen, nachdem der unheilvolle Fluch am stärksten auf sie gefallen ist. Deborah, die ältere der beiden, hat sich besonders gut erholt. Jegliche Besessenheit ist von ihr schon seit geraumer Zeit abgefallen und sie blüht in seiner Gegenwart auf.
Ich bin auch sehr erfreut über die Fortschritte, welche ich mit Sarah Garner gemacht habe. Sie wurde in meine besondere Obhut gegeben und ich bin stolz, wie gut sie unter meiner Fürsorge erblüht. Alle Anfälle von Besessenheit sind seit geraumer Zeit verschwunden und sie gedeiht bestens. Ich würde meine Arbeit sogar als beendet ansehen, doch sie bittet mich sie

weiterhin aufzusuchen für den Fall, dass das Böse zurückkäme. Sie weint, wenn ich gehe, und ihre Mutter sagt, sie sehne sich inbrünstig nach meiner Rückkehr. Ich muss zugeben, dass ich angefangen habe sie in mein Herz zu schließen. Sie ist ein so allerliebstes Kind, von Grund auf unähnlich dieser anderen. Sie ist so unschuldig und ohne Falsch, ganz wie der reine Tag. Sobald ich zu der Überzeugung gelangt bin, dass sie sich ausreichend erholt hat, um eheliche Pflichten wahrnehmen zu können, hoffe ich, dass sie mich zum glücklichsten aller Männer machen wird.

14. August 1661
Das Wetter bleibt heiß und drückend, sehr unangenehm. Meine Sorge um Reverend Johnson wächst. Seiner neuen jungen Frau ist es nicht gelungen, seine Stimmung zu heben, und er wurde sogar noch melancholischer. Er sitzt in seinem Zimmer und brütet. Sein Bart und sein Haar sind mit weißen Strähnen durchzogen und wirken zunehmend ungepflegt. Wenn er sich nicht ins Haus zurückzieht, fängt er neuestens an in Wald und Flur umherzuwandern. Ich fürchte, dass er einer Zerrüttung des Geistes unterliegt. Zweifellos vernachlässigt er seine Pflichten auf das Schamvollste. Ich muss an seiner Stelle die Krankenbesuche machen und habe obendrein ohne Unterlass seit vier Wochen die sonntäglichen Gottesdienste gehalten.

8. September 1661
Furchtbare Neuigkeiten erreichten mich heute. Ich habe kaum die Kraft und den Willen zu schreiben. Reverend Johnson wurde ertrunken aufgefunden. Man fand ihn heute Morgen mit dem Gesicht in einem Moortümpel.

26. September 1661
Reverend Johnson wurde auf dem Friedhof neben der Frau begraben, die er vor einem Jahr verlor, und neben jenen der Kin-

der, die Gott zu sich genommen hat, obwohl manches Gemeindeglied hinter vorgehaltener Hand äußert, dass er dort keinen Platz habe und außerhalb der Mauern begraben werden sollte. Es gehen reichlich Gerüchte, dass die Melancholie, an welcher er in letzter Zeit litt, seinen Geist völlig verwirrt hätte und er schuldig ist selbst Hand an sich gelegt zu haben. Dies ist eine furchtbare Beschuldigung und ich muss darauf achten, dass sie als solche heftigst zurückgewiesen wird. Wie könnte ein Mann von Reverend Johnsons Moralität eine solch abscheuliche Sünde begehen? Wie könnte er unserem Herrn den Rücken zuwenden und den Pfad des verachteten Ischariot hinaus zum Judasbaum wählen? Es liegt nicht in seiner Natur, so etwas zu tun, aber die Gerüchte halten dennoch an.

5. Oktober 1661
Reverend Johnsons Tod, besonders die Umstände, waren ein sehr großer Schock für Beulah. Viele litten zutiefst darunter, nicht zuletzt die kleine Hannah Vane. Es scheint sie gänzlich des Verstandes beraubt zu haben. Sie weigert sich zu essen oder zu trinken und verliert jeden Tag an Gewicht. Sie hat ihr Bett nicht mehr verlassen, seit die Nachricht von seinem Tod bekannt wurde, sondern liegt mit dem Gesicht zur Wand zusammengekrümmt da. Sarah denkt, dass sie nicht mehr lange für diese Welt ist.

14. Oktober 1661
Reverend Johnsons Tod hat alle in Zweifel gestürzt. Viele der Menschen hier kamen mit ihm aus England, überquerten den Ozean auf sein Geheiß, folgten ihm in die Wildnis, wie die Israeliten Moses folgten. Andere kamen später, wie ich es tat, in sehr großem Vertrauen und Glauben an ihn und seine Vision einer Stadt auf dem Hügel.
Jetzt sagen viele, dass die Vision falsch gewesen sei. Sie sagen jetzt, Reverend Johnson habe keine gute Wahl getroffen, als er

diese Siedlung gründete. Er war ein Mann, der nichts vom Ackerbau verstand, und seine Visionen blendeten ihn gegenüber der Kargheit des Bodens. Man führt an, dass die Erde schwer zu beackern sei, jeder Morgen Land müsse dem Wald abgerungen werden und die Nähe des Sumpfes brächte böse Krankheitsgefahren mit sich wie auch Stechmücken im Sommer und lästige Fliegen.

20. Oktober 1661
John Rivers hat Nachricht von seinen Brüdern erhalten, auf der Suche nach welchen er hierher kam. Die Ernte ist eingebracht und er bereitet sich auf seine Abreise vor. Mit den Rivers verlassen uns auch Tobias Morse und seine Frau Rebekah mit ihrem kleinen Kind. Ich weiß nicht, wohin sie gehen, doch ich habe gehört, sie wollen nach Süden und Westen, gar bis nach Connecticut.

24. Oktober 1661
Reverend Johnsons Witwe Deborah verliert keine Zeit, sich einen neuen Mann zu suchen. Meine gute Frau Sarah erzählt mir, sie habe im Sinn, Ned Cardwell zu ehelichen, einen Mann, der unter ihrem Stand ist, ein vormaliger Lohnarbeiter von Doeborahs Onkel. Ich gebe meiner großen Überraschung Ausdruck. Ich sage Sarah, dass Caldwell sie meiner Meinung nach um ihres Geldes willen ehelichen will. Ich weiß, dass Reverend Johnson seine Frau gut versorgt zurückließ. Sarah sagt, dass es wohl so sein müsse, doch vor kurzem habe ich erfahren, dass Deborah und Cardwell schon lange im Einvernehmen waren, vielleicht sogar mehr als das. Ich würde solches natürlich nicht Sarah gegenüber wiederholen, denn das Gerede würde ihren Anstand verletzen und ihr das Blut ins Gesicht treiben.

26. Oktober 1661
Hannah Vane hat nicht lange genug gelebt, um der Hochzeit ihrer Schwester beizuwohnen. Sie starb am heutigen Tag, völlig aufgezehrt.

17. November 1661
Deborah und Ned Cardwell sind verheiratet, doch Sarah erzählt mir, dass sie nach Gloucester umziehen wollen. Ned Cardwell hat das Arbeiten als Bauer satt und will seinen neu gefundenen Wohlstand dazu benutzen, eine Schänke zu eröffnen. Gloucester ist eine Hafenstadt und bietet deshalb Möglichkeiten für Unternehmungen dieser Art.
Andere sprechen ebenfalls davon, umzusiedeln. Eine neue Siedlung ist im Norden gewachsen, wo unser kleiner Fluss sich mit einem größeren vereint. Reverend Johnson lehnte jegliche Beziehungen zu unseren Nachbarn ab, weil er gottlose Einflüsse fürchtete, doch jetzt ist er von uns gegangen und wir erhalten die Nachricht, dass dieser andere Ort nach Siedlern sucht und dass es dort gutes Land im Überfluss gibt, mit reichlich Fischgründen.

1. Dezember 1661
Ich selbst habe beschlossen Beulah zu verlassen. Ich habe vor, Sarah und das Kind, welches sie erwartet (denn wir sind gesegnet!), mit nach Boston zu nehmen und mich dort um einen Posten als Geistlicher zu bemühen. Ich habe schon seit jeher die Menschen hier als von niederem Stand empfunden, einfältig und zum großen Teil ungebildet. Ich möchte in einer Gemeinschaft leben, die mir eher geistesverwandt ist und sowohl den Geist als auch den Glauben mit angemessener Nahrung versorgt. Dennoch wäre ich in Beulah geblieben, um des Herren Arbeit hier zu tun, hätten die Menschen hier mich als ihren geistigen Anführer gewählt. Stattdessen suchen sie einen anderen. So sei es.

2) Deborah Vane

Nachforschungen in den Archiven von Essex zeigen, dass es ihr nach dem Umzug von Beulah nicht gelang, Fuß zu fassen. Nach der Heirat mit Ned Cardwell zog sie mit ihm nach Gloucester, wo sie eine Schänke kauften. Es dauerte nicht lange, da begannen sie in den Gerichtsakten aufzutauchen, und zwar auf Grund gewalttätigen Verhaltens, oftmals gegeneinander. Des Weiteren erhielten sie Strafen und Verwarnungen wegen Trunkenheit und liederlicher Führung ihrer Schänke. 1669 wurde ihnen die Lizenz zur Führung der Schänke entzogen.
Deborah Cardwells Name taucht im Jahr 1670 auf einer Passagierliste eines Schiffes nach Virginia auf. Ned Cardwell steht nicht auf der Liste.
1673 erscheint Deborah Cardwells Name erneut in den Gerichtsakten, weil sie gestattete, dass ihre Schänke zu »einer Stätte der Unzucht, einem Hort von Huren, Schurken und Spitzbuben jeglicher Art« verkommen sei. Dies ist der letzte Nachweis von Deborah Vanes Leben.

3) Schicksal von Beulah

Beulah verschwand wenige Jahre nach Marys Flucht im Jahr 1660 völlig aus den Geschichtsaufzeichnungen. Dieses Verschwinden ist gar nicht so überraschend. In jener Zeit entstanden viele Siedlungen; während manche wuchsen, gelang es anderen nicht, sich zu behaupten, und sie zerfielen. Dies konnte aus den verschiedensten Gründen geschehen: Manche waren zu abgeschnitten von anderen Gemeinschaften, angreifbar gegenüber Feindseligkeiten seitens der Indianer oder schlichtweg an ungünstigen Stellen errichtet worden. In wieder anderen hatten sich die Einwohner untereinander zerstritten. Manchmal waren die vorherrschenden Gesetze zu streng oder auch zu locker, was die ursprünglichen Siedler zum Wegzug veranlasste, während keine neuen nachkamen. Wenn die Einwohnerzahl unter einen »kritischen Bereich« sank, war die Siedlung nicht länger überlebensfähig.

4) Jonah und Martha

Jonah und Martha Morse heirateten 1662 und ließen sich in Boston nieder. Jonah eröffnete eine Apotheke in der Innenstadt und arbeitete weiter an seinem Heilkräuterbuch, das später auch veröffentlicht wurde.
Katastereintragungen zeigen, dass er ein Anwesen kaufte, in dem er sowohl wohnen als auch seinen Laden und einen Apothekergarten führen konnte.
Sie lebten und arbeiteten zusammen bis zu Jonahs Tod im Jahr 1672. Martha verstarb im Jahr 1674. Beide wurden in ein gemeinsames Grab gebettet.
Marys Truhe mit dem Quilt hinterließ Martha per Testament Rebekah Morse.

5) Rivers/Morse

Aus den privaten Familienpapieren stammt ein Briefwechsel zwischen Sarah Rivers und Rebekah Morse:

Juli 1675
Meine liebe Tochter,
ich lade dich herzlich ein zu uns zu kommen. Krieg ist zwischen den Siedlern und Indianern ausgebrochen. Obgleich die größten Gefahren im Süden liegen, leben wir dennoch in

Furcht, dass er sich auf die Stämme ausbreiten wird, die hier leben, trotz ihrer scheinbaren Freundlichkeit.
Deine dich liebende Mutter, Sarah Rivers

August 1675
Meine liebe Tochter,
die Neuigkeiten, welche wir vernahmen, verstärken meine Sorge um dich. Quahog (heute Brookfield) wurde verwüstet und alle bereiten sich auf weitere Angriffe vor. John, Joseph und Joshua wurden zu den Waffen gerufen. Nur Noah ist jetzt bei mir. Was immer er denken mag – er ist zu jung, um zu kämpfen. Susannah und Rachel sind auch bei mir, da ihre Gatten fort sind, und ich wünschte, du würdest auch zu mir kommen. Hadley ist zweifellos auch nicht vor Angriffen gefeit, aber sicherer als der Ort, an dem du jetzt bist. Ich mache mir solche Sorgen um dich und die Kleinen!
Joseph soll eine Truppe begleiten, die nach Pocumtuck geschickt wird, um die Garnison zu verstärken. Wenn alles ruhig bleibt, hat er vor, dich und deine Kinder zurück nach Hadley zu eskortieren. Ich bitte dich inständig darum, ihm dies zu gestatten.
Deine dich liebende Mutter, Sarah Rivers

August 1675
Meine liebe Mutter,
ich hoffe, dieser Brief erreicht dich wohlauf und immer noch in Sicherheit. Ich bin dankbar für deine Sorge um mich und weiß sehr wohl, in welcher Gefahr wir uns hier befinden. Andere reisen nach Hadley und Hatfield ab und ich übergebe meine Kinder in deine Obhut.
Joseph sagt, er wird sie sicher zu dir bringen, bevor er sich wieder seiner Truppe anschließt. Ich gestehe, dass mein Herz schwer wurde, als ich ihn wiedersah, und es wird von neuem schmerzen, ihn mit meinen Kleinen gehen zu sehen. Aber ich

stehe zu dem Schwur, den ich Tobias gab. Mein Platz ist an seiner Seite. Er wird nicht all das verlassen, was er hier aufgebaut hat, und außerdem gibt es viel Arbeit mit dem Vieh und der bevorstehenden Ernte. Er kann das nicht alles alleine tun, und wenn ich nicht bleibe, um ihm zu helfen, werden wir nichts für das kommende Jahr haben.
Mit Joseph und den Kindern sende ich auch meine Truhe mit all ihrem wertvollen Inhalt. Ich bete inbrünstig zu Gott, dass alles wohlbehalten ankommen möge.
Deine dir immer gehorsame und dich liebende Tochter,
Rebekah Morse

September 1675
Meine liebste Mutter,
ich erhielt deinen Brief und danke Gott, dass Joseph die Kinder sicher und wohlbehalten zu dir gebracht hat.
Ich schreibe dies in großer Eile. Wir sind hier in einer verzweifelten Lage. Viele haben Zuflucht in unserem Haus gesucht, da es solide und gediegen gebaut und deshalb das sicherste in der Gegend ist. Wir sind bereits angegriffen worden. Der Angriff wurde abgewehrt, doch wir fürchten einen weiteren. Wir hatten uns darauf vorbereitet, der größeren Sicherheit wegen nach Pocumtuck abzureisen, doch dies ist nicht länger möglich. Wir fürchten, dass der Feind überall ist, und fortzugehen wäre für mich ebenso gefährlich wie zu bleiben. Also tue ich, was ich kann. Ich werde Gewehre laden und sie abfeuern, wenn es sein muss. Inzwischen versorge ich die Männer und zerreiße Laken für Bandagen.
(...)
Der Angriff kam in der Morgendämmerung. Eine kleine Gruppe, Teil einer größeren, griff uns an, zweifellos in der Hoffnung, uns im Schlaf zu überraschen, doch wir hielten ständig Wache. Die Indianer waren wenig an der Zahl und leicht abzuwehren, dennoch verloren wir zwei Männer: einer

wurde von einer Gewehrkugel im Kopf getroffen; der andere von einem Pfeil in der Kehle. Einige andere wurden verwundet, wenn auch nur leicht. Die Indianer verloren ebenfalls Männer. Vier Körper lagen nach dem Angriff auf dem Boden verstreut.

Ich ging hinaus, um zu sehen, welche Hilfe ich leisten könnte, doch alle waren tot. Unter ihnen ein Mann, von dem ich annehme, er war ihr Anführer. Ich glaube dies auf Grund seiner Statur und Bemalung und wegen eines feinen Halsbandes, das er trug, gefertigt aus weißen und lilafarbenen Wampumperlen und mit einer halben Silbermünze dazwischen. Einer unserer Männer hob sein Schwert, als wolle er ihm den Kopf abschlagen und rief: »Dies muss König Philip selbst sein!«

Ich hielt den Arm des Mannes fest und bat ihn davon Abstand zu nehmen. Er wollte mit mir streiten und sagte, dass er seinen Kopf haben wolle, denn das sei es, was die Indianer mit unseren Toten machten, aber ich verbot es ihm und befahl, dass die Toten an den Waldrand gebracht werden sollten.

Wir erwarteten einen weiteren Angriff, doch er kam nicht. Die Indianer zeigten sich lediglich, um ihre Toten zu bergen. Dann zogen sie sich in den Wald zurück und wir haben sie seither nicht mehr gesehen.

Wir wissen nicht, ob sie immer noch dort lauern, aber wir müssen die Gelegenheit wahrnehmen. Tobias denkt, wir könnten keinen weiteren Angriff überstehen, wenn sie in größerer Anzahl zurückkämen. Wir werden heute noch nach Pocumtuck abreisen. Wir hoffen, dort sicherer zu sein. Von dort aus wird dieser Brief weiterbefördert werden.

Ich hoffe nicht, dass es zum Schlimmsten kommt, aber ich habe dennoch darüber nachgedacht, was mein Wunsch sein soll, wenn es passiert. Meine Bitten sind die folgenden:

Ich hoffe und vertraue darauf, dass du gut für meine Kinder sorgen wirst.

Diejenigen meiner Habseligkeiten, welche gerettet werden,

sollen für sie aufbewahrt werden. Ganz besonders die Truhe, die Joseph befördert hat. Sie ist für Mary Sarah bestimmt und soll aufbewahrt und ihr anlässlich ihrer Heirat übergeben werden. Die Truhe und ihr Inhalt sollen auch von ihr bewahrt und an ihre Tochter weitergegeben werden und weiter wiederum zu deren Tochter – und wenn sie keine hat, zu der Frau ihres ältesten Sohnes. Erzähle ihr von der Geschichte des Quilts, was du für richtig hältst, aber sag ihr eindringlich, dass er nicht für tägliche Benutzung gedacht ist. Er soll – wie er es auch für mich getan hat – als wärmende Decke und Trost für Mutter und ihr neugeborenes Kind dienen.
Wenn es Gottes Wille ist, werden wir uns wiedersehen.
Bis dahin vertraue ich auf Gottes Güte und verbleibe für immer deine dich liebende Tochter, Rebekah.

Auszug aus Alison Ellmans Notizen über Rebekah Morse:

Rebekah überlebte, obwohl die Siedlung, die sie verließ, keine Zukunft hatte. Pocumtuck stand allein, der letzte der Grenzposten. Die anderen Städte in der Nähe lagen verlassen da, niedergebrannt und ausgeplündert. Die Frauen und Kinder wurden evakuiert und Rebekah mit ihnen, sodass nur die Männer zurückblieben, um zu kämpfen. Nach einem heftigen Gefecht an einem Ort, der danach Bloody Brook genannt wurde, wurde Pocumtuck verlassen. Seine Häuser wurden niedergebrannt, seine Ernte wurde von den Angreifern geholt.
Tobias überlebte und kehrte zu seiner Frau und seinen Kindern in die relative Sicherheit von Hadley zurück. Der Verlust des Heims, der Farm und des Geschäftes musste ein schwerer Schlag für diesen strebsamen jungen Mann gewesen sein, doch zumindest war er am Leben und unerschütterlich, wie er war, wollte er erneut bauen.

Rebekah und Tobias kehrten schließlich mit anderen zurück, um ihren verwüsteten Ort neu aufzubauen. Irgendwann wurde er in Deerfield umbenannt. Die Stadt blieb auch zukünftig nicht von Unruhen und Schwierigkeiten verschont, aber die Familie Morse blieb und gedieh. Noch heute leben Nachkommen dieser Familie dort.
Der Quilt ging bei der Heirat von Rebekahs Tochter Mary Sarah an diese über. Verknüpft damit war die Verfügung, dass der Quilt wiederum an ihre Tochter weitergegeben werden sollte und so weiter. Wenn es keine Tochter gäbe, sollte der Quilt an die Frau des ältesten Sohnes übergehen. Eigenartigerweise hatten fast alle Nachkommen Töchter. Überliefert ist ferner, dass in all den Zeiten, in denen so viele Mütter im Kindbett starben, Mutter und Kind unter dem Schutz des Quilts immer wohlauf waren.

6) Jack Gill

Übertragung eines Interviews mit Richard Gill aus Nantucket; 4.6.1999:

AE: Ich interessiere mich für einen Mann namens Jack Gill. Sind Sie irgendwie mit ihm verwandt?
RG: Und ob ich das bin. Es gab Gills auf dieser Insel praktisch seit der Zeit der ersten Besiedlung. Ich bin Richard Gill. Jack Gill ist mein Ur-ur- und ich weiß nicht wievielter Urgroßvater.
(Pause)
Tja, der alte Jack Gill. Er war nicht von der Insel. Er gehörte nicht zur ersten Familie hier. Aber er kam nicht lange, nachdem die Kolonie gegründet worden war. Es heißt, er kam aus Long Island, aber er hatte alle Meere bereist, bis nach Westindien.

Dabei hat er eine ganz schöne Summe zusammenbekommen, aber er konnte nicht ruhen, konnte sich nicht niederlassen, es war, als ob er nach etwas oder jemandem suche. Dann verschlug es sein Schiff während eines Sturms hierher. Er kam an Land und lernte ein Mädchen von der Insel kennen. Ein hübsches Ding, heißt es, mit Augen so grau wie ein Wintermeer und Haar so golden wie der Sand. Vielleicht war er endlich so weit seine Suche aufzugeben, vielleicht hatte er es auch einfach satt, aber jedenfalls hatte er sich verliebt und sie auch. Allerdings gehörte sie zu den alteingesessenen Familien und war obendrein Quäkerin, also hat sie mit ihrer Heirat nach »draußen« geheiratet, wie es hieß. Er wurde kein Quäker, aber er hat die Insel nie mehr verlassen.

AE: Was hat er denn dann getan?

RG: Er wollte keinen Handel mehr treiben, also widmete er sich dem Walfang. Damals wurde der Walfang noch in ziemlich kleinem Umfang betrieben, verglichen mit dem, was später kam. Die Boote arbeiteten von der Küste aus. Entlang der Küste wurden Wachposten aufgestellt, und wenn ein Wal gesichtet wurde, fuhr eine Mannschaft raus und jagte ihn. Den Walfang betrieb er, bis er zu alt dafür wurde.

(Pause)

AE: Er wurde zu alt, um Walfang zu betreiben?

RG: Ja, er war dann schon über sechzig.

(Pause)

AE: Ach ja. Und wie starb er?

RG: Der alte Jack? Er starb im Bett.

AE: Wie bitte?

RG: Er starb im Bett. Wieso auch nicht?

AE: Aber natürlich. Bitte fahren Sie fort.

RG: Er hat das Geschäft an seinen Sohn Ichabod weitergegeben. Der hat es ausgeweitet und angefangen die großen Pottwale zu jagen, die mehr Profit abwarfen. Sie waren aber auch schneller und schwieriger zu fangen. Wenn Sie mal »Moby Dick« gelesen haben, wissen Sie, dass die in der Lage waren, ein Schiff zu zerschmettern. (Pause)

RG: Jedenfalls . . . wo war ich stehen geblieben?

AE: Bei Ichabod?

RG: Oh, ja, genau. Ichabod war ein Quäker wie seine Mutter, bevor sie »nach draußen« geheiratet hat. Er ging zu den Versammlungen, etwas, was Jack nie getan hatte, und er heiratete in eine der Quäkerfamilien der Insel. Er war so ehrgeizig wie sein Vater, aber ihm fehlte Jacks Abenteuersinn. Ichabod überließ nichts dem Zufall. Er war ein Quäker durch und durch, und wofür Quäker überhaupt nichts übrig haben, ist jeglicher Aberglaube. Als der alte Mann ihm also vor einem besonders schwierigen Walfang seinen Glücksbringer in die Hand drückte, gab Ichabod ihm den gleich wieder zurück und sagte, er hätte keine Verwendung dafür.

AE: Dieser Glücksbringer, was war das?

RG: Die Hälfte einer Silbermünze, die Jack mal vom Captain eines Schiffes bekommen hatte, auf dem er gearbeitet hatte. Jack schwor darauf und fuhr niemals ohne sie auf See hinaus.

AE: Was war mit der anderen Hälfte?

RG: Hat er nie gesagt. Ich persönlich denke, dass er sie einer Liebsten gab – das taten doch die Seeleute damals! Jedenfalls fuhr Ichabod ohne den Glücksbringer raus und kam nicht mehr zurück. Sein Walfänger wurde von einem Wal zerschmettert, die ganze Mannschaft war verloren. Als Jack die traurige Nachricht überbracht wurde, dass sein einziger Sohn ums Leben gekommen war, kam er nicht mehr darüber weg. Er ging zu Bett und der Lebenswille verließ ihn. Man fand ihn am nächsten

Morgen, die Hand um den halben Silberschilling geschlossen.
AE: Also war es Ichabod, der vom Wal getötet wurde, nicht Jack?
RG: Genau das sag ich ja. Genauso war es.

7) Ephraim Carlton

Als Nachweis zu Ephraim existierte eine Messingplatte, angebracht in einem Stein am Ufer des Missouri.
Diese Gedenktafel ist den Voyageurs Ephraim Carlton, Jean Dupré und Tonsa, ihrem eingeborenen Führer, gewidmet, die diese Stelle im Februar 1695 passierten. Sie waren unter den ersten Forschungsreisenden, die die Urbarmachung und nachfolgende Besiedlung des weiten amerikanischen Kontinents möglich machten.

8) Zusätzliche Information

Marys Mutter – EG
Vorläufig identifiziert als Elinor Garfield, Frau von Colonel Garfield, einem Offizier in Cromwells Armee und Unterzeichner des Todesurteils von Charles I.
In den Quellen aus jener Zeit wird Elinor als eine Frau von überragender Intelligenz, Entschlossenheit und ungewöhnlicher Ausstrahlung beschrieben. Sie diente der Sache des Commonwealth mit großer Loyalität, hielt zu ihrem Mann in Zeiten großer Not und rettete ihn vor der Hinrichtung, als die Monarchie wieder eingesetzt wurde.
Obwohl über ihr Leben als erwachsene Frau viel bekannt ist, weiß man nur wenig über ihre Kindheit und Jugend. Sie lebte in einem großen Herrenhaus außerhalb

des Ortes Warwick, am Rande des Waldes, der damals Wald von Arden hieß. Ihre Mutter – über die leider nichts bekannt ist – starb vermutlich bei ihrer Geburt. Deshalb wurde sie von einer Amme großgezogen (welche möglicherweise Eliza Nuttal gewesen ist). Ihr Vater und ihr Bruder waren die Ersten, die beim Ausbruch des Bürgerkrieges auf der Seite des Parlaments in den Krieg zogen. Sie waren beide Soldaten in Cromwells Armee. Vor ihrer Heirat mit Colonel Garfield, einem Freund ihres Vaters, war Elinor oft alleine zu Hause, wenn die Männer in den Krieg gezogen waren.

Wir können nur annehmen, dass es während jener Zeit der Einsamkeit und Abgeschiedenheit war, als Elinor ein Kind empfing und Mary geboren wurde.

Wie Elinor ihre Jugend am Rande des sagenumwobenen Waldes verbrachte und wer Marys Vater war, darüber haben wir keine Informationen. Vielleicht war es ja tatsächlich der Erlkönig, wie Eliza Nuttal der kleinen Mary damals auf ihre Fragen hin erklärt hatte: »Tochter des Erlkönigs und der Elfenkönigin, das ist es, was du bist.«

Alison Ellman, 31.8.2001

Danksagungen

Dies ist eine erfundene Geschichte und ich übernehme die volle Verantwortung für alles darin. Ich habe versucht so historisch genau wie möglich zu sein und ich möchte allen danken, die mich dabei unterstützt haben. Um dieses Buch schreiben zu können, habe ich eine Forschungsreise nach Amerika unternommen. Ich danke Karen Lotz und Candlewick Press für die herzliche Gastfreundschaft, die sie mir und meiner Familie entgegengebracht haben. Auf meiner Reise hatte ich das Glück, bei einem Besuch des wundervollen *Six Nations Indian Museums* bei Onchiota, New York, John Fadden kennen zu lernen. Das Museum wurde von seinem Vater Ray gegründet und wird nun von John und seinem Sohn David geleitet. Es ist ein faszinierender Ort und ich habe dort viel Zeit im Gespräch mit John verbracht, der so freundlich war mir zu helfen und all meine Fragen zu den Irokesen und Mohawk der Gegenwart oder Vergangenheit zu beantworten. Auch seiner Ehefrau Eva und Evas Mutter Elizabeth Thompson möchte ich danken für ihre Unterstützung bei den Namen und indianischen Bezeichnungen in meinem Buch.
Darüber hinaus gilt mein Dank Gillian Irving von der *Herbert Art Gallery*, Coventry, und Dr. Mary M. Brooks vom *Textile Conservation Centre* an der Universität Southampton für ihren Rat. Und schließlich danke ich meiner Lektorin Sarah Obedina für ihre Arbeit und Begeisterung – und dafür, dass sie zwei Bücher gesehen hat, wo ich zunächst nur eines sah.